编选说明

一、《新世纪甘南文学作品选》为甘南藏族自治州成立 70 周年、甘南藏族自治州文学艺术届联合会（简称：州文联）成立 40 周年而编选的献礼性作品集，分汉文版和藏文版两套。作品集旨在集中展现新世纪以来甘南州文学艺术发展取得的辉煌成就，体现甘南各族儿女艰苦奋斗的拼搏精神和家国情怀，讲好甘南故事，弘扬甘南精神，凝聚甘南力量。

二、《新世纪甘南文学作品选》汉文版由《新世纪甘南文学作品选·小说卷》《新世纪甘南文学作品选·散文卷》《新世纪甘南文学作品选·诗歌卷》《新世纪甘南文学作品选·散文诗卷》《新世纪甘南文学作品选·评论卷》五部书组成，由赵凌宏任主编，王小忠、丁玉萍、杨晓贤、王卫东、安少龙任副主编。《新世纪甘南文学作品选》藏文版由《新世纪甘南文学作品选·中篇小说卷》《新世纪甘南文学作品选·短篇小说卷》《新世纪甘南文学作品选·散文卷》《新世纪甘南文学作品选·诗歌卷》《新世纪甘南文学作品选·评论卷》五部书组成，由赵凌宏任主编，旦正才让、周毛塔、阿班、尕德、希多才让任副主编。

三、两种版本的《新世纪甘南文学作品选》，遴选了跨入新世纪以来甘南作家创作的，内容涉及精准扶贫、乡村振兴、生态保护、中华民族命运共同体意识及其他题材的弘扬主旋律、体现正能量的作品。时限为2001—2021 年，为了保证作品质量，除评论卷外，其他八部书均以遴选发表在省级以上公开发行的文学期刊和专业性报纸上的文章为主。

四、为了使选本更具权威性、公正性和兼容性，州文联成立了《新世纪甘南文学作品选》编委会，邀请业内专家进行反复讨论，确定每一部书的主编、副主编、入选对象及重要文本，并以约稿和征稿相结合的方式征集稿件。除评论卷外，其他八部书均配置了作者简介，文章排序也以作者出生年月为序。为体现文本的质量和信息，注释均注明了刊发该文本的报刊名、期数和出版信息。

五、部分作者因各种原因未曾邀约、搜集、整理到其代表性文本，使得这两套书，虽集众人之力全力而为，但就资料性而言，挂一漏万，在所难免，敬请读者理解。

《新世纪甘南文学作品选》编委会

2022 年 12 月 26 日

主　编

赵凌宏

副主编

丁玉萍　后　俊　希多才让　旦正才让　杨晓贤
王小忠　安少龙　王卫东　阿　班　尕　德　周毛塔

编　辑

才让刀吉　曹　姣　曹要达　唐亚琼　夏吾吉　李　艳

《新世纪甘南文学作品选（2001—2021）》
序　言

　　甘南藏族自治州地处伟大祖国青藏高原东北部，是亚洲最大的天然草场和最美的湿地草原，是黄河上游重要的生态安全屏障，是古丝绸之路唐蕃古道的黄金通道，是中华民族重要的文化资源宝库之一。甘南历史悠久，游牧文化、农耕文化、宗教文化、生态文化和红色文化的交融碰撞、繁衍流变，蕴育出了多姿多彩的地域文化。

　　在历史演进的长河中，生活在这片土地上的人民，对民族文化的孕育和发展做出了重要贡献。新世纪以来，州文联团结带领全州广大文艺工作者，始终坚持与全州发展大势同频共振，积极引领当代甘南文艺风尚和文艺发展方向，着力构筑甘南经济社会转型发展的"精神高地"，倾情书写各民族和衷共济、和睦相处、和谐发展的大好局面，全面彰显了高举旗帜、服务大局、讴歌时代的使命意识；始终坚持满足群众的精神文化需求，开展了一系列公益性文化惠民活动，走基层、转作风、改文风，积极参与"精准扶贫"和"乡村振兴"行动，诞生了植根沃土、服务基层、回报桑梓的深情文字；始终坚持"二为"方向和"双百"方针，各艺术门类创作空前繁荣，尤其是文学活动日益频繁，文学创作成绩突出，连续三届全国散文诗笔会、中国当代诗歌论坛、"魅力临潭·生态家园"全国诗歌大赛、著名作家甘南行、"聚焦生态甘南　书写乡村振兴"甘南作家采风创作活动、《躬身——缘起于甘南的"环境革命"与人文传奇》新书发布会等一系列重大文学活动的成功举办，书写了深化改革、推动发展，繁荣文学创作的绚丽篇章。

近年来，在文学创作上，老、中、青三代文艺家始终服务大局，增进团结，深入生活，潜心创作，形成了良好的创作氛围，造就了一批文学创作人才，一支有水平、有实力、有潜力、有影响力的作家队伍已经形成。截至目前，全州各级作家协会会员四百多人，省级作家协会会员近百人，全国性作家学会会员二十八人，全国性作家协会会员十五人。老、中、青作家创作出版了五十多部文学作品书籍，艺术质量上乘，具有较强的社会影响力并为群众所喜闻乐见，许多作品已载入甘肃乃至中国新文艺史册，成为不同时期的代表性作品。文学作品荣获鲁迅文学奖诗歌奖提名奖、全国少数民族文学创作骏马奖、甘肃省敦煌文艺奖、甘肃省黄河文学奖、甘肃省少数民族文学创作奖、徐志摩诗歌奖、昌耀诗歌奖、艾青诗歌奖、西部文学奖、玉龙诗歌奖、张之洞文学奖、孙犁散文奖、梁斌小说奖、鲁藜诗歌奖、安康诗歌奖、三毛散文奖等国内重要文学奖项。一些作家的事迹被载入《甘肃文艺辉煌五十年》《藏族文化史纲》《藏族文学史》《甘南文化名人录》等文化史书。数量众多的优秀作品，清晰地记录了伟大祖国和甘南大地发展进步的足印，热情歌颂了时代生活的主旋律，向外界开启了一道认识甘南、了解甘南、走进甘南的独特窗口。

甘南藏族自治州建州 70 年之际，为贯彻落实习近平总书记在党的二十大、中国文联十一大、中国作协十大开幕式上的重要讲话精神，在州委州政府的关心支持和上级主管部门的精心指导下，州文联组织编辑力量，对 2001—2021 年的藏汉双语甘南文学佳作做了系统地归纳与筛选，编辑了《新世纪甘南文学作品选》汉文版和藏文版。汉文版委托作家出版社出版，这套书由小说卷、散文卷、诗歌卷、散文诗卷、评论卷五部书组成。藏文版委托民族出版社出版，这套书由中篇小说卷、短篇小说卷、散文卷、诗歌卷、评论卷五部书组成。两套书均集中遴选了跨入新世纪以来甘南作家诗人的创作成果，这些内容涉及民族团结、精准扶贫、乡村振兴、生态保护的作品，以"中华民族一家亲，同心共筑中国梦"和"讲好甘南故事，弘扬甘南精神，凝聚甘南力量"为创作理念，集中展现了甘南各族儿女艰苦奋斗的拼搏精神和家国情怀，全面反映了甘南州作家队伍认同伟大祖国、认同中华民族、认同中华文化、认同中国共产党、认同中国特色社会主义的创作实践。

习近平总书记强调："文艺事业是党和人民的重要事业，文艺战线是党和人民的重要战线。"这为新时代文艺事业指明了前进方向，更对文艺工作者提出了更高要求。今天，我们已经站在新的历史起点上，一个新的文化建设高潮已经到来，历史的滋养和现实的感召，将极大地调动和激发甘南文艺家的热情。让我们以习近平新时代中国特色社会主义思想为指导，深入学习贯彻党的二十大精神和习近平总书记关于文艺工作重要论述，坚持以人民为中心的创作导向，坚持创造性转化、创新性发展，牢牢把握"推动创作优秀作品"中心环节，充分发挥文联组织优势和专业优势，广泛地团结引领全州广大文艺工作者，积极投身于新时代伟大实践，更好地肩负起举旗帜、聚民心、育新人、兴文化、展形象的新时代使命任务，深入生活、扎根人民，凝心聚力、守正创新，砥砺奋进、趁势而上，创作推出更多彰显甘南地域特色和时代特征、增强人民精神力量的优秀文学作品，大力推进华夏文明传承创新区建设，为全面建设团结富裕文明和谐美丽的社会主义现代化新甘南贡献文学力量。

《新世纪甘南文学作品选》的顺利出版，离不开上级主管部门的关心指导，离不开本土作家诗人的共同努力。在此，特别感谢省民委、州委州政府在书籍策划、思想导向和出版经费上给予的大力支持，感谢甘南作家诗人在征集稿件、作品授权和文本校对上的积极参与。编辑出版难免有挂一漏万和遗珠之憾，还望各位作家诗人理解，并提出宝贵的意见建议，便于再版时修订。

编　者

2023 年 6 月

目 录

陈拓① 作品

① 陈拓，原名陈忠仁，男，藏族，1964 年 3 月生，甘肃省临潭县人，甘肃省作家协会会员。著有散文集《游牧青藏》、诗歌集《鞍马格桑》、合著散文诗集《六个人的青藏》。作品见《散文诗世界》《中国诗人》《山东文学》《散文诗》《深圳文学》《散文诗月刊》等刊。现为甘南藏族自治州玛曲县委党校退休干部。

迭山之云 ①

你不会觉得那只是一朵春天的云，而是迭山之门从黎明的腹腔中，分娩的林海的女儿？

在白龙江畔，在松涛茫茫的秀峰苍谷，在百鸟争鸣的晴翠之晨，忽焉生于山前，忽焉飘于峰后；忽焉浮于雪巅，忽焉藏于深涧……或如脱世出尘，或若闲情愁绪，或比雪山冰冷，或似飞瀑流云。

就这样隐匿翠微不出吗？梦中之缘，惊鸿一现。

呼吸于山间，似麝似兰。

旋转的经轮 ②

合着顺时针的方向，不住旋转，时间和空间的齿轮，被一线溪流打转，被信仰的虔诚拨转。

在一个名叫桑曲的河畔，灵魂的皮囊脱下年轮之衣，向着渺茫的来世和觉醒的彼岸，不断递送一束一束渴望的秋波。

韶华朝露，红颜浮萍。

沉浮在无边无际的空间之海，涤荡在无穷无尽的时间之河，灵魂不灭的奢望，生生不灭的欲望，缘着如梦如幻的珊瑚之藤，缘着细如游丝的因果轮回之藤，一个个等待一种机缘的降临。

时间之河远远流去，空间之海变幻覆没。

生命朝着光阴的绳索呼救，灵魂向着觉悟的彼岸呼救。

音讯渺渺，烟雨空茫。

----

① 选自诗集《鞍马格桑》，中国作家出版社 2009 年版。

② 原载《散文诗世界》2012 年第 9 期。

独自一个人彷徨在桑曲河畔，跟着摩肩接踵转经轮的人群，紧紧地抓住轰然而转的经纶，一步一步毫无间隙地拨转拨响，感觉生命正在一分一秒地滑落。

我倏然而惊！

阿尼玛卿雪山之祭 [①]

1

我是一匹马，在你的山脊低鸣或者昂首长嘶；我是一只鸟，在你的天空翱翔或盘旋。阿尼玛卿雪山啊，依旧一片梦色。

2

透过一种岁月的烟云，透过一种事物的本质，生命之驹，渐渐隆起，渐渐高大，渐渐显出它清晰的本色轮廓。

使人在泪水流干之后、血流成河之后、痛苦说出之后、寂寞变为孤单之后、寻找的小白羊阒然无迹之后，村庄与道路、牧群与帐圈消隐之后，相顾黯然。

阿尼玛卿雪山，我该走向哪一座山峰？哪一座帐篷？

鸳翅呼呼，大风猎猎；鹰岩耸耸，草地荡荡。

那个长发飘飘、丰乳玉肌、裸露而浴的天女，终于被妒忌烧红眼睛、欲望膨胀的兀鹰，抓裂她的胸脯、抓裂她的丰腴酥骨、抓裂源头，流出野马驻足、孔雀流连忘返的江河。

远古的部落，从此荡开最后一抹暮色黑暗，去迎接每一个黎明、每一次太阳的东升，去迎接属于部落的苦难、机遇与挑战……

白鹿产犊、孔雀翩翩、牦牛咳嗽、百灵歌唱，少女与天神梦媾而孕的地方，鹰骨吹成鹰笛，牛角鸣成长号，哈达呈献吉祥。

于是，黎明放牧，傍晚归来。初一诵经，十五供灯。正月晒佛，四月

---

① 原载《中国诗人》2012 年第 6 期（双月刊）。

转山。八月赛马，十月朝湖……于是，云温暖，花芳香，部落吉祥。

于是，海螺呜咽，羯骨苍凉。昆仑南北，草地东西，歌是那般的张扬，舞是那样的酣畅。

3

我的阿尼玛卿雪山啊！

有谁想到，那群早已贪婪你富饶美丽的豺狼，在你梦见水淹没了柯森托罗合草地，一只恶鹫击伤了年宝玉则湖中的白蛇，察干白香草原上游食的神马，被一阵昏天暗地的风裹住不久的一个早晨，狡猾地趁着黎明前的那段黑暗，悄悄地从北方、从阿尼玛卿山口，闯入你的牧场、闯入牛群羊群、闯入你的襟怀，肆无忌惮、穷凶极恶地践踏蹂躏着你的尊严。

那一天，所有的牛羊几乎被吞噬殆尽。那一天，勇敢的父老子弟们，面对着蜂拥而至的敌人，折断最后一根长矛，射完最后一支利箭，拼到最后一匹马，拼尽最后一滴生命。

那一天，被污辱的母亲姐妹，不甘被污辱的母亲姐妹们，一个个杀死自己活蹦乱跳的儿女，然后自戕，或者紧紧地拥抱着敌人或出生不久的婴儿，转身投入波涛汹涌、白浪滚滚的黄河，玉石俱沉。

而你却只能眼睁睁地看着，无能为力，眼睁睁地等待着、等待着，等待希望中的救星忽然出现。可是，一天过了，二天过了，三天过了，析支河首大草原，深沉在腥风血雨之中，不能自拔。饥寒交迫、欲哭无泪的子民们，匍匐在脚下，但你仍然束手无策，还是束手无策……

致使你刚远游归来的妻子，美丽无比的妻子，看着面前的一切，泪如泉涌，义愤填膺，不顾莲花生大士的预示，义无反顾地化作一只白羊（从此永远无法变回原身的白羊），如一柄纯洁而神圣不可侵犯的正义之剑，扑入利欲熏心的豺狼群中，展开血与火的搏杀……

天昏地暗的七天七夜啊，当你带着惩罚之神来临时，析支河首的草地，一片肃然，一片狼藉……

偶尔传来的一两声马嘶与婴儿的啼哭，分外悲凉伤绝。可是，那只勇敢、善良、不屈不挠、大智大勇的小白羊呢？

当黄昏呈现黛色，当夕阳流出血泪，当你在身后的山坳，当你在一片血泊之中，抱起她，抱起血肉模糊，已经气息奄奄的她，看着她的生命，一息息地在血红的夕阳中遗尽，而你却无药可救无神可唤时，你意欲何为？

我的阿尼玛卿雪山啊，梦已经破碎，年宝玉则、曲哈尔龙错的泪水，濡不尽正义被邪恶欺凌，弱小被暴力摧残的爪迹。

多么可怕的道消魔长、群魔乱舞、小丑跳梁啊，为什么人类在经过一段时间之后，总是一次次重复面对着经历那样一种深重毁灭性的灾难？

真是命中注定，在劫难逃吗？

我无法相信！

4

那一晚，我哭了，不是为了你的伤痛与苦难。

当我一觉从千年的噩梦中醒来，面对着一个圣洁天使般名叫卓玛的女孩，当我在千山之外，皑皑的暮雪之中，踏进她的帐篷，钻入她凝脂般的怀抱，我就泪如雪水，点点滴滴，汇集汹涌……

可是，在那次灾难之后，祖父，我的祖父，就踏上朝圣的路，一出家门，再没有回来。

不久，父亲便又沿着祖父走过的漫漫之路，平明起程，傍晚露宿，一步一叩首，不知春夏秋冬，风雨雷电，雪涌前途，依然一步一步，踽踽而行。

艰难地向西、向西，向着圣地，去祝愿今生、祈祷来世，去圆一个虚幻的梦。

致使一个彪悍不羁、英雄无敌的马背民族啊，从此在历史的长河中，开始变得沉寂无声。

轻轻地偎在卓玛的身旁，雪山母亲的身旁，倾听一种发自天地深处的遥远回声，我听见一个婴儿的啼哭，透过一切，嘹亮地激荡在析支河首，阿尼玛卿雪山之上，使我久久感觉不出，那原来是我儿子的哭声，那原来是我还没出生的儿子的哭声。

5

抱起你，阿尼玛卿；抱起你，神的白羊；抱起你，山神的儿子——父亲；抱起你，我铭心刻骨的卓玛，走上高高的天葬台，走向一个归宿。

无数的经幡，从左边山头致哀，祈祷祝福的桑烟，从右边山头飘升。

你看，兀鹫搭成天梯，迎接你；你听，海螺呜咽，羯骨苍凉，鹰啼羊咩。我的阿尼玛卿哟，黄河首曲的部落，仍旧一片梦色。

诗歌：写给九月①

九月伏在我的肩头嘤嘤啼哭，一千九百八十九年的格桑花，开在黑夜，泛着历久弥新的眼眸。

山外的野羚羊和神话中的九色鹿，躲进时间和壁画的深处。惊鸿一现，就被钟情的猎手击中。从此，滴血的秋天，退至雪山之外，舐着带血的伤口。

这个令人战栗的九月，这个让人不期而遇不辞而别的九月，这个飘荡着游离和被迫气息的九月，渐行渐浓的西风，忽然，吹起身边少女的裙裾，像伞被逆风旋起那样。

兀然的风暴。直到天地之暗？

热泪从心灵泪腺飞洒腮边，飞洒肩头飞洒草原。在羊群散尽，孤骑归来，野草惊呼着紧紧相拥的时刻，诗歌之刀依然有刃！

风　景②

在巴颜喀拉人迹罕至的一座荒山，风和山岚像河一样流淌。积满衰草

---

① 原载《中国诗人》2012年第6期（双月刊）。

② 原载《山东文学》2013年第4期下半月刊。

的山坡向阳，与我并排躺在某个冬天暖暖的中午，低低叹息，随寻觅香巴的那只九色鹿，随那群高原的精灵藏羚羊，翻过雪岭一起失踪。

这是混沌之初和最终唯一的风景吗？

自然：闲云野鹤，宁静祥和。

一个人在远远的荒山，感受岁月荒原的亘古和万物的轮回。山外，如影随形的猎人，仍旧执着地走进视野，离我们越来越近。

群山和阳光，驻足在面前。

忐忑不安，使我忐忑不安。

那只翱翔在天空的云雀，不知危险将至，不住地唱着那支美丽动人的歌，引我走进一个洪荒的故事。

仿佛那个故事，在世界之外。

我很是胆怯地站在远远的荒山，听着猎人的脚步越来越响，我真担心，还在天空歌唱的那只云雀，突然地飞落我的肩头，那两只在河边饮水的藏羚羊，忽然调转头躲在我的身后，使我成为猎人唯一瞄准的目标。

猎人的脚步越来越响，我无助地站在远远的荒山！

大风扬起的甘南①

大风扬起的甘南，沉重的生命，再没有一种颜色点缀。格桑花渐渐落尽，冬天的马匹，开始与它的母亲和部落迁徙。

那个只出生三天的孩子，名叫央金拉毛的孩子，睁开吸吮的眼睛，捕食一种格桑花的奶水，一种格桑花的形象灵魂精神，在一片唯一成熟青稞、瓦蓝瓦蓝青稞的草原上，独自期盼着长大。

可是那一天啊，母亲和部落迁徙的那一天啊，我忽然感觉：一些曾经远离人类的鸟，一些曾经黑夜遁逃的狼，向着白昼和部落迫近。我的孩子啊我却无法阻止它们！

你听：它们来临与格桑花落地的声音，合二为一，使我不敢睁开眼

① 原载《山东文学》2013年第4期下半月刊。

睛，看着你一生一世地去面对，白昼与黑夜、鸟与狼、信仰与欲望所带来的欢欣与恐惧。

孩子啊，大风已经扬起。

雪　鹰[①]

被父母无情地折断翅骨，然后耷拉着翅膀慢慢愈合。继之在飞翔的最后一刻，又被无情地推向悬崖深渊……此时此刻，只能用奋力求生的勇气和拼命拍打着翅膀来冲续激活他的气血与生命。

从此钢筋铁骨，铜背金睛，划开雪域一个崭新的黎明。

任凭风雨雷电狂鸣肆虐，依旧翱翔在雪域青藏的天空。

曾经在父母目光注视下放任的饥饿，几乎掐断了生命生存的唯一希望。

物竞天择，适者生存的法则，铭刻在幼小的灵魂记忆，只要是生而为鹰，只要是生而为雪域高原的雄鹰，就无法逃避来自大自然的磨砺，甚至是来自亲情深情的残酷般的摧残。

因为你是一只雪域高原上的鹰啊！

因为鹰是不能爬行而只能是飞翔的，因为鹰是不容许生长软骨头的。因为鹰是必须淬炼拥有钢铁般意志的，因为鹰是必须灌铸一种天之骄子的信念的，因为鹰是从悬崖峭壁生死一线起步的。因为未来的岁月未来的天空，充满了不可预测的危机。

因为你是一只喜马拉雅山的鹰啊！

因为你是高原民族的崇拜图腾，因为你是雪山部落的精神偶像，因为你是从佛祖伟岸的肩膀起飞的，因为你是从藏传佛教瑰丽的光环中穿越

---

① 原载《山东文学》2013 年第 4 期下半月刊。

的，因为你的一生是必须面对高远深邃的蓝天的，是必须直面世界屋脊不断恶劣的生存环境的。

扶摇直上九万里的雪鹰啊！你的目标你的宿命你的痛苦你的追求，都与一种生存的高度紧紧关联，并且被一种、另一种未知的高度所吸引、所诱惑、所激动、所挑战、所折磨……

因而，只要你还有一丝力量，一线生命的希望，你就不会停止向上。向另一种高度的挑战冲刺，从不言败，永不放弃。

纵然有一天你的生命接近死亡，或者在攀登追求的最后瞬间：折翅、碎骨、粉身、销魂，你也不会后悔作为雪域高原鹰族的一员。

果洛之上 ①

1

终于，我听见呼唤天地万物的第一声春雷，沉闷地滚过河源高原的上空，滚过冬天绵延的边缘。

顿时，那些整整委屈了一个冬天的牧草们，极力地舒展着它们纤细而矫健的躯体，钻出地面，面对着每一个早晨寒侵肌骨、霜刃生命的威逼，坚毅地漫上所有积雪的山岭；顿时，千万条蜿蜒如蛇的冰河，悄悄地消融，然后汇集成溪流，前仆后继地从冰河中间冲出一条通往春天的通道……

春天到了。

牧民们翘首期盼，标志大自然物候的十九种季节之鸟，一只只地飞来，飞过。

站在复苏而泛青的大地上，一条肥腴而强健的蚯蚓蠕动着穿过脚下。

我可怜而痴情的那群母羊，因掐吃青草、感冒而拉稀和咳嗽的母羊们，一个个腆着它们的肚子，欢天喜地地准备着为我去再生一群母羊。

---

① 选自散文诗集《六个人的青藏》，长江文艺出版社 2013 年版。

2

面对着悠久的河源，悠久的巴颜喀拉，我缓缓地闭上眼睛，想静默什么？

猛然间一座黄河边须弥山状的雄伟大殿，浮现在我的眼前。那个闻名河源的年轻画家，满意地画上他精彩的最后一笔，审视了许久，然后慢慢地转过身去，低下头轻轻地去擦拭他的画笔。

大殿四壁的三千大世界中，那些秩序井然、静止不动的人物形象，便一个个灵动了起来。他们栩栩如生，有的白眉善目，正缓缓地垂到地上；有的怒目圆睁，放射出无比的威严；有的拿着一束花，面露微笑；有的浮在半空，弹着七彩琴弦；有的舞动着千手千臂，露出一副悲天悯人、普度众生的模样；还有一些个别的，在大庭广众之下，手拥着一个欲死欲仙的美女，正进行着凡夫俗子之事……忽然，那个年轻的画家不知为什么突然转过身来，扫视了一下四壁，他们便一个个凝住了容貌，永远地嵌入壁画里，任凭前来的牧民、僧侣、游人，叩首膜拜或者遐想。

于是，金顶的风铃声，荡悠悠地传过来，穿透生命的时间与空间。

于是，祈颂的声音，总是从身后传来，总是从身后的河源传来……

3

那两只高居阿尼玛卿雪山的危岩高峰，等待出窝的雏鹰，焦躁不安地转动着它们的躯体，时而嬉戏着用翅膀拍打着对方，时而不客气地用尖嫩的喙，互相挑衅攻击着，它们仿佛是已经忍耐不住了。

也许是来自生命饥饿的原因，也许是来自那无边无际的蓝天的诱惑，也许是作为鹰族，渴望飞翔的本能，可它们哪里知道蓝天中风雨雷电的惊心动魄，高天寒流的急骤狂涛。但是，此刻它们唯一的希望就是自由地飞翔。

是的，从来没有一只鹰是生来不飞的，坚信昨天没有，今天没有，明天也是绝对不会有的。

两只下定决心出窝的小鹰，笨拙地、歪歪斜斜地飞下了悬崖，又坚定地拍打着翅膀飞上天空，那种笨拙的样子，不由得令我回到了遥远的童年，不由得想起了我顽皮可爱的小儿子那歪歪斜斜迈动脚步的时刻。对于生命本身来说，有些时刻和形式是无法选择、无法逾越的。

太阳普照在果洛的大地上，我睁开惺忪的眼睛，牛羊撒遍了原野。

4

记得小时候，草原上一个乍暖还寒的早春黎明，慈祥的阿妈，拉起从小多病的我，神秘、虔诚地走向雪山深处一座最高的山峰，将一面由蓝、白、红、绿、黄五色组成，象征蓝天、白云、火焰、绿水和黄土的旗帜，插在了厚厚的旗林中，缓缓地随风飘动。

当阿妈告知这就是为我制作的本命旗时，感觉我那纤细弱小的生命便与这片连绵的雪山、雪山上五颜六色的旗帜，紧紧地联系到了一起，仿佛此生便与它生死攸关。

那一刻，我的心跳渐渐地便与那片飘动的五色旗帜，紧密相连。仿佛它的每一次舒展，便是我又一次卓越而生机勃勃的心跳。

与阿妈久久地匍匐在雪地上，一种博大、无与伦比的母爱，充斥弥漫在荒凉的青藏高原上，那样温馨、和暖、深厚、绵长。

从此，我的生命便与那一片纯净的五色，飘荡在蓝天之下，绿草地上，健康而有力，吉祥而如意。

5

吃喝着一群属于自己的牛羊，游弋在天地之间。昨天，今天，明天，一样的迷人如梦。

百灵鸟报点似的唱起它的歌，我的卓玛，年轻美丽的卓玛，双手捧着一碗香喷喷的奶茶，柔软诱人的样子，如牧场前的溪流，舒缓地向我流来，一生向我流来。

在一个昆仑山腹地，两面山脊依然积雪的河谷，一朵红色像风铃一样的花，灿灿地开放。也许除却那个牧羊的少女之外，再没有什么人发现或看见它这生命最壮美的时刻。

寒冷的早春三月，依然故我。唱起一首情歌，多少个夜晚让人心碎。

"在那个东方山顶，升起皎洁的明月；未嫁少女的容颜，时时浮现在我心上。"

黄昏，我长大成人的兄弟，骑着和他一样瘦弱的马匹，奔向雪山深处，奔向那顶期待他的黑色帐篷。

雪后：卓格尼玛草原 [①]

不知道那些惹人怜爱的鸟儿去了哪里？仿佛卓格尼玛草原上，只留下唯一的那棵白杨树，站立成一种深远的意境。

呼啸传来的孤独和寒冷，穿透十二月瑟缩的娇躯和战栗的心房。

天地只留下白茫茫的雪，还有羊群的伤痛，白云的骨头，以及一些野花的灵魂。苟延残喘的生命，被凝结在山坡另一边的牦牛的鼻尖，被掩埋在无垠的草原。

郭莽尔梁山口，呼啸的风，裹着呼啸的雪，呼啸而来，呼啸而去。

深　冬 [②]

我不想说话，也懒于倾听。所有的语言都哆嗦成一块冷冰。西风主导的世界，灰色苍白。一次一次被寒流唆使着，大雪覆盖。一时草木的灵魂，以及花朵的微笑，只能秘密藏于不为人知的地下。

从此，太阳的睡眠更早起床更迟。北方柔软的河流，不以意志地，银装素裹。成为十二月驯服的情人，成为一段没有生命的附属。

威猛无匹的十二月，滴水成诗。我不希望让一场更大的暴风雪，染

---

① 原载《散文诗》2013年第5期。

② 原载《散文诗》2013年第5期。

白头颅。只想与我那个双眼皮女人，躲在一所她营造了很多年的紫色暖巢里，准备让春天受精怀孕。

雪山之后 [①]

牧帐收拢然后重新搭起。

追逐着水草的牛羊，饮着最清冽的雪水，吃着最丰嫩的青草。

充满吉祥与灾难的天空，飞过孔雀、飞过百灵，也飞过凄厉的猫头鹰。黄河发祥的源头，注入千百条不同名字的溪流。

介入一堆刻着真言的山石，努力地想预示什么！

静立的马与瞭望的狼，形成一种风景。

在玛卿冈日雪山北麓，我用眼睛，抚摸着唯一的母羊，正为我痛苦产羔的唯一母羊，想象着痛苦与真实的距离，屏紧呼吸，屏住呼吸，等待一种珠落玉盘的声音。

给　你 [②]

今夜，我与你的距离，只有两片嘴唇那么遥远。虽然，我们曾经隔着二十一个春天那样漫长的距离！

爱情像浩瀚星空中划过的流星和阿尼玛卿雪山上偶然飘落下来的雪花，幸运地落在曾经那个中午的灵感中，发芽、开花，却无结果。

为什么，那树灿若云霞的桃花偏偏要在梦中跌落我的怀中？并将伤口的疼痛，至今通过时间和空间，还有一种灵犀和忧伤，传输到我的身躯、心灵，好像"以彼之道，还施彼身"一样，常常令人辗转反侧，彻夜不眠。我不止一次地用诗歌做药，精心酿制，大把吞咽。

但其结果是：又呕吐成一首首带血的诗歌，循环往复。

---

① 原载《星星诗刊》2013 年第 8 期。

② 原载《中国诗人》2015 年第 5 期（双月刊）。

我还能告诉你什么呢？一腔心事如成熟的苹果，挂满秋天的大树。坐在树下的我，已经须发皆白，不知还能否为你写出最后一首诗歌，以展示我不老的才情。同时也作为我最后一片止痛的药。

格萨尔赛马 ①

从史诗的第一页，马蹄嗒嗒、马蹄嗒嗒，一直驰入一千年后的玛曲大草原之夜，驰进一个马背民族的梦里，成为一个民族不可替代的精神文化食粮！

草原上生长的草和草哺育的马，健美、肥壮、飘逸！

从神话的传说和马背的摇篮，以及奶茶的清香、青稞酒的缭绕中不断成熟。一年又一年，承载着一代又一代牧人的梦想和荣誉。

仅仅是为了一骑夺得王冠和美人——珠毛的缘故吗？千载以降，牧人们只要有一片草原，就在草长羊肥的季节，扎帐聚众、杀牛宰羊、赛马争雄，以此刺激马背民族血管里渐驰渐远的背影。

虽然时间还沉浸在二月的寒冷和哆嗦中。草原上的草儿们，仍旧蜷缩在看不见的地底下，但我在牦牛毛织成的帐篷中，随便地喝着一碗奶茶，却已经嗅到了草长羊肥的辽阔，蓝天白云的高远；嗅到了万物勃发的野性，嗅到了盛装斗艳的卓玛姑娘们，鬓角胸前，琥珀的萌动，珊瑚的渴望和绿松石的澎湃，以及酥油的丰腴、妖冶和嫩肋暧昧的挑衅。

你看，秋天的牧鞭，抽在草原肥硕的背脊上！在天苍苍野茫茫的背景下，弥漫天地的桑烟，漫天飞舞的风马，千骥万骏奔突的激越，数以万计聚集响彻云霄的啸呼，沉入草原牧人的血脉、骨髓，成为一种生命特有的纹理。

百灵鸟 ②

假如你是那只似曾相识的百灵鸟，不妨飞落肩头，轻轻而歌。

---

① 原载《中国诗人》2015 年第 5 期（双月刊）。
② 选自《中国年度优秀散文诗·2015 卷》，新华出版社 2016 年版。

我只不过是若尔盖草原上的一片云。

水草远去，我即飘去；春风吹来，我亦飘来。

羚　羊[①]

沼泽消失，羚群远去。

可是被那个雕塑家，羁留在广场北口的那三只羚羊，仿佛还站在曾经的雪山草原，沐浴着正午的阳光，听着溪水的奔流声，云雀的鸣啼声，静静伫立在那座巍峨的白石崖山巅。

一只不断放大伸长与生俱来的灵敏警觉，瞭望四野，捕捉不断逼近的危机与欲望；一只安详地靠卧在山石下，任故乡清凉的山风，吹散夏日午后弥漫的郁闷。吹散生命中，曾被一只雪豹追逐而逃归的噩梦；一只轻轻地摇着不安分的尾巴，低头亲吻着岩缝中一叶带露微笑的嫩芽。

"合作"，藏语意为羚之故乡。只能用一种这样的方式，怀念最后一群羚羊的远去。但是，羚群的远逝，传递给我们后人的痛楚，绝不可能在某个薄雾缭绕的早晨，或者风雨过后，彩霞满天的黄昏，兀然地在钢筋水泥林立的城市街头，以及聚蚊如雷的市声中，望着眼前，那三只栩栩如生的羚羊而消失。

游　牧[②]

不知今夜，驻足于哪个少女的梦里？

追逐着一片蔚蓝的水草，以及梦样的草原，还有金色的信仰，在一个名叫玛曲的草原上，不觉，丰茂的青春被柔韧的牛皮绳牵进岁月之深。

今夜还有雨一样的马蹄飘落吗？

饮马在河源，游牧在河源，求索在河源，被流淌在血管里的马蹄声：沸腾、燃烧，只留下片片生命的灰烬，无怨无悔。

① 选自《中国散文诗精品阅读·2015》，白山出版社 2016 年版。

② 选自《2015 中国年度作品·散文诗》，时代出版社 2016 年版。

不为什么，只为游牧一种生命与文化的延续，一种独特而自由浪漫的马背梦想，一种汹涌澎湃的诗情。

青　稞①

我是阿妈青稞地里，长出的一杯酒。醉了藏王，也醉了后来的藏王举行的藏王宴！

雪山钢蓝的颜色、蓝天瓦蓝的颜色、高原紫外线的颜色、雨后彩虹的颜色，沉浸在糌粑的皮肤、雪水的灵魂，沉浸在米拉日巴道歌玉树临风的裙裾，沉浸在苯教祖师辛饶米沃祭祀的鼓声，在藏人虔诚的血液里鼓荡、汹涌、冲决。

想象传说中的十万神灵，是阿妈精心侍弄的青稞地里，收获的十万青稞。我是一粒、儿子是一粒、孙子是一粒，子子孙孙、孙孙子子，无穷无尽，只为滋养、延续青藏高原上，绝世而独立，无怨又无悔的信仰。

吉祥的时光，如滚滚涌来又滚滚涌去的洮河一样，吉祥如意！虽然也曾面临千里冰封、万里雪飘的困境，但我风雨无阻、风雪兼程，义无反顾地从阿爸的骨头、阿妈的心腹，或者从阿尼玛卿雪山的肾府，年宝玉则湖的子宫，孕化、发芽，努力地想成为雪域高原、洮河之畔，一棵比云杉还高，比雪松还挺拔、修长的青稞，一棵比绿松石和玛瑙、珊瑚、琥珀还珍贵的青稞，一棵比"三格毛"姑娘还丰腴漂亮的青稞，一杯藏王手中静如露珠、纯如琉璃、香如醍醐，欲饮不忍的酒，醉了花儿心中的太阳，醉了舅舅唱的"世巴"中，所有"胎生卵生和湿生"，经历混沌的月亮。

清风徐来，青稞摇曳。藏王故里的青稞熟了。一排排、一行行、一队队、一片片，漫山遍野，如万马奔涌而来，排山倒海，所向无敌。

---

① 原载《山东文学》2018 年第 5 期下半月刊。

果　洛[①]

抽出那把锋利的腰刀，扎入深夜，一朵含苞的红铃花，灿灿地开出伤口。

马蹄踏碎的七月，在诗之间。飞落的鹰群，被一条暴涨的河水冲散。淋漓的羽毛，发出动人的哀鸣，做着最后一次，打动我爱人的努力。

掬起你微启的小口，饮尽。九曲柔肠的相思！果洛啊，我就是你，企盼了一千年的那个丈夫；我就是你，那个一出生只知有你，不知有我的孩子父亲；我就是那个，会唱很多仓央嘉措情歌的扎西。

曲哈尔湖[②]

是阿尼玛卿雪山溢出的最后一滴清泪？还是英雄格萨尔高高举起的酒杯？在赛马称王的盛宴，高高地举过头顶，忽然停顿在雪山之巅，泛着青稞的颜色！

太阳的微笑。在一个早晨显得神秘而别样，雪山捧起的玉碗中泛着琥珀的光亮，诱使一朵冰雪的歌谣在鹰的翅膀下绽放。

蝴蝶的尖叫，使一万匹野马疯狂。右转好像风摆柳，左转好似彩虹飘的伊人，逦迤而行在史诗中。被岁月越酿越浓，浇灌在草原牧人的心头。使一种向往锋锐如箭，穿透记忆的裙裾，将绵长的倾慕，一层层剥开。

仿佛是天地雪山都醉了。燃烧的琼浆，把渐渐消沉的气血涌到心头颅顶，燃红紫色的脸颊。点燃历史的时刻：马蹄翻飞，啸声如潮，哈达飞扬……河曲宝马驮载的格萨尔，被持续的风暴举起，不断地高高举起。从此沉醉了一个民族。

---

① 选自《中国散文诗一百年大系·远古履痕卷》，青岛出版社 2018 年版。
② 选自《中国散文诗一百年大系·远古履痕卷》，青岛出版社 2018 年版。

致九曲黄河第一湾 ①

一匹孤寂清瘦的河曲马，向着一片心仪已久的芳草地奔去。茵茵生长的野草，踮起脚尖，渴望得到你的轻抚（哪怕是漫不经心或者不经意的轻抚，也会令她们沉醉回忆一生），还有那只忠诚的河曲藏獒，跟在身后，像一个纯真活泼的孩子，忽焉在前，忽焉在后。

我也一样，期望就此拉着你的手，与你一起自由游牧、与你一起驰过英雄格萨尔驰过的所有草原、与你一起穿过所有的黄昏黎明、与你一起背靠背地坐在皑皑的玛卿冈日雪山之下、与你一起面对着滚滚涌来的黄河和岁月……然后，无论每个月明星稀的夜晚，还是风雨如磐的岁月，我都毫不疲倦地停泊在你温柔的胸前，似原风孤鹤，鸣乱你满头的青丝。

或者相约长成一簇高原的苏撸树，一起发芽、抽丝、开花，随着春风舒展我们自由坚贞的爱情，一起咀嚼生的自由与爱的美丽，以及苍老的幸福和死亡的平静。我知道我们从来没有后悔过，在人生这样一种瞬间的过程。

我们爱过、拥有过、快乐过，而且那一次，我游进你灵魂的深处，月白风清，天籁无声，仿佛从不曾停止运动的世界停了下来。我们挣扎着、挣扎着，你像一只快乐的小鹿，我像一只得意的飞狐，轻飘飘地在金黄色的秋里，风一样刮过！

---

① 选自《中国散文诗一百年大系·远古履痕卷》，青岛出版社 2018 年版。

阿信[1] 作品

① 阿信，男，汉族，1964年10月生。著有《阿信的诗》《草地诗篇》《那些年，在桑多河边》《惊喜记》《裸原》等多部诗集。获第二届徐志摩诗歌奖、第二届昌耀诗歌奖、喀纳斯杯·西部文学奖、诗刊2018陈子昂年度诗人奖、第二届十二背后·梅尔年度诗歌奖、第二届屈原诗歌奖、首届中国（绍兴）陆游诗歌奖等。现供职于甘肃民族师范学院。

七月尕海①

间歇的小雨，留出一个让人匆匆出入的空隙——那空隙如此狭小，仿佛前一滴雨水和后一滴雨水中间，插入的一个小小的休止符。

漫不经心的司雨之神，给一个俗人的闯入，提供了可乘之机。而我的到来惊动了草地叶片上无数刚刚归于安静的钻石。

无疑，尕海是钻石当中最大、最安静的一颗。它奇异的安静，并不拒绝我对它久久的痴望，只是悄悄取走了我眼神中那一丝丝凡人的贪欲，和我作为一个诗人的一点点可怜的骄傲。

很快，自天而降的水珠，又把它复原成一座大地上沸腾的鼎镬。

斯柔古城堡遗址②

——献给李振翼先生

拨开草丛，寻找那条青麻石铺就的大道。

那一度喧嚣、蒸腾尘浊、裹覆红毡毹、迎宾舞乐的大道，充满了刺鼻的草叶、腐败的霉味。一堆受惊的蠕虫四下爬动……

法号吹鸣，车马辚辚，昔日的盛大景象确凿是不能与闻的了。

如此缘薄。

斜面，台地。一座想象中巨大光芒的门扉洞开。

——我发现了。他这样说："一段墙基，然后是另一段……最后，又回到原地——完成了一个循环。"

阳光炫目……羊群四散……时间，九匹快马牵制的马车，终于来到。

---

① 选自诗集《草地诗篇》，长江文艺出版社 2014 年版。

② 选自诗集《草地诗篇》，长江文艺出版社 2014 年版。

牧羊人和他的妻子，坐望在风雨之夜的甘加草滩，与一座传说中的古城堡，有一段宿命的距离。

现在，他躺在文化馆陈旧的木椅中晒着迎窗射来的阳光。他患有严重的风湿。

"这里，还有那里。"向导的声音，渐渐飘近。

我看见荒草中一对对巨大的覆盆式柱础：阴刻的忍冬纹，时间凝固。

寂静敞开无形的建筑：那宴饮、帛书、青铜烛台、壁饰、藻井、鬼面舞、佛龛、吐蕃使者。

月光的蓄水池：一面莲花铜镜。

神秘的回廊：河州女子及其一生。

格萨尔说唱艺人，坐在一株巨柏之下。

——浮现，又若细数家珍。失意的牧羊人无意间跌进一座宝库。

我曾在不多的时间里翻阅典籍。

那弥漫酥油味的、漫长的赞普时代：雪山之下，遍地城堡。但往往不着一字——"历史湮没了历史"。

一座寂寞无边的村落，被突然唤醒承担了使命。

斯柔：倔强记忆的天空，一段过往历史的见证，角厮罗政权最具诗意的称谓，古丝绸之路南线著名的孔道。

三百商人，卸下盐坨、茶叶、丝绸和青瓷。五百工匠运来了斧斤。而十万西夏叩关的人马倏进倏退，搅起一股股腥臊、狞厉的旋风……太遥远了——那狼烟、泥泞、阳光灿烂的谷地，那琴师、剑客、流寓异地的宋词写作者……太遥远了。

当考古者从一堵夹棍版筑式残垣状若牛眼的孔穴中，透视年代深处；我则从裸露于草棵间的一根根白骨之上听闻最初的美人幽幽的叹息。抑或是荷戟的豹皮武士血脉吟诵的潮汐：

仿佛是如斯的叹喟——如果有火焰，能够在时空的陶具之中保存其记忆，那多好。如果有生命，能够在我们结束的地方重新开始，那多好。

我不禁恍惚。但我确信我于这废墟之上听闻了生命如斯的歌吟。

我仿佛看见：一次不可挽回的日落，一座昔日辉煌的城堡，一种令人无法正视和卒读的伤痛，在荒草间沉浮。

玛曲的街道①

玛曲的街道，风是一年四季的常客。街道似乎为它们而建。唯一的十字路口，四通八达，没有任何障碍。风可以呼啸着来，呼啸着去，拍遍所有沿街的门窗，掐疼每一个匆匆出现的姑娘的脸蛋。

在玛曲，不用留意，就可以发现：在一些店铺的门板缝隙，在一家粮站陈旧铁栅的尖顶，甚至在那个迎面走来的藏族男人蓬乱卷曲的发丛中，夹着、挑着、贴着或晃荡着一些破碎的纸片、塑料袋、干枯的杨树叶和令人生疑的动物的毛发——像一艘刚刚打捞上来的沉船，浑身挂满海底的水草——这是风的勋章，它把它佩在任何一个不经意的地方。

在风经过的街道，沙土久久地沉醉——岗亭、台球桌、电影院门前油漆斑驳的招牌，昏暗光线中的肉案和砧板上忽明忽灭的刀子，一具冒着热气的牛头骨……都像悬浮其中，极不真实。你想在其中脱身、逃跑，已不可能。

你来到玛曲的街道，只能随波逐流。让风裹挟着你、推搡着你、翻遍你的口袋，给你鼻子狠狠一拳、从一个街口把你带到另一个街口——一座裸露的草原，或一条旱季的大河，硬朗而沉默的北国边地风光，出现在你面前。

---

① 选自诗集《草地诗篇》，长江文艺出版社 2014 年版。

大风中晃过的那些面孔当中，没有一个是你熟悉的。他们（或她们）都带着大风部落的徽记——干燥的皮肤、紫红的脸膛、凹陷而炯炯有神的眼睛，不管不顾、憨厚直爽、朴拙天真的眼神，以及袍襟中揣着白酒，为一个远道而来的朋友杀死豢养多年的三只白兔的举动——都是你所不熟悉的。除了那唯一的一个——趔趄着身子，顶风在街道上奔跑，袍襟像大鸟一样腾空而起的青年——是你眼前湿漉漉、心中潮乎乎的兄弟。

你是在二十年前来到玛曲。那时，你的心中盛放着爱情——为一只蝴蝶的宛转飞离而痛不欲生，为一些莫名其妙的想法而彻夜不眠。

谈　话①

在玛曲活着的那些人中间，我认识其中的一个。他经常睡不着觉半夜爬起，看河水洗白岸边的石头。

有一次，露水闪烁。我和他坐在草地中间。他告诉了我一些奇异的事情。

他说：在我的身体里住着另一个人。我只是他的役夫和走卒。我经常替他做一些看上去颇为荒唐的事情。比如：去岩石缝隙察看一条风干多年的蛇；在花朵中辨认可使孕妇呕吐不止的药草；用羊皮纸书写一些诗歌；不定时访问附近的几所寺院，等等。我在上班时经常神思恍惚，梦及古代和一只金色大鸟……

这个与我在草地上进行谈话的人是我的学生。几年不见，我感到有些恍惚，甚至怀疑那次谈话是否真实？

———————————
① 选自诗集《草地诗篇》，长江文艺出版社 2014 年版。

就像我常常怀疑：这个人是不是真的存在，真的还生活在玛曲的人群之中，而不是在我自己的体内？

山间寺院 ①

寂静的寺院，甚至比寂静本身还要寂静。阳光打在上面，沉浸在漫长回忆中的时光的大钟，仍旧没有醒来。

对面山坡上一只鸟的啼叫，显得既遥远又空洞。一个空地上缓缓移过的红衣喇嘛，拖曳在地的袍襟，并没有带来半点风声，只是带走了一块抹布大小的生锈的阴影。

简朴的僧舍，传达着原木和褐黑泥土本来的清香。四周花草的嘶叫，被空气层层过滤后，又清晰地进入一只昏昏欲睡的甲壳虫的听觉。辉煌的金顶，就浮在这一片寂静之上。

我和一匹白马，歇在不远处的山坡。坡下是流水环绕的民居，和几顶白色耀眼的帐篷。一条黝黑的公路，从那里向东通向阴晴不定的玛曲草原。

我原本想把马留在坡地，徒步去寺里转转。但起身以后，忽然感到莫名的心虚：寺院的寂静，使它显得那么遥远，仿佛另一个世界，永远地排拒着我。我只好重新坐下，坐在自己的怅惘之中。

但不久，那空空的寂静似乎也来到了我的心中，它让我听见了以前从未听见过的响动——是一个世界在寂静时发出的神秘而奇异的声音。

年图乎寺——这是玛曲欧拉乡下一座寺院的名字。但这个名字，对

---

① 选自诗集《草地诗篇》，长江文艺出版社 2014 年版。

我来说并没有太大的意义，对我有意义的，只是它阳光下暴露的灿烂的寂静。

鹰[1]

1

鹰，肉体凡胎。在这一点上，与一只鸽子相同。但鹰更多地出现在天空与神界搭边，而与阳台和日常无关。

2

尚黑衣者，孤独艺术家。腐鼠为食，风为马，天空为庭院。

时间：出入之甬道。生死：呼吸之晨昏。

3

东方，两大神秘意象：龙，虚幻的存在；鹰，存在的虚幻。

4

鹰呼吸着与我们大致相同的空气。鹰呼吸过的空气，沾有神的气息。

5

距佛祖最近的不是摩诃迦叶，不是经卷中那只可怜的鸽子，而是敦煌石窟中一只呼之欲出的鹰。

6

一只鹰在它的一生中，遭遇过三个人：佛陀，成吉思汗，希特勒。

---

[1] 选自诗集《草地诗篇》，长江文艺出版社 2014 年版。

7

鹰：一个真正的汉字，一个临风独立的汉字，一个不需要任何修饰的汉字。

雄鹰：一个苍白的词，一种蹩脚的修辞。

秃鹫：鹰的一种，让人想起不毛的山冈，和大风中蹲伏的那头扁毛畜生。

8

鹰是一部被掐去了首尾的黑白影片。

不明其生，难解其死。只能感知它在时空中无尽的延续。

所有的神秘感由是而生。所有关于鹰的想象，也由是而生。

9

灵魂的对话。在那高处：鹰和无人。

10

那个到过西藏的人，回来后滔滔不绝：苯教、古格王朝、米拉日巴及其密宗修持地、西藏野驴和生殖崇拜、缺氧环境下艰难的一吻、圣湖、山南一隅等等等等。

但关于鹰，他避而不谈。

敦煌集·鸣沙山 ①

1

黄昏的沙丘起伏着，渐行渐远的驼队起伏着，头驼颈项下节奏徐缓而悠长的铃铛声，起伏着……

沙丘的轮廓线，有一种无法描摹的神韵，让我深深沉醉。

---

① 选自诗集《那些年，在桑多河边》，甘肃文化出版社 2017 年版。

2

鸣沙山的落日，仿若乌孙昆莫西行前最后的眷顾。

青眼赤须的乌孙人，告别故土。那一步三顾的怆恻眼神，不正是鸣沙山脊云层缝隙间粘连不辍的落日吗？

何处寻觅去之已远的人喧、犬吠、马嘶和驼铃？目睹此壮美落日的游人之中，可有乌孙和细君的苗裔？

3

流沙没踝。我提着鞋袜、水、相机，随众人一起攀爬——在光与影角力的沙梁上。

流沙漫漶攀爬者烙下的脚印；渐浓的暮色把攀爬者的侧影，剪贴在蓝宝石的天幕上。

风吹沙响。苍白的大漠之月，如此升起——我感觉有一只白色的大鸟，正在附近振翅掠过。

4

在这旷古的黑夜里，在这静谧、布满陈迹的古道——

我仿佛看见那个负笈西行的僧人，在沙丘，结跏趺坐。

我想，我经历了他的孤独，也经历了日出时分：在他身后的沙丘上，喷薄、涌出的辉煌和圆满。

北美笔记①

1. 光斑蝴蝶

历史上，每项变革，至少意味着要造成百分之十五的被疏远者。他们与另外百分之八十五的人群，会滋生某种敌意。

---

① 选自诗集《裸原》，北岳文艺出版社 2021 年版。

瑞尔森大学，学术委员会坦白、诚实的征询环节，一定程度上，可以缓解人们的焦虑。

——伊文斯博士端起咖啡。临窗一侧的脸颊上，正好停着一只光斑蝴蝶。

2.时间之仓

枫叶花园，北美冰球职业联赛多伦多队前主场。

这座拥有八十多年历史、无数辉煌时刻的球馆，人去楼空。

2011年，瑞尔森大学收购了它。改造时，在地板下面，发现了一只封存完好的黄铜盒子，里面装有球馆的原始档案：一份协议文本、一册大萧条时期北美冰球职业联赛赛事规则、一张多伦多城市日报……一只玉制的小象。它代表什么？直至今天仍是一个谜。

谢尔顿·琼斯先生见证了改造工程全过程。"我们模仿前人，在某个不为人知的所在，重新埋入一只盒子，我们把它称作时间之仓。"那只寓意不明的小象，也一并装入。

或许，再过八十年，或者更长时间，人们会再次发现它：一只神秘的玉象，一个谜。

"我们以这种方式，封存时间里面的秘密……没有人会去寻找答案，因为，那是只有傻子才会干的事情。"

3.《新年贺信》

DVG酒店房间阳台，不允许吸烟。但可以坐在躺椅上，欣赏枫树树梢稍纵即逝的夕阳余晖。

约瑟夫·布罗茨基的《小于一》，刚翻到第220页。"那些是什么山？那些是什么河？"停在这一行，没有再翻过去。

迷人的诗句，出自玛琳娜·茨维塔耶娃的《新年贺信》。青春期的声音，蜕变的声音。

"无论在《花衣魔笛手》，还是在《黄昏集》中，都未曾出现过这个声

音，除了那些谈论离别的诗。"（布罗茨基）

"上帝不止一个，对吗？在他上面，一定还有另外一个上帝？"

阳台下的草地、草坡上的枫林、虫鸣的声音，仿佛裹在薄薄的雾气之中……

树林背后，楼宇亮起星星点点的灯光。楼宇顶上，是北美大陆奇丽、深邃的夜空，梦境一般的夜空。

我离开阳台，发现脊背已经湿透。那是春天的安大略湖潮湿的空气，在椅背上暗暗凝结的夜露。

4. 南美肤色的男子

那个在当达斯广场出现的高大男子，神形疲惫。

他带着一只装有四个滑轮的大箱子和他的南美肤色。

他斜穿人群，在广场一角的灯柱下停步。

他铲形帽下深褐色的目光向四周巡视。

我突然产生了一种异样的感觉。

我没有试图去接近他。

我站在广场另一侧，仿佛隔着大洋，欣赏落日下的另一座大陆，一只充满无限倦意的孤独、黄金的老虎……

5. 天体海滩

时值正午，西海岸，巨大的天体海滩。

在这里出现的不同肤色、不同年龄、不同性别、不同国别，侧卧、横躺、行走、嬉闹的人们，他们身下的花毯、手边的书籍、头顶五颜六色的气球，以及彼此之间的友谊、外露的性器，都会一一消失。

我们也不能幸免。

但那些粗大圆木、粗粝礁石、神秘洞穴……还是会留下来。

6. 传说

UBC 人类学博物馆。

巨大的原住民图腾柱之间，年逾古稀、头发荒草般披覆的古塔博士，告诉我：印第安数百个族群，流传着一个大致相近的传说——

他们的先祖，来自浩瀚宇宙另一片星空。他们分别是鳄鱼、乌鸦、熊和雷鸟……身着羽衣，在一个神秘时刻，借星辰之光，从天空降落。降落过程就是一个幻化人形的过程，当他们的双脚，触到北美的土地，最早的印第安人出现了。

我相信，这是我听闻过的最为庄严和神奇的有关人类起源的传说。

我甚至感觉身边的空气，开始缓缓流动。古塔博士的面孔变得越来越模糊。一根根古老的图腾柱发出幽幽荧光和神秘强大的能量，似乎要带着我们，一同飞离这个星球。

7. 印第安女孩

在卡佩兰奴。

我看着这些树木和禽鸟。树木高大，树干上生长着彩色的菌类。禽鸟眼神犀利，辨认来来往往的游客。

它们的主人，是一个长靴细腰的印第安女孩，斜坐在树下铁椅上，左侧肩膀，蹲踞着她的鹰隼。

一个百无聊赖的下午，草木散发腐烂的气息。

她偶一抬头，瞥向人群的眼神，让我悚然心惊。她的美，令人绝望。她的岑寂、焦渴，呼应着我的万古愁。

她来自我不熟悉的地方，但她似乎知道我的来历，能洞见我隐藏内心、秘不示人的秘密。

8. 吹牛杰克的咖啡馆

吹牛小街。每过一刻钟，蒸汽自鸣钟就会奏响古老而优美的旋律，带我们回到：一群伐木者、淘金人、搬运工、轮机长、水手、邮差、面包师和一个来自卑诗省的乡村牧师中间。

这里是西海岸的温哥华，这里有上帝的橡木桶，这里的落日和黄昏比地中海、苏格兰的还要美，这里的酒和大麻味道够冲，这里的美人儿来自墨西哥和遥远神秘的中国，这里是吹牛杰克的咖啡馆。

我们都愿意和他喝上一杯。我们愿意伴着管风琴，在昏暗的煤气灯下听流浪汉杰克讲自己的故事。讲伐木者、淘金人、搬运工、轮机长、水手、邮差、面包师和一个来自卑诗省的乡村牧师与他荞麦肤色的恋人的故事。听他讲我们自己的故事，一代人的故事。

有人醉去，有人号叫，有人在角落昏睡。有人搂着腰身粗壮的陪酒女去了后厨，有人在满地靴筒中摸自己的那一只。有人来到街上，有人摸黑回到码头。有人死去，伙伴们把他搭上板车，送到维多利亚湾残留积雪的山冈。从这里可以看见巨大的趸船，可以看见：矿石和圆木，随着千帆入海。

杜娟^① 作品

① 杜娟，女，汉族，1966 年 3 月生，现居甘肃省兰州市。中国诗歌学会会员，甘肃省作家协会会员。作品散见《诗刊》《散文诗》《星星诗刊》《诗选刊》《诗潮》《绿风》等刊物，曾获甘肃省第三届黄河文学奖、"记住乡愁"世界华文散文诗大赛优秀奖等奖项，作品入选多种选本，著有诗集《苏鲁梅朵》。现为甘南藏族自治州合作市档案局退休干部。

草　莓①

与草原对视的瞬间，只有回眸一笑。

红是你的念珠，像一个定义在胸前转动。

有只蝴蝶舔着草莓，做成一个小小的灯笼。我在草丛遇见时，草莓已醉过八成，接下来的事情还继续发生，我和牛羊一同出现、长久将自己停留在草丛间。

做一颗苏醒的红色草莓，就可以和草原共患难了。

从草深的地方出发，谁能走过白云呢？白云穿越时空，我与青草一起匍匐在山坡，我们是同一棵草上的叶子，谁此时安然无恙，将会永远安然无恙。

那一刻，我们不去想未来的事情。一条山谷里阳光充足，鹰的怀里有大片的光芒，它不虚荣，它的高度在延伸。

天空里的蓝正在走出现实。

马　兰②

湛蓝的天空。

这是一片草地，它不在强调绿色的生命，不在覆盖时光的苍老，只愿意表达六月的悲喜，表达马兰的本色。

马兰说：除了蓝，除了激越，剩余的时间我别无他求。

就在一个午后，马兰没有暗示，盲目地填进了一片草原的光泽，对于它积极的动作，我选择了仰视。

那些不统一的匍匐，姿势是崭新的，一部分蓝掠过我的脸颊，让我充满生机。看它前面的延伸，再看它后面的路，我有了一个需要去到达的念头。

---

① 原载《星星·散文诗》2015 年第 10 期。

② 原载《星星·散文诗》2015 年第 10 期。

如果让马兰一直延续下去，佐盖草原会发生一些事情，它已经引来了一群麻雀，引来了大朵大朵的云。

和马兰对望，知道自己的责任。幸福像风一样吹过草原，到了我身边。

甘南有一个漫长的冬天 ①

四月三十日，雪花落下。

在甘南雪下得多了，就成了一种环境。草原上雪花一直是一位战士，为纯粹、使命、朴素而作战。

它在夜晚飘下，语言奋力张开，在黑暗里延伸。

雪在现实中有多种表达，它在小河里、草丛中，在山坡上的一朵朵野花里，送去了涌动。接下来沿着空气中的风滑行，相信自己有足够的勇气去连接甘南迟到的春天。

"要记住，欣欣向荣的生活是我的需求"，这句话先由雪花说出。

寒风走过岩石、山谷，它依靠单纯的水分子，回到雪花之中。甘南在寒冷的风中总是能够保持站立。

寒冷的日子走过一个又一个，无论我们对环境有怎样的要求，雪已经覆盖枝头、山峦和大地。我相信雪花是正义的，在乏味的空间里，它保持最初的纯洁，这是一种张力，我相信它一直具备内在的温度。

黑夜之外的甘南 ②

山顶上积雪的白，挤出来牛奶的白，天上月亮空寂的白，给草原冰冷的伤口，撒上了一层消炎药。

今夜，甘南脱离黑暗。

月亮挂在牧场头顶，那些过多的白，慢慢渗透大地。

拉毛姑娘，头上系着红头巾，像一个影子，蹲在黑牦牛肚子下。十个

① 原载《诗选刊》2016 年第 1 期。

② 原载《诗选刊》2016 年第 1 期。

手指一动一动的，白色的奶哗哗流出，注入脚下的木桶里。

黑牦牛站立，它把月光吞进了肚里。

我在山路上越走越远。

在月光照耀的山冈上还需要走多久，才能愈合时间留下的伤口。

雪　山①

冬天的第一场雪，加重了天空的呼吸。

雪山在雪花达到时一再辽阔，它为雪花伸张正义，在事物的内部结构里摩擦，把自己一再磨炼。

太子山让雪花有充足的耐心，大面积的雪花把天空染得更白，它常常深入夜的身体，为夜晚疗伤，为黑暗保留一片光线。

有了雪的毅力，雪山与雪花共用一双翅膀。在生活里，它只让太阳看到无限的纯洁。

年复一年，雪山依然坚持。

一只秃鹫义无反顾从山顶滑过来。

在现实中，经常会遇到各种事情。雪山越来越有耐心，遇到浓雾从头上飘过，成群的秃鹫凄厉地叫，偶然有马驮着牧人经过。

一些事物在雪山留得久了，就拥有了和冰雪一样的气节。

玛曲·阿万仓湿地②

我注定要经历那么多草、浓雾和睡眠中的鱼。一些潜伏的阴郁在天空匍匐，它们迎风，曾经漫过前方的山。

玛曲习惯了阿万仓早起的鸟鸣，包括大量的乌云和宁静，鸟在高处飞，解不得野花的万种风情。

一块草地占据了千转百回的溪水，大量的草无所事事，牛羊不惊不宠

---

① 原载《诗选刊》2016 年第 1 期。

② 原载《诗选刊》2016 年第 1 期。

收藏草叶上的语言，天空中，一些变调的声音柔软而迟缓。

草原轻易超越了我，超越了时间，在夏天的章节里接近蓝天。

大风被来了又去了的小溪搬动，这是我喜欢看到的结局。云朵走不出自己的诱惑，记忆中与鹰进过食，与花朵共枕眠。

前方的雪山挽留这块土地，它揣不住时间，岁月不可复制。融化的雪水流过我身边，去帮助正在生长的植物。

夜晚，星星刚转过身，寺院的钟声传来，像一个理由在原野四散开来。

关于森林的历史 [①]

森林里埋伏着长久的日子。

森林习惯让高处的阳光穿透低处的阴影，如果流动的空气让我告别错误，我就用一朵花的勇气袒露心声。

一只鹿投来朴素的眼神，有形状的角直指毫无形状的事物，要是我可以看到重生，我就潜伏在明天里，做未来的美好生命。

庞大的时空丢弃了乏味的阳光和星辰。一道山泉在不断的告白中，说着昨天的花香明日的禁锢，它看到过香子、狐狸与狼之间的战争蔓延，记住了树木最原始的感情，用流动的眼睛透视蓝天、云朵和一排大雁。

草地、树木它们直面生活，有过不同的记忆和往事。

"在以后的日子里，要支持新生的力量"，森林里有诸多生命，这是它们共同的观点。

在这样的地方，我也可以疗伤、可以重新行走、可以与高山流水，相敬如宾地生活。

---

① 原载《星星·散文诗》2016 年第 4 期。

玛曲黄河①

玛曲被迁徙的黄河拦腰斩断，转过这一道弯，岩石就站在高处说话了。

不要阻止水面的羞涩，它需要喂养秋天，蓝天在饱满的情绪里奔走，是否可以说出雪域的明天，应该对草原有另一个承诺。

白云泅渡了千年，依然走不出黄河，把热爱蛰伏于水的底部。

夜晚，月亮有预谋地表达，它植入大地生命，解救一粒石子，包括一滴水，对毫无主张的河水，有序地放行。

青草伸展，思想开始高尚，黄河把时光留在草原，做好了奔走异乡的准备。

假如对岸的雪山可以信赖，黄河需要它当面说话，说出一个多年的承诺，比如怎样去面对人与人之间存在的问题，如何补充人间渐渐出现的漏洞。

应该感谢早年的理想，善待那些热爱的人们，天空的光芒超出了黄河的奔涌，大片的阳光穿过河水，穿过秋天的弦外之音。

玛曲的黄河习惯了匍匐，习惯了顺从和明静。

一匹马的奔跑，必须光明磊落；一缕风的对白，必须刻骨铭心，必须说出真相。

黑　刺②

满坡的黑刺，依赖着秋天渐渐成熟。

深深浅浅的清风堆积，纠正错过的机会，一浪高过一浪，覆盖峰峦，草木。

黑刺挂一些锋芒在身上，与风摩擦擦出声音，与黑夜摩擦擦掉病痛。

---

① 原载《上海诗人》2016年第2期（双月刊）。

② 原载《上海诗人》2016年第2期（双月刊）。

许多日子都走过来了，我无法用黑刺的方式，去叩问夜晚。有人伤害了植物，有挺身而出的人，用热爱去缝补时光。我弯腰，向大地树木表达我的敬意。

黑刺离我很近，它一串串熟透的果儿，我伸手就可以捧在手心。小红果儿堆积着压弯了枝头，它们看到过那些来路不明的苦难，太阳升起的那一瞬间，做出了一个了断。

光明就在前方，如果黑夜过于阴暗，就只能死。

当周森林 [①]

如果一片森林需要春暖花开，它就会选择那些生动的事物，会留下冬天的忍耐，阳光的专注。山川有山川的活法，清泉的存在是因为一个信念，头顶的浓雾是自由的，在森林之间从容飞渡。

我在留意一棵树与众多树认知的过程，树木会留下寻常事物里所表现的真实意义。生活中有病态的宣泄，森林里有生命，有斗争，这不算是算计，有黑夜，没有存在过阴谋。

没有内心的燥热，在沉静的氛围里共存，留在森林里这样想，不会是非分之想。

千年的树木自知天命，在一个环境里结盟就是兄弟，它们一同发言，一同豪迈和自律。

我埋下一颗种子，让它去一同生存，保留森林里的自由和光明。

牧　区 [②]

我来，不是因为鸟鸣和那些天空的飞翔。

是因为一个必要，一个和土地有关的问题。我在缀着野花和热乎乎牛粪的草间穿越，和我一同穿行的还有身后的羊群，以及空洞的流云。

---

① 原载《上海诗人》2016 年第 2 期（双月刊）。
② 原载《上海诗人》2016 年第 2 期（双月刊）。

村子周围有许多树，新的树叶又长出了一些，它们都向往光明。踏板房里生命的气息流动，村子保持着生长的意义，同样可以找到古老留下的内容。

桑烟在房顶直立，然后升起，做出了一种姿势，低处的生命不能对信仰背叛。

加羊家的狗还在叫，它还在对环境负责。

如果让我有生活的意义，我会做出选择，比如现在就伸出双手，用一根棍子在木桶里捣酥油；比如晚上把牛粪塞进炉子去煮大茶，然后在院子里披上一件厚实的皮袄，帮夜空的星星去守住天空。

菊花开了 ①

掠过山坡的寒风吹到我，吹我的骨骼，它们吹遍了所有的山峰、荒草。

秋天在明处，它经过了这条路，"在这条必经的路上，等一个知冷知热的人"。

牛羊轻易被风偏离了方向，在自然界它们一贯是守纪律的。

我从羊群中穿过，在一朵涉世未深的野菊花前停下脚步。我双手冰凉，这朵紫色的菊花，在寒风中摇摆，和我一样丢不掉软弱。

我必须蹲下身子向菊花表明态度，看看它的属性，依然用生命传递着世上存在的美好。

我是一个无助的人，寒风里有错误出现，在眼前晃动。

风声中菊花与苦难在同一时刻降临，它在寻找真理的路上，善待过每一条真理。

一千朵菊花，回应了一座山一千年的要求。

天空的程序里，被删除的美好依次出现。

---

① 原载《上海诗人》2016 年第 2 期（双月刊）。

落　叶①

落叶就是没有了营养，也是胸怀自尊的。

大部分清风失去了水分，它在光影里为腾空坠落的叶子挪出一条匍匐的路。树叶用一只脚探路，另一只脚填埋土地的皱褶。

秋天树木没有了抱负，但还在行走，在枝干上表明自己的态度。看看脚下的路，不知道明天会存在哪些问题。

谁会最后站立？叶子选择转身，倾听风中哗哗的声音，然后去聚集，讨论一场为春天必须要完成的使命。

一片叶子靠着石头闭目打坐，一朵云慢慢靠近我，在柳暗花明到来之前，留下邂逅的预约。

如果秋天给我承诺，我会坚定地迈出一大步。

青　稞②

一茬青稞犹如光景，犹如五百年前的时光那样形成。它在旷野里有秩序地站立，从钻出土地就在抒情，就铺展开粮食的声音。

九月，阳光有意走进，几只鹰从大片的青稞地里起飞，鹰冲到天空的对面，蓝天一再深刻，这种深刻让鹰以及其他事物，形成了一个与另一个细节。

那些低头吃草的牛羊，它们不会讲现实的逻辑，不需要留意山谷里曾经发生的事情。天依然在蓝，草原像一片没有象征的云，简单地过着一个个朴素的日子。

青稞尊重青藏的风，尊重头顶稀薄的氧气，它单薄的身体里有高原的脾气。

在甘南，青稞一直是有意义的粮食。

---

① 原载《上海诗人》2016年第2期（双月刊）。
② 原载《诗选刊》2016年第9期。

巴藏·阿让山 [①]

像一位胜利者，这座山叫阿让山。

当山川需要表达时，树木、风和浓雾都有充足的语言。

山峦从一个高度迎风静立，苍天辽阔，云雾说来就来。树木的生长存在差异，它们凭借光阴厮守一方水土，草木有过语言，飞鸟和风都能听懂。

云朵是高处的事物，所以远离了尘世的计谋。

站在山顶，就想不起夜晚的黑暗。看脚下的植物，它们不虚荣，彼此尊重，不说谄媚的话，这种状态让我对承受具有了信心。

山涧一条悬挂的瀑布沉淀过古老的时光，长期以来接受十里八村百姓的膜拜，婉约是它在人间保留的态度。

在光明里空气自由伸展，我翻过一道山梁，空气里的风格很适合我的原则，几只鹰在头顶盘旋，缩短了天空与人类之间的距离。当溪水从草丛流过时，我这样认为，如果人能像植物那样虚怀若谷，人就有了深度，就能像植物那样高贵了。

夏河·达宗湖 [②]

达宗湖在青藏的高处，一年的时间里，习惯记住一个日子。

今天是端午，鸟儿持续地鸣叫，湖水醒来，它一贯心存美好，大山里有清晨的桑烟，它给白云留出了足够的空间。

许多事儿正在发生，青翠的山色保持本质不变，人间充满美好，看不到欺世盗名。那些被历史记载的树木，和世世繁衍的花朵，形成共同的环境。

于是，我乐意坐在草地上，与安静面对面，选择在眼前的含蓄里

①原载《诗选刊》2016年第9期。

②原载《诗选刊》2016年第9期。

老去。

清风踏云而来，如果没有云，风就不会那么生动了。早晨的云彩放不下念想，傍晚依靠湖水，找到自由表达的理由。

半山腰里有花岗岩石头，它们依附大地，常年停靠在一个山坳里，北风吹过时，为自己攥紧了拳头。

这个横卧在大山顶端的湖泊，让青藏有了象征。斗转星移，它们没有平庸地老去，总是习惯不同的气候，学习做一块讳莫如深的石头。

站在湖边的岩石上，就想留下一个长久的意念。天上的云在我身旁，在此，我更关心山上的植物以及一朵野花表达的方式。

土房村①

绕着山走过了一片云，绕着云走过了一个太阳。

日头跃过了太子山，照着山下的土房村，村子在参差的树木中间，光芒落在踏板房之间。桦木开始落叶，留下树干直直地顶着翻过山头的雾。"天上一层霜，地下一堆火"，山坡上的黄刺一堆一堆的，刺空中一串串小野果儿，像秋天的颜色。

收割后的青稞还在地里，它无法摆脱粗俗的风，用最后的锋芒和自己告别。牛羊钻进了森林，一群惊起的麻雀在林中乱飞，一只小鹿站在一棵松树下，它躲在秋天的深处，恍若一片落叶。

老人头戴礼帽，背着手，牵着一头骡子，走下山坡，一只黄狗一直在叫。

牦　牛②

我像牦牛一样站立，站不出它的静止和稳妥，反复接受一些大颗的泪珠，接受眼眶里新鲜的潮湿。

---

① 原载《散文诗》2017 年第 1 期上半月刊。
② 原载《散文诗》2017 年第 1 期上半月刊。

牦牛的韧性可以假设，嘴里吞咽青草，固执地嚼出大片高原的时光。谁可以指名道姓，让我驱除身体里的伤害，善良只能延伸，不可以收缩。牦牛具备了我需要的坚强，负重而行，在寒冷中流泪，没有停止脚步。

草原有时候暗藏来路不明的流水，脚下时常有沼泽，经历得多了，留下了大片的伤痕。

牦牛的思维在人类的想象之外，它有深思熟虑的目光，常常用带泪的眼睛透视着人世的卑微。

尕 海①

一只翅膀是垂直划过湖水的。

看水的一只鸟割伤了尕海，一朵水花喧闹起来，不知道如何去表达，迎着湖面的鸟，记住了最后留下的那个符号。

一群水草集体失眠，对着月亮竖立耳朵，做出了聆听的姿势。这个早晨，鸟的步子太快，它听不到杂音，羽毛不带一点儿浮尘，看看清风带头飞起，想让翅膀在风之上，追上远处沉重的时光。

岸边的石子一个接着一个，多年自由惯了。有些物质被时间淘净了，就称之为英雄。

小船渐渐驶近，船上的卓玛姑娘嘴里唱着热爱的歌，一块云降下来，依偎在一首歌里，阳光深情，缓慢舒展。

我注视这些水、青草和刚刚到来的人。

一道云彩向我走来，又一道云彩也向我走来。

日头从阿米唐钦升起②

那一束光，顺着地平线返回，比想象中来得突然，把生长的手臂从阿米唐钦山顶舒展过来，光明如散开的液体，被饥渴的黑夜一一分解。

---

① 原载《散文诗》2017 年第 1 期上半月刊。

② 原载《山东文学》2018 年第 5 期。

光推动了光，淌过天空、山冈、森林，留下温和的脚印。夜晚被打翻，洒落一地，像安静的暮年。

一会儿，太阳如同浮动的一个橘子，喘息着，被阿米唐钦捧起，好比捧着长久的誓言，为了兑现一个事实，把太阳慢慢地举过了头顶。

草儿隐秘地活着，总是逆来顺受惯了，它顾不得黑夜白天，顾不得冷酷炎热，首先需要的是保护好自己的灵魂以及留下来的岁月。

花事横斜，森林里的鸟儿被早晨叫醒，先是鸣叫，然后在阳光下飞翔。蝴蝶生长，牛羊繁殖，一缕桑烟升起，隆达在蓝天下盘旋，太阳越来越具体，像一面正义的镜子。

事物都明朗起来，开始了劳作和生活。

青稞已收割①

青稞已收割，留下许多摇曳的影子，让冲动的麻雀掉落在一片废墟里。

这是一个有机可乘的场面，九月是平等的，已经功成名就了，现在占据的是整个秋天。

收割了的青稞被捆起来，倒立在地里。它们的空间如此狭小，而我想到的是，如何让它们还能接近春天，如何恢复繁衍的问题。

天空的云朵讳莫如深，它思考着粮食的具体位置，为什么承载如此艰难？土地被生长的植物围住，野果儿隐去姓名，坠在树叶间，留着一个个乳名，去红、去黄、去发展。

我熟悉的青稞与落日同行，可能会与生活相结合，可能会四面楚歌。我们有过感悟，有过建立，直到今天，那些感官还在，那些不细腻的召唤还在。

① 原载《山东文学》2018 年第 5 期。

荷花临风 ①

蜻蜓一直在，流水不会迷路。

阳光擦过白云，大地堆积的气息铺展。吹旧了时光的风，吹皱一池水，再吹懵懂的荷花，一群鱼相遇，相继摆尾，古老的眼睛穿透腐朽的人世。

土地不说世俗，我不说苦难。我说这一河适合清晨的鱼虾，我说人间之外的鸟儿，我说背对天空生活的蜻蜓，我说牵着牛走过河边的一位老人，我说黎明前来自生活内部的炊烟，我说祖祖辈辈在龙栖地过日子的男人女人，我说浮云下依然拥护阳光的一千朵荷花。

一条小船驶近，流云在上斑斓在下。船上的女孩身着红衣，几千年的峥嵘岁月里，她一如既往地唱着人类早年的一首歌。

一捧泥土，使用千百次的衷肠，养活了一个接一个日子。

荷花临风，暗藏的露珠闪现，一万缕金光穿过时空。

牛犊出生了 ②

一缕光处于无限延伸的状态。

它穿过山峰、岩石、森林，最后透过窗户进入牛圈。

南杰才让站起来，手捏了捏双腿，光明仍在聚集。他吹灭了牛圈里挂在木柱子上的马灯，一缕青烟忐忑上升。

天空展开饱满起来，有风从青草拂过，露珠坠入草丛。

雌牦牛横卧着，伸长舌头舔身边的小牛犊，人间最初的爱涂满湿漉漉的生命，小牛赤裸，充满真实和喜乐。

牛圈中央一堆牛粪火仍在燃烧，它淘洗时光，覆盖了生命的繁衍。火光摩擦过原始的生活，摩擦过生命与苦难之间的有关法则。

---

① 原载《星星·散文诗》2018年第12期。

② 原载《星星·散文诗》2020年第5期。

"需要饮下多少月色，才能与生命匍匐。"这个晚上，南杰才让裹着羊皮袄，蹲在母牛身边，牛从鼻孔发出声音，他的嘴巴喘着粗气。

那些他爱的事物，正向他走来。

天快亮时牛犊出生，世界寂静，信仰一路上升。

阳光洒进牛圈，许多事儿已经发生。南杰才让给母牛盖上一条陈旧的毡子，接着给火堆添了几块干牛粪，火焰燃烧起来，像一份责任。

"朴素的事物里有生活的格局。"他弯腰，走出了牛圈。

一群羚羊 ①

北风向北，暗藏了涌动。

一群羚羊出现，草原上有幸福时光。

生活的本色生生繁衍，灵魂泅渡，热爱勇往直前。

像风的力度，羚羊尽可能地奔跑，站在山顶，用涉世不深的眼睛看周围的事物，看不可企及的光荣和辽阔。我看到了思想的统一，表达积极向上。

"我说过，我不需要宿命，不需要太多的事情发生。"羚羊总在人间烟火之外表达心情，这种生命的状态适合我的语言。

羚羊一路向南，被追赶的时间在延伸。我了解这种奔跑，它们集体呼吸，有整体的信仰。

大地坦荡，有柔软、有智慧和爱，有体面的繁衍、普度。

起风了，由南向北的风吹过羚羊的身体，它们屏住呼吸站立，像草原上一些穿着古怪的石头，有自命不凡的责任和担当。

多少年后，它们成了往事，成了现实和荣光的具体内容。

---

① 原载《星星·散文诗》2020 年第 5 期。

德合茂山沟的马兰开了 ①

躲在阳光现在的阴影里，马兰放弃了跳跃。

空气奔走，留下寂寞遗落在山沟。阳光和寂寞都在低处，遭遇生命的泅渡。马兰承载了岁月的颜色，在雷电的纠葛里起死回生。

天空说：从燃烧里除掉痛，让花朵在携带的蓝色里跌宕起伏。

光明里一朵马兰穿越另外一朵马兰。我不惧怕寂寞，我支持一条山谷里无限抒情的花瓣和青草，残留的花香携带我的情绪在风中涌动，我去求证花瓣里暗藏的豪迈。山谷说：一朵花留下身体里的骨气去感念苍天。

山谷里没有谎言，我可以祈求人间，这是未来美好的理想。

一朵云驰骋，像一匹马要接近高处的真相，另外一朵云在天空凝固，它用脚下的路去贯穿泥土。

蓝色的光，包裹了尊严。

马兰抬头，向同一个方向张望。

俄河拉村 ②

冬天的事儿正在发生。

云能走遍这些悬崖，与悬崖一起站立。

山上的事物有些脱颖而出，有些陈旧下来。一匹站立的马注视前方，新的路线在眼前延伸，它怀揣一团火焰，尽力表达安静的表情。

允许寒冷的空气在头顶弥漫，鹰展翅时可以把空气抬高，鹰最终会消失在天空和爱之间。

长久以来的风吹过村头的柳树，吹旧了藏獒的狂吠，接着吹村庄。

火焰从锅底窜出，下面的时间里，生命充满气息。

一只出生不久的小牛犊卧在灶台旁，它伸长脖子，空气里弥漫着奶茶

---

① 原载《散文诗》2021 年 11 月上半月刊。

② 原载《散文诗》2021 年 11 月上半月刊。

的味道。

雪花飞过山冈，雪花里有山谷的回音，山峦充满活力，正在延伸。连着土炕的灶膛里桦木燃烧，它保留过雷的声音，目睹过闪电匍匐的姿势，像闪电一样清晰，补充了这间木板房与人之间的空隙。

一些往事需要在火里缅怀，要用燃烧的方式，留住一茬人保存一个环境。

地瑞村以西的青稞 ①

青稞把它搬到高处，看自己的另一面。

阳光下有移动的影子，在触摸尽可能延伸的地方。

地瑞村以西的山坡上，我把大片的青稞称之为田野，对落下来的一群麻雀看作是土地保留的表情。牛在前方呼唤，身体里有过去的欲望，它生生不息，眼角含着泪水，泪水里匍匐着火焰，留下许多不能辨别的摇动的光影。

麻雀留在一片田野里，这是一个有机可乘的场面，秋天的感官还在原点，那些不细腻的召唤还在。阳光渲染我的身体，使我对人性重新有了依恋。秋天的蚂蚁不停止努力，它们占据的是这个季节的重要行程。

我熟悉青稞，愿意以与粮食相同的姿态和青稞对视，我需要尊重镰刀收割时的饱满情绪。接下来已收割的青稞被捆起来，倒立在地里，那些奋斗过的经历不会是往事。

青稞携带着短暂的经历，它有过成长和忍耐，现在让尊严在天空下起伏。

森林里有当周山的态度 ②

一片森林占有了一座山的名字，长久地依赖这座山，就会产生欲望，在雪域的诱惑里开始终生奋斗。

在森林深处我愿意听到一些含蓄的语言。

---

① 原载《散文诗》2021 年 11 月上半月刊。
② 原载《散文诗》2021 年 11 月上半月刊。

当周山在风雪中历练，它要树立王者的形象，一直在攀登，让我看到向上的力量。一些乏味的阳光和星光掉落在山谷里，一只鹿穿过山谷，这是一个寄托，有温柔也有爱恨情仇，它投来依恋的眼神。

松鼠跳动，有松针落到地下，森林里一直有正常的心跳。当树叶落进山泉，马上像一个主角在水里沉浮，沉浮不是多余的，人生从不停下来说话。

林子与林子之间里有规律，有花香，也有禁锢。

正常的日子里烟火在四处蔓延，狼的眼睛透视蓝天、云朵。有个别树木被风吹倒，它们平行在大地上，只是没有停止生存和怀念往事。

有尊严的人，才能模仿高山流水不同寻常地行走。

太子山[①]

我攀登这座山可能有另外的目的。

可以从一个角度去看一个人，当年的风雨已坠入山涧，我在这样的环境里要一段经历。

有人在山顶煨桑，桑烟很快修补了云的裂痕。有人把一沓沓隆达抛向天空，把需求和思想一同抛了出去。

其他的事物都低于山顶和云，就像积雪、山泉，更低处的森林、牧场。

低处的悬崖里隐藏着往事。

战马嘶鸣，英雄挥刀驰骋，我向一块磨过刀的岩石致敬，清风里回旋着霍霍刀声。

现在一切都很安静，听不到风以及其他物体的声音，土地、动物和人的关系美好。阳光照溪边饮水的马，照落叶里觅食的麻雀，另外的一些光用来照我们，照额头的一颗颗汗珠。

可以想想，如果我死了，埋在这厚重的泥土里，就重新站在了一个世

---

① 原载《散文诗》2021年11月上半月刊。

界，能看到山光水色袒露在外的内心，独享星辰日月繁衍的思绪。

　　我把一座山所包含的生命以及与生命有关的土壤，都看作是曾经的光芒。

　　七月，草莓趋于成熟，她需要饮下草叶多少清晨的露珠，才能形成这种耀眼的光泽，点缀在时间的期待中？

　　一朵云的背后，有个人泪流满面，他面对大地在反思，自始至终也没有摆脱过权力与阴谋的纠缠。

瘦水① 作品②

① 瘦水（1968年—2022年），原名秦文忠，又名索南昂杰，藏族，甘肃省夏河县人，甘肃省作家协会会员。曾参加2011年云南西双版纳全国散文创作会议，贵州贞丰第十一届全国散文诗笔会代表。作品散见《诗刊》《诗歌报月刊》《星星》《民族文学》《西藏文学》《山东文学》《飞天》《绿风》《诗选刊》等期刊，新诗及散文诗、散文作品入选《中国年度诗歌精选》《中国年度最佳诗歌》《中国年度散文诗选》《新时期甘肃文学作品选》《甘肃的诗》《六个人的青藏——甘南诗人散文诗精选》《藏羚羊走过的地方——甘南当代诗歌集》《阳光照亮的羽翼——甘南当代散文集》《甘南当代散文精选》《甘南当代诗歌精选》《甘南乡土文学导读》《阅读玛曲》《品读迭部》等多种文集。曾荣获甘肃省黄河文学奖、甘肃省少数民族文学奖、天津鲁藜诗歌奖、2018年6月第二届全国藏汉双语诗歌大赛"吐蕃诗人奖"等奖项。著有诗集《玛曲草原》、散文集《黄河在这里拐了个弯》、评论集《甘南文人》。
② 选自《六个人的青藏——甘南诗人散文诗精选》，长江文艺出版社2013年版。

齐哈玛

奔跑的青藏比光芒首先到达玛曲。

三棵枯草的下面，妹妹憔悴的脸，等待着一群群牛羊的仰望。

谁也无法防止这块石头的诞生。

马客的弹唱凝固了，一把好刀生锈了，一匹匹好马走累了，一座座大山被风吹散了——

但谁也无法防止这块石头的诞生。

你的记忆是一抹星辉，照亮的事物仅仅是一丛丛昏睡的格桑。

不要再在花朵上摘取泪水，不要再在骨骼上种植风霜。

奔跑的青藏，夜夜都要驶过诗歌冰凉的心脏。

桑科草原

马走到这里再也走不动了……

前面的这片草原叫作桑科，我的眼睛空荡得有点疲惫。

马鞭无力地垂在我的手里，它再也挥不起来，再也走不出这片纯净的天空。

流水流到这里也流不动了。

随便捡起一颗卵石，上面便有千年的马帮慢慢地闪过它们那时的痕迹。篝火的余烬如今成了鲜花和绿草。

你站在这里什么也看不见了，只能听见马响亮的喷鼻在空旷的桑科草原上久久回荡。

我走到这里再也走不动了！随便地躺在草丛里，便有云朵柔软地飘过我的躯体。

我睡着了。整个桑科草原上除了马和鞭子，什么也没有。

雪　豹

雪下到一个叫郎木寺的地方停住了，这刚好让最后一匹马越过了雪线，而我和许多石头被堵住，只有目光翻越这些山梁。

我知道，一百里以外又是另一幅场景：

许多人悠闲地喝着咖啡，谈论另一国度或一场战争。他们从容地弹掉烟灰，不无寂寞地说，这场仗什么时候才能打起来呢？

而雪线之上，一只豹子在一个叫乔格日的山峰上注视着移动或静止的猎物。它明显地消瘦了，像高贵光荣的党项王一样，像一位我的诗人朋友一样，失去了搏杀和血腥的炫耀。它的活动只限于人无法到达的山巅，这让我想起乞力马扎罗山上一只豹的尸体。而更多的绵羊在山脚下繁衍，它是青稞之外的又一种口粮。它们温驯、腼腆、羞涩。我多像一只雪豹，在遥远的山巅上充满了一团暴力的云影。

脚　印

方圆几百里就这么一座寺院。

在向阳的山坡上向我静静张望。

早晨的雪地上，一位红衣喇嘛扫出了小路。它就像黑色的飘带，柔软地伸进寺院里，成为俗世所不能了解的秘密。

一座寺院就那样覆盖了苍生。

他们的脚印均匀而又整齐地踏在潮湿的小路上，走进院墙里而不再出来。

红衣喇嘛就这样衔接着前生或来世。

而雪是本质的，它存在于一切轮回之外，成为佛朴素的语言。

我莫非是五百年前的那盏酥油灯？抑或是一个笨拙的画匠？

不然方圆几百里，在许多香客之中，唯有我的脚印踏在小路之外，在雪地上显得凌乱而又慌恐。

狼 群

水草丰美的季节，狼群即使用声音也能辨别猎物的踪迹。

三天三夜的大雪之后，黑色的畜群拥挤在玛曲河谷的北岸一带。

这种忍耐、空旷、苍茫的声息，成为大地疼痛的伤疤。

因为对死亡的敏感和遐想，牧人和畜群都竖起了耳朵，阻止任何一方的伤害。一些腰刀跃跃出鞘，阻止了狼群的进一步逼近。它们悻悻而归，在雪灾之后，一座青海的山脚下，就是这个绝望的狼群，向另一群牲畜发起了最后的攻击。

随着牧人精准而又清脆的枪声，在一声声长啸中留下了狼群十三具血迹斑斑的尸体。

从此，玛曲河谷的北岸一带陷入更大的寂静的荒凉。

只有石头不时滚入黄河，发出轻微的声响。

玛曲记忆

春天留下的这些声音，足足使我打发掉玛曲寒冷而又漫长的冬天，朋友的肩上再也没有我的双手。

一片静寂的午夜，整个村庄唯一亮着的就是心头的那盏明灯。

呼啸的大风曾把我吹来吹去，就是在那样一个山口，我用整整一周无奈的等待，盼来了缓缓而来的客车。

鞋子脆弱的声响踩碎高原亘古的荒凉。

狼群身后留下了羊羔的血迹，我的眼睛只能停留在雪峰上。我看不见更远的地方，只有声音传递着记忆里飞飞扬扬的雪。

草 原

正午的阳光是寂静的。

只有苍蝇发出的声响覆盖着原野。

山坡上的三顶帐篷昏昏欲睡，扎巴和鞭子没有醒来。

一条河流无声地流过草滩，只有它衔接着事物的张开和凋落。（比如昨天与现在，早晨与傍晚，诞生与死亡）个体的存亡与此无关。

正午的草原是寂静的。

一匹白马坐在山坡上，用去年的眼睛看着我。

唯一相同的是，我们脚下的青草却是现在的。

只有草根抓住泥土，只有云朵贴近山峦，只有风穿过草原与草原的阻挡。

我看见最高处的往往最平稳。

比如鹰，眼睛比石头明亮，额头比积雪深刻，它不带情绪飞翔，使翅膀下这片正午的草地变得生机无限。

正午的草原是寂静的。

苍茫与枯黄弥漫着草原。

一切颜色都黯淡下来，一阵大风衰弱起来。

我知道草原深处又发生了什么……

这个正午与其他正午没有什么两样。

就在鹰的阴影越来越大时，这个正午就要过去。

景　象

一片云下着雨，另一片云却下着雪。上游是巨大的冰块，下游却是汹涌滔天。

这在阿尼玛卿的山脚下，是一片随意的风景。

一条山路紧跟着另一条山路。

风翻不过这片山冈，它大口喘气的样子，让一只山羊抬起了惊奇的眼睛。

满山的草唱着歌爬向了雪峰，整座山在阳光的压力下沉沉欲坠，犹如我们无法把握的生活。

一些草被吃掉，另一些草却在生长。

一只马靴被风刮了去，另一只马靴却走在路上。

在鹰族的关注中，你是草原的开始，而我是一片牧场的结束。

阿万仓

飞断的翅膀是北纬高寒地带的坐标。

路是兄弟，谁也离不开谁的是雪山。唯一醒着的是河水，是阿万仓如血的夕阳。

那不肯断绝的忧伤是否来自这里？

仇与爱、火和铁、石头和水，是否源自这里？

我走到这里便有马群嘶鸣，我就是五百年前战败的部落王子，头颅被抬上高高的山冈。

我看见鹰群依然在亘古中长鸣，石头和石头在图腾上深情偎依，星群的喧嚣被马客的鞭子和腰刀惊醒，雪莲在追赶着另一朵雪莲……

这优美的弧度和深度，像风一样吹过我宁静而又安详的目光。

我只能是一片经幡上的文字！

想起那曲早已失传的部落歌谣和轮回中的那匹白马，一起独饮这凄清绝美的空旷，独饮那瑟瑟而歌的冷月。

沱沱河源头

在你的经卷上做一块石头。

在你的格桑上放一片经幡。

在你的寒冷中凝固成雪峰。

落下来啊，我的青藏，我就是那个双眼失明、被你的光芒击倒的人。

你的飞临，是巨大阴影的笼罩，是海拔和真空的飞翔。

无法企及你的光荣和梦想。

我的草原阴雨绵绵，我的诗歌大病不起。

病榻上的微笑，你看多么纯净而又腼腆，高贵而又干净。

落下来，我流浪且忧郁的一生，我爱或者不爱，都是青藏的疼痛和缠绵。

落下来，我总不能仰望着度过一生。

因为石头还要在经卷上安眠，格桑还要在经幡上盛开，我还要在寒冷中燃烧！

唐古拉山口

没有速度也没有时间，一切都把真空和纯净作为背影。

暴雨隐藏在云层的后面，寒冷仡立在唐古拉的脚边。

一切就要发生，无须相互的文字和情节。

发光的经卷，阴暗的阁楼，你的前生注定和一块红布有关。就这样把自己放进纳木错湖，神圣就是没有神圣，秘密就是没有秘密……

我裸露的脚是宇宙的中心，我的眼睛告诉我，我的远行从来就是盲目和没有目的。我生下来就是一丛枯草，埋没了一座又一座天葬台。

而一万只黄羊和旱獭居于时空之上。

聆听青藏：

这干涸的梦幻，一只秃鹫失去翅膀的哀鸣。

黄　河

八年前一行慌乱而又匆匆的脚印，一场草地的圣宴，留下伤痛且敏感的青春和植物以及蝶的相遇。

凋落成泥辗作尘，而今寻觅，只是一行大雁的南去和几句零乱的诗行。

牧女于河谷舀水，木桶中微微摇晃的星光，抖落过程中的困惑和疲倦。而红红的狐狸被猎人逼进水里，水的燃烧犹如一朵花的凋落或沉沦。

这是生命在下陷中的盛开和升华。而更多的马靴和腰刀穿越河岸，使草原变得湿润而又鲜嫩，使光阴变得锋利而又丰满。

这是八年来绝伦而又壮美的遭遇，使我的脚步沉稳安详，使我的骨骼灵活而自如。

一些美好犹如它的流逝，带着雪山的寒意和植物的馨香。

这就是我来到你身边的原因，这就是另一个我的蜕变和新生。

甘　丹

那棵树，赶在了山的前面，它使甘丹这座朦胧的寺院变得鲜活起来。

黑黑的石头，是甘丹睁开的眼睛。

白天歇过脚，黑夜睡过觉，马客又把它当作抛石，扔在了河流的对岸。

就是这黑黑的眼睛，使黑暗跑到了光明的前面，让我具备了某种本质的温暖。

一片盛开的金属——甘丹，风吹拂着空荡的屋檐，熟透了的铃铛落满一地，我想用栅栏阻止某些事物的到来。

比如蟒蛇和苹果，女人和春天，数字和墓冢。

再比如把我放入甘丹的天空。

生于她的暮色，死于她的芬芳。

曼日玛

我伸开的双手触摸着草原如水的天空，许多年前一位骑马的歌手也曾这么抚摸过我，落日的时候他们都悄悄地走了，只剩下我数着天空里的鸟儿。鹰从我的头顶黯然飞过，清冷的风衬托着石头完美的梦境。

多少年前的祖先也曾这样活着。而今他们柔软的肉体已经渗入了草原。而我们走近以后，看到的却是沉闷的村庄和温驯的马匹，荒凉的寺庙和风中的经幡。这些黯淡的风景成为一种真实而又遥远的梦境。只有青稞生长在河流的源头，永远承受着土地和季节的压力。它是牧人在这个世界上唯一感到慰藉的家园。

燃　烧

露水打湿的草滩，马蹄走不出声响。

一块块石头在对面的山坡上陷入深思，犹如马帮留下的一堆堆灰烬。

经幡飘扬着抚摸天堂，空空荡荡的阳光栖息在鹰的躯体上。

当一片阴影离开地面飞翔于牧人和雪峰之上，一首怀念雪水的歌谣在向阳的寺院里响起。

水流到这里也不想流了。

两百年前的那件袈裟还在尘世间美丽地燃烧。

好多年后我走到这里，进入植物的冰凉，进入悬空的苍茫……

石　头

如果牧人睡着了，就要让鞭子醒着，不然马群里又要多一群野马。

如果猎人睡着了，就要让长枪醒着，不然羊群里又要混进狼。

如果牧羊女睡着了，就要让家犬醒着，不然老鹰又要叼走羊羔。

如果帐篷睡着了，就要让河流醒着，不然那归来的游子再也找不到生长的家园。

如果我睡着了，我就要让我的文字醒着，不然那些深浅不一的青草，会打断石头飞翔的翅膀。

虚 构

可以想象，一场雪崩来临之前羊群有过怎样的惊慌与不安？一只狼有过怎样的冷漠和麻木？

这是巴颜喀拉山的南面，同样的一片草地上，我却看到了一群恐惧的失败者，和一个傲慢的胜利者。

这是无数个冬天里的细节，有些灾难带来了日益深重的阴影，有些意外却给孤独者带来了绵延不绝的生机。

可以想象，一场雪崩，让一群羊和一匹狼显现原形，把我的文字和思想，逼上绝路，经历了艰难的再生。

翅 膀

秋天抵达了道路的尽头，牧人体会到了最初的深深秋意。

一片叶子提前到达草原，骤然升高的是雪峰和阳光，以及在峰顶向月亮膜拜的经幡。

这匹古老的白马就奔跑在原野上，这条古老的黄河成了它唯一的道路。

玛曲，盛开的果园是美丽的期冀，万物的盛衰犹如白马和黄河渐渐遁去的幻影，犹如暴烈和湿润穿过我空空的躯体。

鱼类和卵石在亘古的恒温中失去了朝思暮想的远方。玛曲在匆忙中，聆听了一千零一只翅膀的飞翔，这是谁的孤独和遗憾？

鹰群在苍茫中黯然远去，骤然上升的是海拔和高度，是我灵魂深处点燃的灯盏。

虎头山

沙、沙、沙，便有狼群或者雨点在走动，一个飞来的石头也许会使一座空旷的山谷苏醒。石头露着牙齿，沙沙沙地笑。惊醒的是一只鹰，它的头颈高过翅翼，仅仅是一撇，它就感觉到虎头山的冬天来了。沙、沙、沙，前方一座山背后的炊烟——我怀念这古老的歌谣。方圆几百公里，穿越整个白龙江上游，我在荒无人烟的跋涉后，炊烟比蓝天还蓝。它像张望着的母亲祈盼回归的游子。在虎头山山脚下我曾流下过幸福的泪，湿润过那里的每一滴露珠。

措美山

你的大风昨夜刮走了月亮，我在迭部的马背上不知不觉来到你的门前。你是在海拔的压力下飞落到这里，我看见散落的鹰飞翔在沉默的措美山上，马群正在穿越虚空的峰顶，风干的石头在雪地里渐渐露出身体，它在和另一块叫作太阳的石头喃喃细语。雪莲出嫁了，孤独的蛇无所适从，躺在河面回忆着清冷的梦。咫尺之内我没能抓住你柔软的手掌，你的曲线如一块红色的经幡，和夕阳融化在了一起，张开的嘴咀嚼剩余的温度。你是空气里消失的一条草鱼，是在时间的灰烬里留下的坡度。昨夜的大风吹走了山顶的积雪，那是你投向青草怀抱的飞翔，在浅浅的雪线上等待马帮们静静地穿越。

扎　西

时至今日，我们对于草原知之甚少。我不知道此刻的一场大雪就要堵住山谷，那些飘逸的格桑就要凋零在无名的山林里。

那是我孜孜不倦的爱情，消失在时光里。

多年前的卓玛早已忘记那首情歌。这些并不重要，老鹰还在那块石头上起飞，它依旧要在阿尼玛卿雪山上留下自己孤独的岁月。

羊群还要在早晨出发，他们像是一块块白云，越来越多地加深着草原的苍茫。

多少年来，我的祖先就这样活着，他们一代又一代地聆听着格萨尔英雄的传说，送走了一个又一个的夜晚。

卓玛就要出嫁了，一个孩子又要在雪山下诞生。我从她温暖的躯体上闻到草地的清香。

一场大雪，让一只鸟儿叩开了我的窗户。

我看见远处的黄河在冰川中流动着，就像我们的生活，在艰难地寻找着新的远方。

<h2 style="text-align:center">青　史①</h2>

1. 情

"当此世界坏灭时，有情大都生于'光音天界'，而成为'初劫'。"

我是你的结束——

在印度平原上，恒河只是你裹在身上的一片清澈的黄。

结束一个王被变为丐的历史，让他回来，让他成为一个被鹰赶着的人。

让他归还物质，只剩一段文字。甚至我还要努力，让他变为一滴滴黑。偶尔，在一个老妇的梦里，流着汗辨认着存在和合理。

时间开始的时候他不在，空间开始的时候他不在。怪不得世间上的人都爱你。我糊涂着，需要你的拯救。我为一切疯狂，你只是在远处看着。你是清晰的，我也将随你而去，成为白天不挡你的路。

那场车祸跟你无关，你只是把自己还给了自己。

我看见光线被眼睛切割，成为山川，黑色的河流成为我们爱着的你。

如果你相信情节，你将沦亡。

---

① 《青史》为藏族学者廓伯·仲敦巴所著，为研究西藏历史和藏传佛教的专著。

马们唱着歌会在远方想起你。

2. 梦

你能感觉那只蚁的存在吗？从白色的墙上掉下来的是身体吗？过了河，是世界的反面吗？我的亲人，从有情的那时开始，你们在风中过得惯吗？

大象昨天笑了，转过头来爬上了梯子。

密西西比河走失了，那些鱼在找我们。

算错了树林的老板失业了，国家的孩子们手里拿着红布在赛跑。

我打开电视，鞋子走过云海。

第十一支笔开始活动了。

墙打开了翅膀，雨打湿了非洲叔叔的脸。

印度半岛和一个挂着拐杖的人，睡在我的身上。

3. 劫

突厥抢走了邻居的西瓜。

公元 644 年太热了。

最便宜的羊出现在世界上。

那年，我十二岁，在低处的版图上生活。

山告别了山，红色和白色对峙。

你需要交流，谈话，决定和一个部落结婚。

在燕雀的天空下，你咳嗽的声穿透了沙漠，我看见身着黑色长袍的你，在省图书馆寂静的走廊里窥望着。

比拳头更有力量的是文化。

一个沿街乞讨的人，对着亚洲喃喃自语。

我读到恒河时，在美索不达米亚平原上，一颗子弹穿过了苹果。

4. 灭
就是从左面跑到右面，从红海跑到黑海，
从零跑到阿拉伯帝国，从奴隶社会跑到社会的奴隶……

一个盲人紧跟着走动的天空。
雪慢慢地淹没了一个叫西域的国家。
勇敢的旗手渴望打败太阳，他站过的地方一棵棵楠木在生病。

学习是这个人的本能，他的脑袋在上空喘着气。他目睹冠军被另一个国家夺走，就像墙上的那一枚钉子，已经成为他疼痛的一部分。

裹在里面真好，有水流和花香。
倾听天竺在世间的渗透。
我，一个不能组合的词语，不需要翻译，却在高处空空地活着。

5. 美
需要进入，你的抵抗让乌鸦兴奋起来。
我把你画下来——你的嘴是麦积山。
敦煌在远处歇息，大同昨天同我通话，龙门的后面是黑黑的洞。

他是砍掉你胳膊的那一个皇帝。
我为你胴体的香迷醉。
公主，你其实就像一座江山，今天，我是你的主人，但你可以不爱我。

那个割掉耳朵的人，他的形象我在印度半岛的阁楼上见过。

他是从一个大陆到另一个大陆的。

我和他一样，看着向日葵在世间疯狂地生长。

公　元

丝绸，一道耀眼的光芒，带来了鹰群的尖叫。它们发现了另一种艳丽飞翔的存在。

药味，这腐烂的秋天，治疗着自己的疾病。

水在寻找着埋在水下的祖先。

一只鱼在水波中，发现了鳃的存在。

雪莲，高原的医院减轻玛曲公元前一天的低烧。

没有名字的那个牧人，在数清了黄昏的雨滴后，他看见了玛曲大地上：

羌、吐谷浑、党项、吐蕃——

这些花朵的开放。

之后，他看见了唐朝的和尚出家到了一座雪水的寺院。

之后，他数着一种叫时间的颜色，

活到了今天。

都　实

他看见了阿尼玛卿，他开始感冒了。

一声响亮的喷嚏，让一片阳光模糊起来。

他的头发有星辰的气息。

昨夜他在洮州的一座驿站里，向着大都汇报了他的行踪。

他的儿子在西亚的一场冲突中死了。

他的房屋开始漏水，他的妻子，一个漠北的女人，点亮了一盏盏酥油灯。

一棵棵热带植物，闪着绿色的光亮。

他说他在跟一头大象赛跑，他的帐篷被石头包围着，他不怕冷，常常半夜站在雪地里。

吃一口雪吧，我对这个还在出发的人，

常常这样安慰着。

牧风^① 作品

————————

① 牧风，藏族，原名赵凌宏，藏名东主次力，1968年9月生，甘肃省临潭县人。
中国作家协会会员、中国诗歌学会会员、中国少数民族作家学会会员。已在国内
外各大报纸杂志发表散文诗、新诗、散文五十多万字。作品入选全国多种散文诗
及新诗权威选本和年选。著有散文诗集《记忆深处的甘南》《六个人的青藏》《青藏
旧时光》、诗集《竖起时光的耳朵》。曾获甘肃省第六届黄河文学奖、甘肃省第五
届少数民族文学奖、首届玉龙艺术奖，鲁迅文学院第22期中国少数民族作家创研
培训班学员。现任甘南藏族自治州委宣传部副部长、州文学艺术界联合会党组书
记、主席。

面对一片废墟①

面对一座城堡的残骸，一片落满岁月青苔的废墟，踏着沉重的步履，穿梭在萧瑟的秋风和古朴的民谣中。

一点忧郁，一点被历史的铜镜擦拭得十分疼痛的眸光。

刀光剑影、马啸箭镞的碰撞与搏击，似滚动的烟尘弥漫着日渐清醒的思绪。

吐谷浑，一个北方鲜卑民族的部落，一群逐水草而居的游牧群体，将黝黑的头颅和深邃的目光埋进峥嵘岁月的万里黄沙中，只有横陈的瓦砾、古老的传言和现实的残痕才依稀辨认出当年征战疆场的猎猎英姿。

悲叹呵，一群游走的魂，却意外地选择了一片血色凝重的土壤，在古洮州源远流长的千年故事中他们不曾留下辉煌的足迹。

为了那些断壁残垣，我曾设想一个精彩的梦，为了一个机缘，我随风而鸣，倾心劳作。

一片废墟，一截古文化的残章断句，醒目地把根留在古老的土地上，恰如思想者绵长的缕缕情丝，在惠风的吹动下，发出苍凉的嗟叹！

谁的身影环绕着牛头城古老的遗址，被我清凉的语言揭开神秘的光颜？

谁的心声落定在历史的册章中，用毕生的血汗搜寻着一个久远的梦？

车过乌鞘岭②

三月的飞雪漫过河西的心脏地带。

谁的话语打开了我尘封的记忆之闸？

车队在三月的河西呼啸而过。

---

① 原载《散文诗》2003 年第 10 期。

② 原载《散文诗》2007 年第 7 期。

空旷，孤寂，一种想呐喊的欲望急骤上升。

在达柴沟，车队鸣响的汽笛，一下打破了这里宁静的气息。

乌鞘岭，迎面迅急地撞入我的眼眸，令我躲闪不及，我们不期而遇。乌鞘岭的雪水已经融化，一如我沉重的心思在倏忽间感觉清新和舒畅。打通隧道的钻机声震耳欲聋，现代化文明的脚步正在踩踏着乌鞘岭往昔陈旧的伤口。

亚洲第一隧道，欧亚大陆桥的咽喉之地，如一块冰凉的岩石阻挡着行人的脚步。

在长城口，在天祝以西的高地上，面对茫茫戈壁，遥远的乌鞘岭如一天然屏障横亘在旅人眼前，心灵为之震颤，我感觉唐突之中呼吸急促，思绪窒息。

一列火车远远地朝我们驻足的方向呼啸而来，回声中传递着阴冷和不可逾越的阻隔。我的河西兄弟，此时除去学校门前的积雪，与孩子们隔入雪国的童话中，齐诵着"飞雪迎春到"。

夜走酒泉 ①

夜走酒泉，想象是品尝一杯美酒或一泓清泉。

夜让人变得沉重，无情地中断美妙的话语，车窗外寒气阵阵，遥远中灯光闪烁处可是酒泉？

在暗夜里行进，急躁困惑中夹杂着些许暖意。

我们宛如一块吸足水的海绵，被寒风掠进了夜的深渊。随处透视着大戈壁苍茫中裸露的清凉和暮霭。

远处灯火辉煌，群楼林立，我们在城市的边沿游动，如同鱼儿穿梭在人流中。远离故乡，让人想起"葡萄美酒夜光杯，欲饮琵琶马上催"的精妙诗句。远处灯火摇曳，今夜醉酒的地方可是酒泉？

---

① 原载《散文诗》2007年第7期。

风雪玉门关 ①

在飞雪迷茫中让心灵抵达玉门镇。

一张张黝黑的面孔，一个个浪漫的背影，被镀上夜的青铜，风沙中挟裹着清寒的玉门古镇，在风雪迷漫中，发出呜咽之声。

玉门镇随处涌动着狂放和豪迈，流露着热情和柔美。驻足玉门镇，人的灵魂就像冬日里四散飘动的雪花，把美好的情思和爱恋留在这块充满神秘的土地上。三月的飞雪还在弥漫，而我灵动的思绪成长在唐朝诗歌的灯火中，久挥不去。

行走在古镇上，用心丈量着历史遗留的残痕。岁月流逝了，而古镇依旧年轻。那空旷的历史古迹像贮藏灵气的精美容器，在凝视中生长了无穷欲望。

灵魂在天池上舞蹈 ②

这是三百年前的天劫！

一切美丽的传说和曼妙的韵律正穿过长白山初秋的手掌悄然打开。

是谁，用激情和火焰揭开了成吨水流与滚烫岩浆的对话？

又是谁，用岁月绵长的纤手抚慰那百年的伤痛？这仙界女子眷恋人世的一滴相思之泪，怎承受得住芸芸苍生的拜谒和层层目光的抚摸。天池，生来就是天外圣物，一池震撼心灵的沧浪之水，豁然洞穿了我灰暗的双眸。

青铜一样的色泽，分明是一种神谕的暗示。面对长空，暗藏着雷电和风雨，挟裹着咆哮和呐喊，哪个世纪将是它水破天惊的时刻呢？

那一夜，梦中亮丽的长白山暗香浮动，野杜鹃倾吐着素洁的情思，成片的岳桦林扬起倔强的头颅，而我幻化成一只清纯的小鸟，在苍茫林海中

---

① 原载《散文诗》2007 年第 7 期。

② 原载《散文诗世界》2009 年第 11 期。

鸣啼着一片痴情，在神秘的天池之畔扇动着激情的涟漪。倏忽间，那灵魂就游弋而出，在幽蓝寂静的天池上尽情舞蹈。

八瓣格桑花 [1]

我黯然神伤，一个在草原上孤寂行吟的歌者。

八瓣格桑花，在晨曦的清明中浮动着身影。

一粒阳光飘曳而来，洞穿了我灵魂的全部。每个紫红的花瓣就像吉祥的云朵，缭绕在我倍感秋凉的内心深处。

格桑花的梦想很纯，就想躺在黄河首曲的身边，静静地谛听千年流水滚动时的喃喃低语。牧歌还没有唱起，酒杯还没有捧起，炊烟还没有升起，而我已经湮没在黄昏的余晖中，只有背影依偎着草原。我的思绪疯长，就像梅朵合塘舞动不定的八瓣格桑花，在鹰隼的喧啸中飘荡自如。

牧羊的卓玛 [2]

寻找卓玛，在黄昏羊群的滚动中。倏忽间，我的眼眸浮现卓玛略显憔悴的眼神，目光里透着一丝苍凉。

卓玛伫立在羚城西面的草坡上，眺望远方的山冈，羊儿悄悄地从身边溜走，时光从身边滑过，青春从身边飘过，唯有卓玛的身影还厮守在过去的故事里。牧歌里长高的卓玛，俊美的脸庞和迷人的眼眸，岑寂地亮过我的心堤，在我久病初愈的心上飞翔。

临潭：牛头城遗址 [3]

苍凉之歌，嘹亮历史的记忆之门。

伫立在瓦砾横陈的废墟上，让思绪打破千年的沉默。

---

[1] 原载《青年文学》2011 年 7 月散文诗作家专号。

[2] 原载《青年文学》2011 年 7 月散文诗作家专号。

[3] 原载《散文诗》2015 年第 2 期。

我亮起耳鼓。倾听堆砌的铜影里，游牧的蹄音响过茂盛的麦苗和怨恨的眼睛。

此时安坐城堞的遗迹，我依稀看见时光里北方的吐谷浑从西晋的战火里一头撞进甘肃的南部，垒土为城，饮血踏歌。

古老的洮州，已习惯于刀剑的碰撞。而时光的巨辙，在风雪的凛冽中发出呜咽的回响。

膜拜图腾，牛头城将痛苦凝成清寒的石头。战旗摇曳，谁是立定城堞的将士和马群，败北的军队，带伤的马匹，消失的箭镞，以及沉落的荣光？

佛乐安详。没落的沉寂中，牛头城散发出幽暗的灵光，每一个与之有关的故事，犹如零散的历史残骨，在黑夜里借自然的灵气流泻由衷的慨叹。一轮历史的明月照亮何方？

人与兽融为一体。遥望二月积雪的城头，那只是岁月馈赠的残骸，早已被战火雕琢得千疮百孔。一千五百多年前已经布满血雨腥风，砖堞纷飞。

侧耳倾听，鸟群已在惊悸中四散归去。

拭目城下，那泛动着权力的点将台，已落满岁月的青苔，只留一俱破壳，与日月同在。

回首历史，我清醒地展开行行墨迹，一群群冤魂匆匆而过，狼烟潇潇。古老的铁器触伤了千年文明的硕鼓，一切的罪恶都在历史的夜幕上疯狂，好戏连台。

环顾牛头城遗址，古老的辉煌已被烽火湮没，空旷的黄土，已无法容纳昔日的几声凄厉的口哨。

残破的琴弦，沾满征战的血泪，落地为泥。吐谷浑涂炭生灵的同时也葬送自己。

那片废墟上毛桃花开花落，而与城有关的故事，正张开欲望的嘴巴。

玛曲：呜咽的鹰笛 ①

谁的声音把鹰隼从苍穹里唤醒？

是那个站在黄昏里沉思的人吗？抑或是他手里颤动的鹰笛，一直在夜岚来临前悄悄地呜咽。

鹰笛在吹，我在风雪里徘徊，舞动灵魂。

鹰笛在吹，云层里鹰的身影挟裹着冷寂落下来。

兄弟班玛的口哨充满诱惑，远处的冬窝子在早来的雪飘中缓慢老去。

寺院的诵经声响起，他还在回归的路上。

牧鞭在黄昏里划出闪亮的弧线，牛羊沉默不语。

远处，阿尼玛卿浓浓的雨雪和恋人的背影让班玛的心思窒息。

他厚实的嘴唇僵硬如石，鹰笛在吹，就像吹动脑海里湮没的记忆。

夕阳迫近，青铜之光覆盖缓慢行走的黄河，班玛的步履更加沉重，余晖中他和草原融合在一起，成为夕阳下凝滞的风景。

明代的阳光 ②

大迁徙。一首军民西行的悲壮之歌！

一册山河，明初演绎的史话。

六百年传唱，不舍昼夜。

那片明史浑浊的雪花被我渴求的嘴唇狂吻。

那雪花吹醒朱元璋惺忪的眼，挥手间，"洮州，西番门户，筑城戍守，扼其咽喉"的诏谕飘落在平西将军沐英的书案，他自负的眼神填满了奢望。

宁静得快要窒息的午后，洮州城内，车马如流，商贾如云。

阳光涌进城门，那些沧桑的倦容，发出喃喃低语，是诉说"茶马互

---

① 原载《散文诗》2015 年第 2 期。

② 选自《中国散文诗百年经典》，四川文艺出版社 2017 年版。

市"的辉煌？还是讲述六百年前悲寂而苍凉的西迁？是聆听冰冷铁器的撞击？还是回味屯兵耕田的祥和？我在翻捡历史的残章断句中不断拷问自己。

抚摸那些落满沧桑而破败的城垣，明代的战事在记忆的库存里跳跃而出。

沐英和金朝兴瞧了瞧残阳里微微颤动的卫城，目光里流露出深邃的剑气。午后的阳光在明将挥动的手指间渐次滑落，迅疾地潜入《洮州厅志》厚重的册页中。

遥看古城，血泪凝固成的浩大工程，横亘在世人面前，那斑驳之躯和灼灼洞眼，透视着西北迁徙演进的沉重印辙。

那一袭西湖水的蓝飘过眼前，是江南灵动的女子吗？为何哼着江淮一带的茉莉花之歌？

倏忽间我已置身如梦江南，看那闪身而过的女子，已幻化成一首首江淮的词令，萦绕在脑际。

仰望阿让山①

谁的目光被云雾环绕？

谁的声音被佛光穿透？

阿让山已湮没在黄昏的云海里，唯有三只鹰孤寂地翱翔在天际，它们没有对手。

再次仰望阿让山，已是翌日的晨曦。那一半掩映在云层里的诡秘，一半凸现在梦幻中的雄伟，急切地逼近，令我瞬间哑语。如梦如幻的感觉从清晨弥漫到午后，宛如一束束香艳的达玛花，在藏乡荡漾着刻骨铭心的爱恋，释我心怀，挥之不去。抑或像一段让人无法破译的神秘伏藏，在尕布藏寨的上空飘曳且逍遥。

雄伟的阿让山，静美的阿让山，在端午朝水节的欢腾中期待人类的征服。

_____

① 选自《中国散文诗百年经典》，四川文艺出版社 2017 版。

藏地酒词①

是谁，用古老的传承把青稞酒的梦想打开。

是谁，用佛陀的慧眼把元代的青藏从沉睡中唤醒。

又是谁，用千年的洮砚史刻画觉乃远古的文明。

苍烟掠过藏王的故里，浩瀚的经卷被岁月吹皱成一曲洮水。

为何有苍凉的歌谣带着铿锵的脚步急切地贴近？

是四代策墨林的传奇经久不衰，还是土司迁徙的步履迅疾而来？遥远而沧桑的历史烟云随光阴的倾诉弥漫雪域。

青藏空旷的栖息地，有土司的背影穿越时空，把民国的烟云抡动成波涛汹涌，那梦一样的故事把洮河两岸的秋景描绘成五彩缤纷。

有民歌和传说在藏青稞的生长中表情饱满。

盛一碗千年的相思。

盛一碗流动的绿云和滴翠的鸟鸣。

盛一碗藏王故里清凉的月光，在沉吟中把卓尼的传奇一饮而尽。

又见敦煌②

千里沙洲里镶嵌的一只眼睛。

养育着反弹琵琶和阳关三叠，以及三危山下遮住尘世的佛光。

乐樽探寻的踪影呢？西夏元昊舞动的长刀呢？

大将霍去病的铁骑呢？飞将军李广的神箭呢？

左宗棠远征时栽下的左公柳呢？还有道士王圆箓出卖的藏经洞呢？

一个个都在时光的巨辙里走进《河西走廊》的经典故事里了。

丝绸的故道上我听见千年大汉驰骋的铁骑和商队的驼铃声声，还有敦煌千年的变局掀开的狼烟萧萧。

---

① 原载《星星·散文诗》2018年第2期。

② 原载《星星·散文诗》2018年第2期。

在莫高窟深藏的文化遗产里，我发现了常书鸿、樊锦诗们勿忙而忧虑的身影，那些大漠风暴锤炼的灵魂，都深深地镌刻进历史的典籍，散发着浓浓的精气。

我的敦煌，是一场魂牵梦绕的预约。

落座故乡的雪野 ①

轻触那片衣衫，只隔着一缕雾色的清凉。

今夜只守望一丛冷漠的树挂，心灵的沉闷被一阵阵雪意掠净。

与窗前深浅不一的脚印对视，我的眼眸挤满故乡的影子。

环顾塬上的雪野，那绵软的暖意都躲进了雪蕊的深层，唯有少年的追逐和嬉戏。

面对如此辽阔的凄美，我失却了内心的静寂。

生灵的吟唱在狂雪面前虽显得有些单薄，但鸟群与雪共舞，其实是在完成一种美丽的蜕变。

天空依然飘动朴素的花朵，这种美妙的声音我至今聆听。

是谁，让我永久地享受这北方荒原呈现的孤独之美。

面对这熟悉的风景，我的视线空蒙一片，就如黄昏后灿烂的笑容在一丝暗红中闪烁，在苍茫中落幕。

独吟雪野，我悲伤地落泪，只是为了那些被岁月淡忘但深藏在记忆中的斑斑残痕和阳光下彷徨不定的脚步声若即若离。

当白瓷在天空碎裂成花瓣，让多少的倾诉找到了归宿。

冬天，北方有雪真好。去雪野放牧灵魂，让内心的秘密在风雪的缠绵中迅速燃烧。

守望北方，守望一群飞鸟善意的目光，守望冷峻的思绪在天穹下随意的表述。

而我更像一棵枯柳，在默默地等待坚冰划破春梦的日子。

---

① 原载《山东文学》2018 年第 5 期。

登瓦屋山^①

七十二条飞瀑把天宫瓦屋装扮成白发飘曳的女神。

八十眼清泉把道教瓦屋滋润成苍海秘境。

身披鸽子花和杜鹃花编织的五彩霓裳，瓦屋山神韵骤起，恰似那道风仙骨的谪仙人，在苍雪映日中缓慢远行，在那神奇山顶的平台上打坐默念《道德经》。

独坐冬季，远望瓦屋山峦涌动，雪意缠绵，伫立山顶象耳山庄，想那雪国里徜徉许久的伊人，此刻我与你相视无言，只有低沉的呼吸透过薄暮，传递瓦屋山冰雪雾凇的缠绵。

分明是瓦屋山天池，为何让失散重逢的鸳鸯去给那神秘的一汪春水重新命名呢？面对远处呼啸而出的兰溪飞瀑，我瞬间被震撼，竟然想不起那幽静的池水之源，也许那钟声悠扬的正觉寺和光相寺才晓得那鸳鸯池的来历，会不会是一段忧伤的爱情故事呢？

谁的巨掌伸过象耳岩壁，在晨曦中观云海放歌，揣朝阳入怀？又是谁的虔敬轻盈而至，在暗夜里擎神灯划开禅林，静候佛光入心？

那条让魂儿走散的迷魂凼呢，至今也没有探险者深入的足迹，叩问瓦屋山，何日解密？

题三苏祠^②

面对牌坊和高大的门庭，你来与不来，它都庄重地落座在眉山的心脏，任由无数访游者仰慕和凭吊。

伫立在祠堂前，我被西南古典的绰约和儒雅迷住了双眼，远望"三分水，二分竹"营造的"岛居"，不远处苏轼仰天长叹、仗剑赋诗吟明月的豪放气势，栩栩如生的景象哪像是一座浮雕？

---

① 原载《星星·散文诗》2018年第8期。

② 原载《星星·散文诗》2018年第8期。

穿过启贤堂，远眺抱月亭，登上景苏楼，那三苏的情怀和胸襟尽收眼底，还有什么抱憾呢？只是那《六国论》《东坡七集》《栾城集》都躲开众人的视线，沉入蒙尘的宋史中了。

今夜，漫游在这月色斑驳、竹影婆娑的眉山古道，任凭细雨霏霏，想那千年豪吟的苏东坡与今夜一个远游者的相遇，畅叙世事过往，旧貌新颜。我酒酣入眠时，三苏的故居已在华灯初上中轻歌曼舞，车水马龙，一片世态祥和，整个眉山在现代与古风的融合中华丽转身，瞬间褪去了那北宋的颜色。

草原的背影①

岁月峥嵘的痕迹，光明里裸露的忧伤。

遥看背影，牧人的背影，一张美丽的弓矢，欲望空呼啸而出。一块沉思千年的灵石，伫立在甘南草原硕大的帷幕下。

四月或五月的雨雪蒙住了牧人期盼的眼神。黝黑的魂，在风铃的欢歌中站成一种力的风度。青藏春末的飓风是一片锋利的铧，被浓烈的地气撩拨得铿锵有声。一种劳作更像赴死的冲动，在庄重里点缀成季节的颂辞。

遥看甘南的背影，首曲黄河的背影，更像一条浓缩了的哈达，正舒缓地飘过草原的心脏。

在甘南捡拾春色②

满目的飞雪掠动相思之羽，它飞翔着，躲进谁的暖帐里了？

难以想象，在这极寒的草原，还有谁收藏慰藉心灵的些许温馨？

强劲的风搬运着苍凉。

同时也搬运着这个冬天最后的希望。

那个寒风里扬起的头颅，是远方生命铿锵的证词。那片片枯萎的落英

---

① 原载《绿风》2019 年第 1 期（双月刊）。

② 原载《绿风》2019 年第 1 期（双月刊）。

后面潜藏着谁的秘密？是命运的灼痛还是灵魂的惊悸？

故乡就在前方，甘南让一个远游的人长出痴迷的花朵。瞧，那一片催生的杨树，在雪后迎风抖动，是生灵的挣扎还是远方枯杨春意的萌发？那些湮没在雪水下的嫩草在呼唤着同一个名字，我昂起头，用心捡拾甘南的春色。

游走的魂①

青藏的雪，凝固在草原冬日的画卷里，点滴浸满忧伤。

雪天的阿万仓孤寂而沉静，远处有雪狐贴近，毛发闪亮，把穿行的匆忙留在古寺旁的石经墙上。

结冰的湿地，远方寄来的信笺，铺展在阿万仓冬日的空旷里，写满了草原神灵的狂放和眷恋。那风在鹰笛的歌吟中呜咽了，而牧帐里的酒歌沁润心扉。

阿尼玛卿山下的外香寺湮没在众僧的祈祷声中，寒雪覆盖的藏寨一如生灵般休眠。远望僵硬的天空，我的思绪凝固，背影在雪的蚕食中长成一块残骨。

有一段记忆偶尔就醉卧在旧时光里。

在空旷的玛曲，月光撩开古铜之躯上泛动的传说。

跌入眼眸的风景晃动着远古的身影，牛羊在牧归的洪流中发出骚动和叹息。那镶嵌在远方的鹰隼，在暗夜里睁大眼睛。

花瓣已飘落在曼日玛飞翔的焦躁里，还有谁不知晓呢？远处有雪狐在孤鸣，而蹒跚的灵魂，在黄昏里孤独徘徊。

阿西里西②

远处笙歌悠悠，苗寨的和谐之音在鸣奏。

---

① 原载《绿风》2019年第1期（双月刊）。

② 选自《新时代散文诗》，贵州文化音像出版社2019年版。

广场篝火冉冉，彝族大迁徙的舞步透过古老的祭祀和民谣，把撼动山岳的声音传向远方。

阿西里西，一个充满向往的故事，一段灵动传神的旋律。

阿西里西，一个民族迁徙的步履，一块凝重透亮的活化石。

今夜，请裸露你高原坦荡的心境，容纳一个远足者深深的膜拜。

今夜，请抬起你贵州屋脊的头颅，承接一个访游人探寻的眸光。

今夜，请亮出你乌蒙山脉浑厚绵长的歌谣，牵引一个倾听者虔诚的灵魂。

火把高擎，鼓声轰鸣，烟雨苍茫，诉不尽赫章人的豪迈和荣光；铃声叮当，谪仙临世，古琴凄美，唱不完赫章人今夜的狂欢和梦想。

阿西里西，我生命里最动人的篇章。

阿西里西，我至诚挚爱的恋人。

今生今世，你就是我最美的情诗，一张望穿秋水的脸。

九曲弯 ①

那浸满生灵呼吸的草丘，如一段爱的流萤，跳跃在九曲十八弯的苍穹下，一群缪斯的儿女，面对酒歌和奶香，把山峦吟唱成灵魂的长短句，在敖包相会的地方，去寻觅天穹下闪亮如羽的诗情，而龙妹和额吉在山冈上眺望着夜空的星星。

箭镞一样飞过的骑手，追逐乌拉盖苍狼，畅饮马奶酒，舞动着长鞭，在长生天的护佑下迅疾地藏匿夜色缠绵。

湮没在草丛的暗河，如一曲沉吟天边的恋歌，用粗犷的韵脚丈量蒙古高原迁徙的踪迹。

苍烟浮动的草泽，恰似蒙古歌谣旖旎长吟。几匹骏马掠过，有伊人在草原的落日下远行，那九曲弯迷人的夜色里她泪眼蒙眬了吗？

---

① 原载《上海诗人》2019 年第 4 期。

潭柘寺钟声 [1]

步入京都的深处，两扇幽闭的门被清风吹开。

探寻的目光在掠起的晨雾中徘徊，一地春欲被禁足在外。

一圈一圈涟漪般荡入耳鼓的是由远及近的钟声。

一千七百年幽静的声音，化作古寺悠长的钟声。

潭柘寺，千年变局的化身，那微风吹拂的柘树就是一个见证。随钟声遁入空门，却发现那白色玉兰扭动婀娜的倩影，透出淡淡的幽香，在长廊边清洁地绽放。

我只是一粒尘埃，被随意洒落在潭柘寺外，庆幸聆听到古刹千年变迁的声音，是那样的悠远和孤寂。

暮光里的眼神 [2]

我在暮光中翻捡，那遗留在岁月之瓣上的印痕。在微弱的光里凸显出母亲的眼神，透过那双纤瘦的手掌和单薄的身躯，传递着一片内心的暖流。

当夜岚骤起，梨花落满春的扉页，突然就想起母亲望儿的眼神，那沁入骨髓的叮嘱和寄托，早已融化了我心灵暗藏的坚冰。

我涉过落雪的远山，在那张时光镶嵌的底片上，看到母亲风霜磨砺和熬煎的眼神，那么焦虑地怅望着游子的远足。

一切都湮没在年轮的纹理中，多么想隐藏自己脆弱的灵魂。而每当想起母亲的眼神，我瞬间的孤傲和愧疚，在回首中幻化成一条透光的河流。

---

① 选自《中国散文诗一百年大系·远古履痕卷》，青岛出版社 2019 年版。
② 选自《中国散文诗一百年大系·风雨花路卷》，青岛出版社 2019 年版。

月光下的倾诉 ①

掩住一扇门，囚禁住夜里寻梦的灵魂。

暮色四合的夜神，在你孤寂的门前徘徊。

今夜月光如水，深秋的祝福嘹亮你的窗棂。仰望远空，我看见记忆里你火红的纱巾在月光里摇曳，妩媚的心，在夜的静寂里开得灿烂。

酒醒之后，我们落座在秋果弥香的那个山村。

花蝶翩舞，两颗心迷醉在八月的情歌里。那个月色朦胧的夜，让我生命的版图烙下最亮丽的记忆。

今夜的我心情忐忑不安，叩你的门，回声依旧。老去的时光背后，你正秘密地躲避一个流浪者的追踪。

这是何等诱人的风景？

当我满目灰尘，行色匆匆地向你走来，请你替我掩盖所有结痂的伤口。

推开月光下那片围在心灵上的栏槛，让爱在你的美眸里冲动。

终于，那天我看见成群的灵鸽从山村的月夜里滑翔而过，古寺的钟声撞击我的灵魂，面对乡村的岑寂，我能倾诉些什么呢。

叩你的门，我呼之欲出的是一首灿烂的绝唱。

远离闹市之后，赤足涉过乡村爱的废墟，而刻在年轮上的是对往事的刻意和眷恋。

远离污染，我种植的是乡村质朴的阳光。无灯的夜，我划动情感的叶桨荡漾在过去的故事里。

那边红马车孤独地奔驰而来，我的心为你敲起锣鼓。这难眠的夜，叩你的门，宛如启封一场千年的梦，伤痛如初。

今夜我告别乡间的石头，独自拉开和乡村的距离。

淡淡地，心爱的乡村，心爱的人。

---

① 选自《中国散文诗一百年大系·挚爱情愫卷》，青岛出版社 2019 年版。

淡淡地，乡村的面孔模糊不清。

遥看你的背影，瘦成月光里一条沉重的河流。

夜的眼眸 ①

昼夜闭合的格桑。

那黑色里透出的孤寂和空旷，彻夜未眠的相思之苦，都在深夜里潮水般涌来。今夜月光照彻草原，你就是那格桑喂养的花朵，在孤寂和羸弱里成长。那些在民谣和奶香里浸泡的情爱，在昼的光影里沉睡。

牧帐外仰天长啸的狼群，那些漫长而焦虑的思绪养大的精灵。

纳污藏垢的阴暗角落，那些寒风冷雪中佝偻的魂灵。

黑幕下发出的浅浅歌吟，是你相思孕破的呼唤吗？为何在落日的余晖里呜咽？那遗落爱恨掩埋痛苦的经卷，在时光中透过寺院被红尘翻动。那些堆砌在暗夜里的海誓山盟，那些潜藏在灵魂里的彼此凝望，在黑夜里长成月亮的手臂，它们都迫使我倾听你的声音。

夜的眼眸，那撕心裂肺的挣扎，失落爱存留欲的渴望。那失却光明掩埋呐喊的黑洞。

黑幕中爆发的雷电，那些堆砌在暗夜里的词语。

那些潜藏在喉咙里的灵魂，只有在黑夜里独自发声。

羚城之书 ②

羚群已迷失，迷失的精灵活在传说里。

望着远处静谧的米拉日巴佛阁，我默念诺言，只为完成一路咯血的鸟鸣。

寒雪与梦融为一体，在身体里抒发一群鸟的心声。

没有文字，没有暖神的火种。

---

① 选自《中国散文诗一百年大系·挚爱情愫卷》，青岛出版社 2019 年版。

② 选自《中国散文诗一百年大系·云锦人生卷》，青岛出版社 2019 年版。

滑过苍穹的小小鸟的合唱如莲盛开，单薄之躯在雪的喧嚣中鼓羽献辞，连诗人的沉吟都颤抖了。

羚之街区，沉睡的银庄，青藏的梦。

月光的碎银洒满空旷的工地，照出打工者匆忙的背影。

创业者黝黑的额头，岁月正镌刻汗水的年轮。

鸟的影子跌落在年轻的羚城身上。

请赐予那纤弱的生命烈火的激情，那身躯会涂抹出一段幸福的霞光。

请赐予那纤弱的生命飞翔的力量，那翅膀将把暗夜的眼睛擦亮。

今夜，羚城披上大美的外衣，与我一道寻访灵魂的归宿。

碌曲放歌 ①

国道 213 线是天外飞来的哈达，穿越晒银滩的心脏，在飓风的吹动下插上两只神奇的翅膀。那优美婉转的牧歌，在六十万亩广阔无垠的绿毯上，让梦想飞翔。那炊烟里缓缓升起的尕秀，如雕刻在碌曲草原上的版画，一张张舒展生动。

东喀神山也遮盖不住秀美的容颜，洮川古城的召唤也掩饰不了娇羞的眼神。

六月或七月的雨水和灵光浸泡的尕秀，是脱胎换骨的仙人。

一朵格桑里盛开的尕秀，一束阳光里灿烂的尕秀，一场环境革命里涅槃重生的尕秀！

把灵魂安放在碌曲最美的栖息地，还有谁不沉醉于尕秀锅庄舞之乡的神韵？

一匹神骏奔驰而来，那蹄音传递生态文明的心声。

一只鹰隼破空而出，那鼓动的羽风贴近牧人美丽的家园。

一朵祥云抖动五彩牧帐，那婀娜身姿掀起尕秀鲜活的脸庞。

没有比人更加伟岸的神灵，那一双双结茧的手掌，深嵌的纹理，透出

---

① 原载《诗潮》2019 年 12 月号。

创业者的艰辛和荣光。

一片沉思千年的水域，伫立在碌曲草原硕大的帷幕下。

七月的鸟鸣唤醒尕海湖蒙眬的眼眸。

那些结伴游弋的天鹅，鼓动的翅羽在波浪的轻抚中划出一道道迷人的光影。恍如梦幻，瞧那清澈的眼眸一直醒着。尕海湖如一段悠长的思恋拍打着游子的心堤。

仰望来自天外的神奇景象，密藏在世界屋脊上的生灵向往的归属。郎木寺，灵魂皈依的神性所在，千年的诺言，成为守望心灵的一块高地，灵感展现的乐园。

郎木寺，是众佛驻足的天堂。多少虔诚的心在仰望中跨过高原湖泊，成为一碰就响的水。有插箭祭祀的海螺声传来，不时敲打游人发红的耳鼓。

夏河光影 [①]

一朵云带不走桑科的沉寂。

一卷经藏不住拉卜楞三百多年的沧桑。

一支笔画不尽千年佛陀的慧眼。

面对那些灵动的线条和神秘的色彩，我们把欲望沉入唐卡精美的故事里。

谁能把佛国的故事从千年的苍凉中唤醒？

谁能把雪域生灵的信仰在一块巨大的布绢上呈现？

当人们怀揣敬畏，穿梭在拉卜楞唐卡小镇，一幅幅震撼灵魂的画面瞬间直抵心灵，让滚烫的心扉倏然颤抖，还有什么代表不了一个传承者的执着呢？

当我们醉心于这千幅唐卡承接的历史柔美和安详，眼神里泛动着拉卜楞千年之佛的慧光和泽润。

---

① 原载《诗潮》2019 年 12 月号。

吉祥之光透过青藏腹地，透过茫茫雪山，透过成群的牛羊，透过拉章由远及近的钟鼓声，在信众鼓胀的脉管里荡起阵阵涟漪。

一切都成为过客，那古老的八角城在风雪中吹动远古的声音。

一切杀伐都随时光滑落，唯有繁殖的牛羊和马匹，遗留的铠甲、箭镞和羊皮之书，还依稀流露出那些零散或完整的辉煌和衰败。

探寻八角古城的目光涉过汉唐河流，抚摸宋元绽放的鼎盛之花，穿越明清的沉寂。当一切高潮隐迹，那些与八角古城贴近的故事，都在时光的浸泡中失去神秘的色泽。

卓尼断想 ①

这是美国人洛克眼中的美丽神话，情节从此打开。

这是跌落人间的仙境，藏王的故事传唱千年。

这是青藏东部生灵的栖息地，土司老爷骑马穿越大峪河谷，身影消失在旗布寺旁三角石缭绕的烟云。

漫游这填满民歌和传说的五彩峡谷，极目远望，那飘动的绿云，如少女舞动的裙裾，让畅游阿角沟惬意之余倍生眷恋。

是谁，用古老的传承把青稞酒的梦想打开。

是谁，用佛陀的慧眼把元代的青藏从沉睡中唤醒。

苍烟掠过浩瀚的经卷，那落满浮云的《大藏经》，被岁月吹皱成一池春水。

鼓声遥远。那鼓声穿破时光，把众生的希冀带到远方。

沙目舞动，波浪般舒展自如。

每一个鼓点都抡动传承人的灵魂。

一曲洮水，成就了一块灵石的旷世之美。

一段传承，划破唐宋的经纬，把卓尼最美的山水刻进工匠千年的梦境。

---

① 原载《诗潮》2019 年 12 月号。

一块沉寂千年的石头，用它精美的纹理和线条诉说着洮砚从苍凉走向今朝的绝响。

那沉入洮水故事的绿石，在历史滚动的烈焰中将石破天惊！

迭部探寻 ①

穿越青藏东部的轴心，把一生的奢望全部留在古朴的佛光里。那些会说话的石头都被古人搬运到流动的书页和透光的杨树里了。

扎尕那在晨曦里被金黄的阳光拥抱着，像一位执着探寻的旅人，把眸光定格在烟雨朦胧的石城里。

暮风乍起，透过高处的云朵，骑着马儿远眺拉桑寺，它湮没在牧人手捧丰收的喜悦里，看遍红尘，那白塔下煨桑的僧人是怀揣怎样的梦想呢？

1925 年的某个夏日，因某种机缘，美国人约瑟夫·洛克穿越太平洋的暖流，把探寻的目光定格与甘南的一次美丽邂逅。

俯视那些原始树种和草丛间舞蹈的生命，花草的幽香和夜露的清凉，令疲惫的洛克大声惊叹：

"迭部是一座植物的金矿！"

"迭部如此令人惊叹，如果不把这绝佳的地方拍摄下来，我会感到是一种罪恶。"

3790 袋物种坎坷的命运，在美国哈佛大学阿诺德植物园培育复活，中国藏区的珍贵物种在广阔的北美、欧洲、亚洲繁衍生息。它们是来自中国的！

三只鹰隼都飞不过去，只有措美峰高耸入云。

一幅巨大的油画，活生生镶嵌在迭山白水间，将人类仰望的眼神全部占据在虎头山，没有留下想象的缝隙。

一切如云朵绽放，多少次想无极限地逼近迭部惠风吹动的怀抱里。

那闪烁在尼傲、阿夏和多儿的旷世诗篇，是尕巴舞的狂放之美，还是

① 原载《诗潮》2019 年 12 月号。

一个游历者的虔诚而歌？

为何聆听不到八十多年前的红色集结号？

唯有腊子口战役的纪念塔在往昔的追忆中独自沉吟。

洛大的果实沉甸甸的，就像母亲甘甜的乳汁，丰硕着迭部成熟的日子。想那苦苦追寻而来的白龙江，已在眼前剧烈地颤动着身子，将陪伴我们的河流铺展成一幅舒卷的美图。

舟曲音画①

拥有了整个龙江的倾诉和吟唱就胜过了江南吗？

十万个灵魂在叩问藏乡大地！

谁的双手打开了古藏文苯教文献的神盒，让那尘封千年的历史瞬间豁亮。

谁的双脚踩动朵迪的韵律，把藏羌的神话在摆阵的呼唤中复活。

是藏乡小江南的杏花雨和油菜花的芳香唤醒了格萨尔王白驹暗示的神谕？

还是拉尕山神颁布给巴寨朝水节的盛典？

一切猝不及防的呈现，使人类凝固的思绪倏忽间灵动如初。

为何眼眸里饱含泪水？

为何我们的步履沉重？

那追思园石碑上的名字撞击着我脆弱的心灵，那泥石流纪念馆震慑灵魂的画面，让人难以忘却那段生命之殇。是那翠峰山花团锦簇，鸟语交欢，还是那龙江波涛间涌动的激情如潮！

晨曦中我在泉城老街寻觅藏乡江南的喃喃软语，还有豆花的鲜嫩，蜂蜜的浸润。

倾听龙江沉吟，细雨霏霏，那缪斯敲击楹联文化古道温润的联句。

远望龙江两岸，那悠长的古道，就如同楹联绵长的韵脚，在春和景明

---

① 原载《诗潮》2019 年 12 月号。

中渐行渐远……

冶海浅吟①

一幅旷世的绝版古画，在那饱含诗意的峡谷袒露无遗。

一面落满柔情的镜子，倒映着我前世的冷漠与孤寂。

一张被时光青睐的雾衫，覆盖着甘南腹地最美的一只眼眸，在云朵的抚摸中妩媚动人。

一块浸润花儿和民谣的碧玉，那最细腻而温婉的情节，在白石山中如莲盛开。

一曲扣人魂魄的乐章，撼动多少访客的心扉。

倾听冶海边民歌嘹亮，那浓郁的乡愁，在民间烟雨中独上心头。

远处似有铿锵之声逼近，莫不是那明将常遇春策马扬鞭，掀开时光之羽，把明初戍边的故事颂扬。

一段秋水跌宕，吹皱多少英豪的悲壮史诗！

金城谣②

你的名字就是一只五彩的蝶，舒展地落在我的心上。

远望北面的白塔山，你就是一抹生命的亮光，一片古朴的高地，随年轮茕茕孑立。

灵魂之下，命运之上。岁月锻造的古城，透出黄金的背影，身段比年轮还长。

在春天的鲜活里灿烂的古城，在月光下泛出晶莹的光芒。被岁月吹动的水车，隐藏在暮春的歌板上宁静地浅唱。

落座在金城的心脏，蛰居的鸟虫和晨练的心跳一起鼓羽同鸣。

我是你最虔诚的子民，陪伴你一起迈进初春的轻柔，一起倾听生命之

---

① 原载《散文诗世界》2020 年第 4 期。

② 原载《星星·散文诗》2020 年第 12 期。

轮轰鸣而去。

我是你骨髓里不可或缺的部分，时时闪烁在五泉的晨钟暮鼓里。

顶礼膜拜你神奇的千年故事，手捧你亮丽不朽的名字，我的心战栗不已。

与你共眠，枕着黄河封冻的夜歌。

春鸟啼鸣，我们相约在梨花飞动的四月，用深情的眸子接纳你苍凉的荣光。

今夜，我把你供奉在心灵神圣的一隅，直至地老天荒。

后北山寨 ①

那是后北山错叠的倒影，在酒盏神秘的气息中晃动着。

那是曲纱神女颤抖的眼泪，在我灵魂的缝隙里莹莹闪亮。

那是吐蕃的后裔们舞动祭祀的声音吗？为何藏寨环鸣，震撼山岳？

那是后北山寨，沉浸在巴藏朝水节的祈福里，一直在阳光的静谧里急切地等待。

等一群灵魂潮水般涌来。

这是藏地的一处秘境，在黄昏的酒歌里颤动着悬念。

一个小小的藏寨，盛满朝水节的欢歌和佐瑞远嫁的倾诉，让探寻的目光填满了太多的奢望和遐想。

一个人热忱的眸光，一群人的眸光，巴寨沟的眸光，让我孤傲的灵魂瞬间萎缩。姐妹的朵迪舞旋动古老的传说，兄弟浓烈的青稞老酒里晃动着几座藏寨的月色。

灵魂沉醉，一个人的念想被蝉儿的争吵掏空了。

思绪被夜的幽深和酒的浓香反复折叠，想不起身处何方。

整个藏寨都无法入眠。

晨曦是被石榴树旁的酒歌唱醒的。

---

① 原载《星星·散文诗》2020 年第 12 期。

行走巴拉格宗 ①

身在巴拉格宗，灵魂在飞翔。

没有哪一个生灵高过你五千米伟岸的身躯。

人类想穿越你壮美的骨骼和高耸入云的双肩，你在沉寂中用坚韧的身子撞击那些探寻的目光。

你在急迫地等待人类的征服吗？

为何众神都隐藏内心的呐喊和慧光？

只因巴拉格宗更像一个静默的魂灵。

当一个远足的人，用迈出的足音掠过众生的仰望，把冷峻的眼神和拔高的身影，贴近巴拉格宗每一根鲜活的神经。

当我把自己置身于那狂热的探求和极限的挑战中，我就是一只香格里拉大峡谷深处的灵鸟，铺展开苍劲有力的玉翅，飞翔在格宗雪山的至高点。

没有任何力量能驱使和驾驭你千年磨砺的筋骨。

在巴拉卓玛拉康，在千年巴拉村闪亮的火塘边，我的眼眸闪烁着斯那定珠坚韧而强大的背影。

一个康巴天路的缔造者。

一个把灵魂交给巴拉格宗的塑造者。

一个用睿智讲述巴拉的阅读者。

一个诠释巴拉格宗创业的心灵布道师。

一个倾其所有，用生命打通三十五千米天路的讴歌者，用执着的信念和宽阔的心境刻画千年巴塘迁徙的踪影。只为你呵，三江并流最高大的心灵上吟唱的青春绝响！

是谁，拨开历史的烟云，聆听一个部落穿梭巴拉格宗的脚步声声？

谁的光芒遮挡了众生的期盼，让脆弱的思绪在强大的视角冲击中，折服于班丹拉姆神山的雄浑和奇崛？

---

① 选自《中国著名作家香格里拉采风作品集》，云南人民出版社 2021 年版。

谁的力量在呼啸的山岚中微微颤抖？

谁的巨掌擎起云朵和雪峰，用虔诚的目光抚摸千年菩提？

那是一只推开巴拉格宗神秘之门的佛掌。

谁的欢歌，疾走的慨叹，惊奇的呼叫，急促的呼吸，狂放的簇拥，在一排排伫立如神灵的香巴拉佛塔边表达人类的长吁和沉吟。

谁的灵魂凝结成对格宗雪山深情的仰望？

谁用阳光和煦的云雾，撩拨雪山裸露的神秘荣光，用空旷和仁慈接纳脚下的万千生灵？

眼前碧蓝的十八个湖泊是巴拉神山的天眼，清澈如巴塘千年族人追寻的心域。

谁能打破千年的沉寂与神灵对话？

谁会褪去这尘世丑陋的皮囊，把灵与肉交付给这片香巴拉的净土？

我舒展着身躯，想那玻璃栈道下空蒙之气涌起，万丈峡谷在我心灵深处迅疾地下沉，将我吟诵巴拉的妙句抛进年轮积淀的印痕上，激起群山呼唤，万泉鸣动。

那一个个人类探索的身影和开拓的足迹，如一幅幅镶嵌在巴拉肌肤上的版画，磨砺成人与自然抗争的烙印。

卡瓦格博①

"这是世界上最美的山。"约瑟夫·洛克惊叹道。

——题记

在描述香格里拉的文字里，让我神往已久的就只有卡瓦格博了。

穿越214国道，心绪早已幻化成飞鸟，在浓雾里把身躯搁置在贡巴顶村。

在深秋的晨曦里，在飞来寺观景台，远望对面的苍茫群山，以及向南奔腾的澜沧江，心境顿时铮亮，那滚动的云雾带去了一个远足者的向往。

---

① 选自《中国著名作家香格里拉采风作品集》，云南人民出版社 2021 年版。

抚摸你坚韧而强悍的肌肤是不易的，我只有远远地凝望你，卡瓦格博，多少个夜晚被泪光打湿的名字。

案头迪庆人祁继先的《探访卡瓦格博纪行》，让我只能用文字和图片领略你骄人的神采和底蕴。今晨，客栈前飞来寺十三座静默的白塔和飘动的经幡，在细雨中撩动起一个人对一座神山的敬畏和仰望。

海拔近七千米，云南第一高峰，在翻卷的云层中半裸着些许雄奇和壮观，想探究和揭开你神秘的面纱，唯有鼓起科考者强大而执着的勇气。

身处三江并流的腹地，你把大美之躯呈现给勇敢的攀登者，那些丰饶物产吸引着全球的目光。翻越雪山去，多少岁月里攀登的足迹在你脚下无声地被狂雪覆盖，多少鲜活的生命在你巍峨的俯瞰中沉寂。

于是，你有了一个崭新的名字，梅里雪山，一个不可企及的神灵。

卡瓦格博，一块纵贯"三江并流"的活化石。

卡瓦格博，一部体验和探寻藏文化之旅的命运书。

一种强烈的探求之欲，驱使每一个前来寻觅的身影，迟迟不肯离去。侧耳谛听，与雪山的对话就要迸出胸口。

守望是一种考验，我俯首沉思，蓦然回望，一缕慧光闪亮，那雪山之巅被镀上夜的红铜，把我的虔诚带到雪山的最深处，动情地诉说……

甘南记（节选）[①]

17

海拔三千二百米的阿米贡洪神山就是甘南最亮的美眸，镶嵌在安果民宿藏寨最隽秀的核心地带。

每当晨曦的浓雾抚摸阿米贡洪牧场蹁跹的身姿，那云雀的声音亮过苍穹，亮过早春牛羊迈动的呼吸和苍鹰俯瞰的翅羽。

这是甘南草原生灵最温暖的栖息地，把人类的碎念和杂陈在阳光的布展中迅疾地掠尽。

[①] 原载《星星·散文诗》2021 年第 9 期。

这是尘世最美的一隅风景，酒歌在梅朵的柔美舞姿和百灵鸟青翠欲滴的吟唱中缠绵冗长，牧人的响鞭掠过初春的阿米贡洪，留下几片悠长的慨叹。

23

一束雪光覆盖了我穿越首曲的声音。

一场祭祀从远古的硝烟中让灵魂的摆渡和拷问成为现实。

一段黑暗中亮出的月光流泻成查干外香寺幽沉的诵经声。

一双布满风霜和幽怨的眼神，仰望阿尼玛卿淬炼的金身，被鹰隼和雪狐强劲的吟唱连成最后一句慨叹。

草原上连绵起伏的山冈和迅疾而逝的马匹，带走了一群赤足逆行的生灵，那些活的精灵在天下黄河第一弯把众神的静寂和幽冥瞬间终结。

谁伫立在青藏最醒目的位置，面对震撼心灵的成吨语言的呐喊，亮起新世纪玛曲最美的传说，把喉咙的万千张力咆哮成这个夏日飓风吹动的号角。

思绪飞翔，挟裹着秃鹫的誓言和飞鸟的证词，把曼日玛和齐哈玛的虔诚和福祉，抛进滚滚河水和尘沙卷起的波涛汹涌。

那暗含卓格岭地美誉的草原，在华尔贡、道瑞、三木旦的弹唱中把英雄史诗传承。那望空嘶鸣的河曲神骥，如一道闪电划过阿尼玛卿的周身。

一束光射向诗和远方的聚集，凝固了十万雪山的祈祷和十万雪花抖动的如歌散板。

24

在晨露中推开黄河桥头的迷雾，把冷峻的身影插进朝露闪烁的草泽。

挑开阿万仓的轻衫，二百平方公里鲜活的贡赛尔喀木道湿地，在贡曲、赛尔曲、道吉曲三条河流与首曲交汇之地旋动着，被飓风掠起牧歌，裸露坚硬的身躯。

沃特村寨如莲泛动，钟鼓声起，大鸟齐鸣，成群的牦牛挺起脊梁，在风雪中踏冰登高，俯瞻旷野，做着草原之王的美梦。

俯耳谛听的生灵竖起渺小的头颅，在正午的阳光下不屑于一群践踏者的吆喝。

在海拔三千六百米升起的阿万仓诸神的至高点，我被南北相望的珠姆和琼佩山神的盟约惊醒，这苍翠如玉的大野，只有清澈心灵的海子如繁星闪亮，照彻阿万仓湿地最美的部分，就连摇曳的八瓣格桑都发出天界临凡的爆炸之声，那是两座神山无限贴近中发出的海誓山盟吗？

西塘：烟雨之美 ①

况临北窗下，复近西塘曲。

筠风散馀清，苔雨含微绿。

——唐·白居易《北窗竹石》

1

一景开天，西塘在烟雨中与神灵对话。

庭院幽深，一排铁树迎风玉立。

一把油纸伞撑开西塘空蒙境界，贴近波涛涌动的古老河埠，连片的乌篷船挤挨着搭船摆渡的人。舟楫在船工用力之下撑开水域，把游人的探寻带向开阔的河水中央。吱呀作响的小舟，划开西塘的静美，沉浸水乡江南，如梦之旅开启。

吴根越角之地，承载千年的文化之邦和诗书之乡，将古老文明汇聚在这恋恋西塘，惊叹之余，仰慕之情油然而生。

2

雨夜观西塘，灯火阑珊处笙歌悠悠，轻柔吴侬小调荡漾开来，南浔古镇犹如饱经沧桑的大师，演绎一场千古史诗。

① 原载《星星·散文诗》2021 年第 12 期。

民国诗人张静江，穿越百年烟云，与我们相约今夜的西塘。

西泠印社的创办人张石铭，步履蹒跚，翻过时光之栅，与夜幕里彷徨的路人相遇。

徐迟沉吟烟雨西塘的诗句，在名人馆的浩瀚典籍中与众多探寻的目光结缘。"自古斜塘出人才，一扬风流天下知"，不知是哪位大家妙语，尽收西塘名人于一隅，想民国时南社创始人柳亚子，是否也是烟雨入斜塘，领略江南古镇之神韵，揽尽西塘千古之奇绝。

3

一条幽静而狭窄的巷道在探求的眼眸中愈发冗长，两侧白墙黛瓦上雨丝飞舞，藏匿于伞下的人流晃动，那多彩伞裙如莲花飘曳，迅疾地成为一道亮丽的风景。

伫立烟雨酒楼，手捧西塘赐予的玉液琼浆，大碗里旋动的琥珀之光，映照着一群缪斯炽热的脸庞。

在西塘之夜，把酒临风，吟诗作赋，想那江南才俊柳永，在羸弱的宋朝，借着月光的背影，趁着风轻云淡，挥动神来之笔，狂吟《望海潮》："东南形胜，三吴都会……烟柳画桥，风帘翠幕，参差十万人家……"而深印脑际的是一位词神妙句："西塘忆，其次弄堂中，花雪斜上青石板，跫音长送阁楼风。回首雨蒙蒙。"

4

凭借一河涟漪，驻足永宁桥头，打开一把花伞，孤寂遥望，南北长河雨歇，两岸华灯初上，我抬头眺望，这偌大的尘世，只有伊人夜雨漫步，期待互诉衷肠。

雨幕垂落西园，迈步江南庭院，赏读历史长廊，远望山上醉雪亭迎风耸立，顿生灵动妙思，想那黄昏瑞雪初降，有情人踏歌相邀，于醉雪亭执手相望，呢喃之语相闻，久久无法离弃……

倏忽间，匆匆过客，可惜空留一方美景，何日再睹芳容？

阿垅[1] 作品

---

[1] 阿垅，原名王卫东，男，汉族，1970 年 4 月出生在甘肃省迭部县，中国作家协会会员。著有诗集《甘南书简》《麝香》等。曾获中华宝石文学奖、敦煌文艺奖、黄河文学奖等奖项。作品被《诗刊》《上海文学》《长江文艺》《中国诗歌》等文学刊物推荐及转载，入选各种年度诗歌选本。现供职于甘南藏族自治州迭部县文化馆。

雨夜，想起母亲 ①

雨水仿佛要把整个夜掏空。

现在记忆只剩下聆听的耳朵，窗外只剩下一个声音。

一盏始终拨亮的油灯，那是在墙角编织舞蹈的火苗，当张望的目光再次滑落，如今我多想抚摸到你穿针引线的干枯的手指。

水面上花开花落，荡开日日年年的涟漪，白发的童谣已不在，纸剪的窗花已不在，每一寸步履蹒跚的身影都牵扯到心疼。

在睡眠的床边，梦里的另一个地方，你总是悄悄转身，依旧习惯在暗地里擦洗瘦小的身子，在胸前垂下我干瘪的乳名。

你的名字叫甘南 ②

那一笔是天空，是飘飞的流云。

这一画是河流，也是落在草地上的鞭影。

将一对羚角打磨光亮。

在一只鹰的眼睛里储存闪电和雷鸣。

用心书写你的名字，像失散多年的两个姐妹，在布满牛羊的山冈相遇，抱头痛哭。

你的名字，没有忧伤，只有满心的欢喜。

那是乳臭未干的童年，缺着半颗牙齿露出的天真的笑；那是草叶的书包，装满了散发着清香的读书声；那是不知疲倦的行走，四季的帐篷和马蹄在天边流浪；那是低吟的牛头琴，在夜里流下了相思的眼泪。

---

① 原载《散文诗世界》2015 年第 9 期。

② 原载《星星·散文诗》2015 年第 10 期。

一滴接一滴的雨水，最终要回到蓝色的湖泊。

我深情地依偎，在你连绵起伏的腹部。这个绚烂的夏天，我为你种下十亩甜蜜的油菜花。

——你的名字叫甘南。

草　叶①

哦，这大地上压住春天的书橱，闪耀的呼吸一直铺到了天的尽头。

俯下身，是因为它们把卑微的生命举得很高，蚂蚁和昆虫都是草原的主人。

一片草叶是一个人的名字。

一堆草叶是一座村庄的前生。

我多么熟悉那些清凉的手指，在翻阅，在历练，在夜深人静的时候悄悄对话，回忆露宿过的客栈和多年前的一场暴雪。

明净而湿润的文字，用草叶作部首，就有了火把。

平静的生活枯了又绿。

传说：羚②

爱她——长着两只羊角的女人，有着太阳的耳环和月亮的手镯。

爱她——第一个黎明降临，鲜红的婴儿初生，响亮的啼哭带来了尘世。

爱她——四滴日夜喧响的乳汁，三河一江的两岸炊烟升起，呈现出了九种神奇的颜色……

---

① 原载《散文诗》2015 年第 12 期上半月刊。
② 原载《散文诗》2015 年第 12 期上半月刊。

是什么①

草原是什么？比一匹老马还要寂寞的缰绳。

花是什么？穿着绸缎衣裳的胭脂。

闪电是什么？一截把臆想摁进天空里的疼。

溪流是什么？终生不肯打死结的腰带。

草叶是什么？死去又活过来、没有被虫蛀过的牙齿。

阳光是什么？一次又一次推倒阴影、扶着白天走路的墙。

青　稞②

八月落地，民歌生根。手搭嘴边，我是那个旧毡帽遮住眼眉的男人，早晨的露水、炊烟和村庄在嗓子里发痒，它们在上升和婉转的曲调中显形。

我喜欢大碗里的江河、藏刀上的霸气；我喜欢像风一样吹去又吹来的马匹、膝盖骨里打盹儿的豹子。

躺在深秋的田野，应该让天空的翅膀歇歇，亲人们四处奔走的身影歇歇，日夜劳作的水磨歇歇，踩出雷响的皮靴歇歇。牵一束发辫出来，她丰腴的四肢都是晃动的酒水。

我是那个手臂上戴着疤痕的男人，喜欢像青稞一样的女人，呼吸草叶的气息，忍受锋芒的折磨，在发疼的眼眶里堆满星光的石头。

鹰在哪儿，我想翻越的雪山就在哪儿。

白龙江③

很早了。可能那时我们还穿着长袍马褂。

---

① 原载《散文诗》2015 年第 12 期上半月刊。

② 原载《散文诗》2015 年第 12 期上半月刊。

③ 原载《诗潮》2016 年 4 月号。

可能那时的山路上还有大胡子的劫匪在出没。

土墙高耸的迭州城，除了茶叶、盐巴和布匹，我还想借一把刀。一把含着泥沙的刀，浪花雕刻的刀，还未从落日的鞘中抽出的刀。

一盏摇曳的灯，就是你我借宿的客栈，在冰雪消融的夜里，春天忸怩的三寸金莲，让人心悬。

油漆的桌边，撕开一处光亮，酒碗里有知音，也有桃花。木质的轻薄，铁制的易锈，我想借的一把刀，在沉寂的水底紧闭着锋利的嘴巴。

一把柔软的刀，会在穿越高山峡谷时发出激越的鸣响。不远的下游，柳暗花明之处，你嫣然一笑，我们再次抱拳相约，下一个遥遥无期……

牛角琴 ①

月亮升起，垂下冰凉的耳环。

空寂的草原只剩下你我。

你是洁白的马尾，我是漆黑的牛角。

那一夜大雨倾盆，在窄窄的木桥相遇，我抱住哭泣的尾巴，和翻滚的草叶一起，把每一个陌生的路口称为故人，把每一次的日出叫作新生，让一行孤单的泪去安慰另一行孤单的泪。

那只牛角是寂寞的。

那只牛角上披着的风霜和星光是寂寞的。

以斑斓的蟒皮裹身，它的寂寞是传说，是骨架上的野花，是闪电中的战栗，是马尾上的爱抚，那些空洞的岁月就有了悠扬的回声。

我们没有家，整个草原就是漂泊的居所。

直到鹅毛大雪落下，马尾睡了，我也睡了。

---

① 原载《诗潮》2016年4月号。

别怕，我们还会醒来——

看银装素裹的世界，老艺人展开粗糙的手，从一双失明的眼睛溢出的幸福和忧伤是多么深不可测！

格桑美人 ①

传说已远。

留下一滴飘飞的泪。

那个打马学英雄的人，牛皮的酒壶只装三两荡漾的春风，过一个驿站打一串雷响的呼噜。

恭请翻山越岭的溪流借一步说话，叩问一个被枯叶掩埋的地址，独享一个月黑风高的夜晚。

一介书生的灯下，也有半壁江山。

从一首民歌到一个村庄，从一朵花到一个美人，从春夏到秋冬，望穿了欲眼，那颗追寻的心被风吹成了八瓣。

一滴飘飞的泪，潮湿的翅膀不停地扇动着我们身体里虚空的热爱。

点　梅 ②

一个人像一场雪，悄无声息地推开那扇窗。被沉睡的鼾声掐灭一盏打盹儿的灯，飘零的梦掀开，是五里路上的徘徊，书卷一一合上的美鬟和碧玉。已有油纸伞枯黄如叶，已有寸长的相思抽出了万缕惆怅。

这个哆嗦曲偻的早晨，冰河封路，马蹄冻僵。这个昏黄的早晨必定

---

① 原载《诗潮》2016 年 4 月号。

② 原载《山东文学》2016 年第 5 期下半月刊。

与人间的烟火有关，与出没草莽的豪杰有关。沉重的皮靴在土石上打响火星，使刺骨的风又入木了三分。

试想月夜投下的庭院，寂寞深深。那雪舞剑影，饱尝了苦寒，一树骄傲的骨头盛开，也是丛中妩媚地一笑。眉目流转，粉蝶打开的翅膀，唯有冰清玉洁、暗香浮动。

不提吴刚和斧子，不提桂树和月兔。低头赶路的人思乡怀情，鹿群驮走身上另一场飘飞的大雪。远山呦鸣回荡，传奇中那个卧于檐下小憩的寿阳公主，正值豆蔻年华，雨露含苞待放，是否至今还用其中的一瓣妆点额头，将南朝一抹迷离的春光衔在唇上？

> 白衣在河南，绿衣在河北，红衣在河东。
> 女子早上洁白，中午灿烂，夜晚落英。
> 花开三度啊，风波起处——
> 琴弦上春飞秋落，揪出令人断肠的梅花三弄：
> 爱恋三生，不觉失魂……

品　兰①

清：从气、到韵、到色、到神，自叶片上悬而未落。

变得懒散和笨拙，蜗居冬天的那个人，在第三个月开始关心外面的事。都坐下来吧—— 一首很旧的诗，朋友发来的短信。拍落灰尘的书籍，裹着寒冷从街面花店抱回的一株玉兰，倚在窗前的衣裙整洁典雅，夕阳的一点暗红，含在微垂的眉目间，轻吐那份半掩起来的气息，带着迷醉和睿智，容不得半点轻浮和猥亵。

---

① 原载《山东文学》2016 年第 5 期下半月刊。

这条心情极致的秘境，需要你的虔诚来问寻。渴望的手指就睡在她的梦上。折射到枕边的月光，女子肌肤润滑、花乳馨香，里面运作的织机和暗涌的潮汐，春天的来路上应该铺有多少泥泞？

她的一百种模样会在一缕香中飘散。
……一朵、两朵……水质的花朵。
有阳光的味道和月光的羽翼，
……一滴、两滴……落入温暖的最深处……

姑麻湖 ①

那蓝，可是高原晾晒出的一小块魂魄？

天空一再后退。
那蓝，呼吸着云朵和山峦的倒影，传来了马匹低低的嘶鸣声。

禁不住掬起一捧，看前世有张恍惚的脸，不是你，那又是谁？
倏然从指缝间流逝。世界在缩小，而此生被放大，是荡漾弥漫的浮尘，也是长跪不起的双膝。

那蓝，以湿滑的绸缎裹身，食尽了人间的烟火。
就让我依偎在蓝的怀里，邀一杯满月，从此再无牵挂，直到醉生梦死。

---

① 原载《星星·散文诗》2016 年第 5 期。

木　匠①

椅子的扶手，还留有体温虚设的形状。

怀揣尺度的人，内心总是在卷起洁白的刨花。

四季已显得不再分明。

天生的左撇子，习惯将绘图的铅笔别在右耳朵上。隔着一场雨水，心存火焰的刀锯，回避燃烧，藏起低调的光泽。

之前的大树，根深叶茂。我们对司空见惯的事物、潜在的死亡，不再惊讶和惋惜。

之后的木头，鸟散巢空。它的年轮、品性和深处结下的疤痕，遭受了多少风雨和雷劈……

只有他能够读懂。一只眼睛闭上，用另一只眼睛打量光阴的曲折。

犀利的目光，出自日积月累的经验。

他喜欢这门祖传的手艺，给死去的树木以新的生命。

也只有他能够听到，它们怀抱里滞留的一圈圈水波，开始有了圆润细腻的呼吸。

遇到上好的木头，他总是念念不忘，像爱一个女人一样，抚摸一遍又一遍。

餐桌是民间的，低柜是装饰的，衣橱是西厢的，闺床是少女的。

只有屋后一口蒙尘的棺椁，是他自己的。

一只乌鸦的素质②

时间在嘀嗒，像一面逐渐陈旧的墙，光阴从我们身上一点点脱落，从白到灰，从灰到黑。

一只乌鸦的预言：一切都是黑的归宿。

---

① 原载《星星·散文诗》2016 年第 5 期。

② 原载《星星·散文诗》2016 年第 5 期。

你不得不信，墓碑下的人群举起了赞同的双手，满目都是一触即燃的茅草。

与天气无关，与心情无关。现身之前，它总是隐居深山老林，在枝丫间打坐、修炼，用月光的油漆将羽毛刷得黑亮，在石块上打磨黑嘴唇，舍弃锋利，只需要迟钝。

离我们的生活近在咫尺，又远在天边。
少女沉思的窗前，眼里恍惚着一团朦胧的黑。
看寂寞开出的花，只是伸手看不见欲望的五指。

我把手机的视频拉亮：午餐后的草坪，一只乌鸦把纸盘里的残羹啄食干净，又叼起它扔进了路边的黑垃圾桶里。同样一串简单的画面：一个长头发飘逸的男子，将一口浓痰吐在绿荫丛中，慌忙离开的身影正在发烫，在乌鸦的眼里越来越冰冷。

这是炎热的夏日。
一只乌鸦的素质，重叠着黑，一再提升黑的厚度和高度。
令我们对无限的黑产生了敬畏和崇尚。

蝴蝶楼 ①

蝴蝶，蝴蝶。
踮着祖母一样的小脚尖，将发髻高高盘起，用海娜涂红指甲，忘记了石头上晾晒的花手绢。

不同以往，她已学会在膝头飞针走线。石阶上的青苔，绿荫下的白猫，后院的黄花和水井，草莓的嫩嘴唇，她喜欢的也正是我喜欢的。

① 原载《星星·散文诗》2016年第5期。

穿过时光的千丝万缕，展开了一方古色古香的飞檐楼阁。

而时过境未迁，伫立怀想，夕阳在为伤寒的人止痛。

木窗吱呀一声，把我的睡梦关在了里面，绵长起伏的鼾声是弦外弹响的知音。

倾听一首藏族民歌 ①

这是发自一个男人低沉的嗓音，为炎热的夏日撑开了一束清凉。

我想，这悠扬的曲调里应该有散步的马、荡漾的泉水和风吹过的草坡，还应该有那个分别的夜晚、手腕上慌乱不停的铃铛。

我一直坐在山坡上，看太阳落山，炊烟袅绕，羊群归圈。

不知谁家女子，抬头向这边看了一眼，又很快低下了头。

手中搓捻的一根细羊毛绳子越来越长……

迭　山 ②

绵延千里的迭山，是一部群峦叠嶂的巨著。

封面，有着日月同辉的光芒。

扉页，打开的一扇门，除了森林、雪山、河流、原野之外，那些镀金镀银的藏传文字，留下了一行行沉重思索的印迹。

沉默的石头在停顿，标注下满腹经纶的符号。

在空白处以民歌做插图，四季就有了风花雪月的景色。

如同母亲一般伟岸的身躯，她的胸怀和博大，使一个人有了信仰的高度。

那高度，比过往的风云还要高。

---

① 原载《散文诗》2016 年第 9 期上半月刊。

② 原载《散文诗》2016 年第 9 期上半月刊。

对旺藏的另一种怀念 ①

应该如一枚纽扣：它的名字。

我时常不经意地去触摸，手指的温度，可以唤醒那些光滑的、伏在上面的梦吗？

可以折叠起来储藏，像花瓣或者像羽毛，旺藏寺的梨花呈现出一片雪白。

也是一个雨后的傍晚，在发黄的木窗边，一条尚未及腰的发辫，两棵挺着脖颈的葵花。

已经记不清了——
沿湿漉漉的石阶而上的背影和课间的嬉闹。

三十四年的记忆蹒跚着脚步，和我擦肩而过。

大门口的杨树老了，那些鸟鸣还在，那把锈迹斑斑的锁头还在，那条通往山坡的路还在。

隔壁是学校，隔壁是寡言少语的敲钟老人，隔壁是书中的五月和南方的大海。

来到高处，再往前——
是一片被乡愁浸湿的荞麦地。

雪 莲 ②

在这个世界上，只有一种花，属于上天的恩赐，只为孤独和寂寞绽放。

在雪山之顶，无人居住的庄园，我们精神的高地超出了尘世，让飞鸟

---

① 原载《散文诗》2016 年第 9 期上半月刊。

② 原载《散文诗》2016 年第 9 期上半月刊。

都望而却步。

那死亡刀刃上久久不熄的闪光，我要借助你的力量，斩去心头根深蒂固的迟疑。今夜我要拥抱梦想的全部，那冰清玉洁的女子，赤裸的身子泛起层层夺目的光辉，颤动透明的骨叶，默默流淌高原的一丝丝红。

这一生难以亲近的崇尚，使我脆弱、无助、忧伤缠绵。

这举目难以摘取的爱唇，使我在虚无的一场美中彻底绝望。

芳州城遗址 ①

胭脂吹尽，号角哑掉。

几座低矮的土墙，流淌风沙的护城河，石块上端坐着一声叹息。

只有披戴青甲的几只蚂蚱还不肯离去，在草丛间继续拼杀着落日最后的余晖。

格桑花 ②

我多想写下她们。

多年前的一个愿望，已经长成了一棵树，但我却迟迟未能动笔。

我一直在犹豫，该拿天空的蓝、还是雪花的白，写下这受苦受难、包容万象的爱？

还是该用朝露或晚霞，铺就一条通往明媚春天的路？

积雪融化，溪流悸动，深冬踩进心窝里的马蹄，直到现在才拔出了一步一步的生疼。

格桑花开了——

---

① 原载《散文诗》2016 年第 9 期上半月刊。

② 原载《散文诗》2016 年第 9 期上半月刊。

草原上最早的、唯一的花开了。

衣裳可以薄如绸缎，爱情可以隔河相望，微笑和哭泣可以在一朵云下驻足。她们是爱憎分明的花，也是坚贞不屈的女人。

我记得很清，那一年新婚的格桑，梳着十八根细小的发辫；那一天秋收的格桑，胸乳浸湿了酿酒的青稞；那一晚背水的格桑，在冰天雪地里晃动着一片月光……

——一路格桑花，在你身旁。

由爱恋到倾诉，由相思到仰慕。

只是无以言表，抹不去在天边回旋的衣袖和歌声……

甘南的羊①

就这样走着，背着一个个村庄的名字，在草叶上晾晒经书，四处传播春天的福音。

就这样走着，只穿皮袄，裹紧人烟，抵御早晚的寒凉，令一路的石头虔诚，蹄花泥泞。

就这样走着，不知还要走多远，走多久。

不知要走到何年何月何日，才是尽头。

它们就这样走着，漫游在众生的精神世界里。

一直在等，那个从天边来的取经之人。

阿木去乎的乌鸦②

不能再小的一个村庄：阿木去乎。

首先映入眼帘：两三座牛粪堆积起来的塔。

一条小路宛转其间，拨开草丛，裸露泥土，直至每家低矮的屋檐下。

每次经过，都仿佛与世隔绝。

---

① 原载《奔流》2017 年第 9 期。

② 原载《奔流》2017 年第 9 期。

每次经过，都让人心里一颤……

那安静，出奇的安静啊——
被几只低空盘旋的乌鸦叼着。

铁线莲①

某些儿时的游戏记忆犹新。

在初夏，铁线莲的花茎像弯曲的小拇指，可以随手折下，趴在草地上轮番比赛。

"拉钩，上吊，一百年不许变……"回响山野的欢笑，殊不知，被一一撕扯掉的花蕾，它们再也开不出艳丽的花朵了。

那时的童谣没有相思之苦，也没有洞房和花烛之喜，却轻易许下了一生的誓言。

如今，时常不由自主弯曲起的小拇指，每逢阴雨天，就隐隐发疼。

头　羊②

在欧拉，在阿万仓，人烟稀少的原野，我见过一群羊，庞大的队伍逐水草而生。

一只领头的羊，体魄健壮的羊，只在日出和日落之时，威严地走在最前边。

它两只曲卷的角，如灰岩打磨出的花冠。

被霞光涂上金色的硕大的睾丸，悬垂于胯下，甩动、鼓荡着，如一部辉煌的史诗。

---

① 原载《奔流》2017 年第 9 期。
② 原载《奔流》2017 年第 9 期。

透光的树①

驼背老人走得匆忙，忘记了收回雨中的背影和还在回响的钟声。

一个旧的场院，蒙灰的马车在墙的一角。母亲压在箱底的愿望逐渐发白，在不断的搓洗中，那件晾晒在铁丝上的红布长衫，已经失去了少女天真的颜色。

一场过路的雨下在童年，依旧光亮如初。时间应该是一个夏日的午后，那时我们还不懂得失落，游戏才刚刚开始。

丢手绢、扔沙包，在一棵大树的下面，我们单薄纯洁的内心里有一片阴凉的世界。

枝丫间的鸟巢、蝴蝶的翅膀、搬运粮仓的蚂蚁以及更小的昆虫，和我们一样受到了繁茂的庇护和恩泽。

另一个家就在它的身上，可以毫无保留地依赖和托付。

躲避暂时的风雨，邻里之间和睦相处，没有敌视和侵犯。

也没有嘲讽和愚弄的意思，我们笑——

鼻头上的泥点，水洼里滑倒的鸭子，我们笑——

钻出大脚趾的布鞋，一叠清新的惊叫声。

直至头顶落下阳光，跟着我们笑——

每一片抖动着水光的神话的叶子。

新　婚②

多少次，都记不住它们低矮、瘦小的名字：

黄须菜，又叫黄茎菜或翅碱蓬。

毫不起眼的，将又苦又涩的日子，过得有滋有味。

① 原载《奔流》2017 年第 9 期。

② 原载《星星·散文诗》2018 年第 2 期。

每当从青转绿，从绿变紫。

再到透红，如滚烫的火烧云，一路铺开通向天边的地毯。

牵手走在上面，我们始终有相见恨晚的感觉。

朗读者[①]

一所学校的特殊，在于残酷的风雨每关上一扇门，世界就会为它打开另一扇窗。

这样奇妙的早晨并不多见，在草地上盘坐一圈的自习：他耳聋失聪，但努力以舌尖含糊地发音；她哑巴无语，在借用优美的手指来说话。

书本摊开，在他们手中就是圣经，在她们膝头就是乐章。

一篇小学课文记忆犹新，在沉静而又偶尔发出一两声咿呀的朗读中，怎么就变得那么整齐划一，令人赏心悦目："盼望着，春天来了，春天的脚步近了……"

他们轻轻摇晃单薄的身体。

她们细小的发辫上，都停留着一只丝绸的蝴蝶。

含着爱意的阳光，一路延伸过来，为小天使点燃了金色的笑脸。

在人间最温暖的地方，一旁完整无缺的我，已深深感受到自身内心的残疾。

绣牡丹[②]

如果一天可以从一根光亮的丝线说起，那么被打磨出的一滴血，也会发出轻声的鸣叫。

日头冉冉升起——

炊烟缭绕，大河上下的小麦黄了，茶马古道翻滚的烟尘，现已成为盖碗茶上的缕缕清香。

---

① 原载《星星·散文诗》2018 年第 2 期。

② 原载《星星·散文诗》2018 年第 2 期。

一半的枝叶开始绿了——

三甲集市的喧闹，运走了皮毛、茶叶和牲畜，过了这个下午，它们就会说起山东、江苏和浙江等地的方言，或是不久会说起流利的蒙语和俄语。

最初的花瓣多么伤情——

蝴蝶楼外，山野空寂，来自莫泥沟的马五哥和尕豆妹，那是指甲连肉分不开的青梅和竹马，流传民间的故事至今钻心地疼。

硕大的牡丹依次绽放——

一枝是私藏的绸缎，两枝是对唱的花儿，三枝是陶瓷上栽下的酒香，四枝是今夜俄丽娅穿在身上的嫁衣……

灯下飞针走线，城外马蹄急促。

江山如画——在河之洲，又多了锦上的添花。

雪　霁 ①

不是说那两只互为镜子，给早晨梳妆的乌鸦。

不是说描画在白纸上，不分你我，一双一眨不眨的眼睛。

我对着茫茫空寂大喊了几声。

在回头的那一刻，看到以往丢失的脚印，终于认出了我，正从雪地上清晰地走过来……

与水为邻 ②

邻水，一个镶嵌在水中的地名。

传说所噙的两行泪，足以陶染初开的情窦。

那生花的木梳，波光潋滟的千岛洪湖，要为人间的悲欢和离合梳妆。

---

① 原载《星星·散文诗》2018 年第 2 期。

② 原载《星星·散文诗》2018 年第 2 期。

一面镜子，需方圆六十里的云朵来擦拭。

一个女子，需从古至今，方能将浩渺的烟波，盘理成月下绰约的美髻。

最初的相思，泪痕斑斑。

宝箧塞：狼烟犹在，史书传递，每一次的日出和日落，都会灼伤兵戈铁马的印记。

钟声不敲自鸣，留下了闭目打坐的灵应寺。

起伏不定的浪潮里，托起了沐浴出水的小莲花，这是川北百姓的女儿，也是一介书生仰慕已久的碧玉和金兰。

河蚌吐珍珠，水墨吟诗词。

巴蜀书院的戒尺，还在敲打贪玩的学童。

白酒和田园，发钗与花鼓，在镜里镜外，也流转沉醉在眉眼之间。

华蓥山庄的一夜，繁星挑亮天上与人间，雾里看花，交杯结发，爱你一遍，春天就回来一次。

采桑织锦，渔歌晚唱。

撒网、播种，不求金，不求银，只求风调雨顺、鱼米满仓。

只等夜幕初上，一方湖水，映照出万家恩爱的灯火。

牧　人 [①]

不提还未烧开的大茶，一壶浓酽又解渴的苦涩。

不提停歇在枝叶间的嗓子，随时被风吹散的野花和蝴蝶。

不提栖落灰尘的旧毡帽，将荒凉压到最低，一双比鹰还要犀利敏锐的眼神。

---

① 原载《诗潮》2018 年 9 月号。

不提苍老的马鞭，粗糙的手掌，上面拴过多少女人的欲望，就会有多少爱和恨留下的齿痕。

不提打开的栅栏，滴洒的奶汁，风干的牛肉、酥油和糌粑，那只是抵御高寒海拔生活的一部分。

不提石头上的灰烬，曾有过的火光和温暖，难以煎熬的黑夜总是闭口不言。

他在黎明之时，总要弹去露水的寒凉，又一次把心底的刀锋，隐藏在时光青铜的鞘中。

措美峰 [1]

一座女神的化身，隐入了昨夜的星空。

我翻开一本蒙尘的书籍，找到了她出生的村庄，木桶里清凉的泉水，以及柳枝般柔软的腰身。收割后空旷的田野还在，那把月光的斧子还在，还能劈开眼眶中相思的泪水。

一座山有名了，一段凄美的爱情就开始流浪。

今夜我就宿在她的枕边，向她只借一夜的涛声和传唱。最低的音符在草丛间闪现，风干的一片花瓣，那是肩头上欢喜留下的齿痕。最高的音符是离别的鹰，久久在天边盘旋的翅膀。

等一个人，等到满身风霜，等到望穿双眼，等到心如磐石。

春天又一次来临，在桃花刺绣的早晨，有低头的念想，也有抬头的怅惘。开始播种的雨水恍若一梦。

我伸出手指，多想触摸她头顶的花冠，那终年白雪和圣洁的光芒。

马 鞍 [2]

有一封来自远方的信。打开：

---

① 原载《诗潮》2018 年 9 月号。

② 原载《诗潮》2018 年 9 月号。

一半白雪飘落，一半草原沉寂。

羊头或牛头，作为一种信仰的装饰，挂在了墙上。

而信使的马头，能够带来天边欢腾的雨水和种子，则更加神圣。此时被一场大雪所膜拜，白上的白，不带半点脏乱的脚印。

初春的草丛中，我见到一具解甲归田的马鞍，已卸下昔日的荣光，淡然放弃了奔跑，只是把飞旋的沙尘揽在怀中。

它在梦里雕刻，不带半点腐朽气息的骄傲的花朵。

洮　河 [①]

不问源头。

藏王的佩刀，永不生锈。

日夜以漫不经心的涛声来打磨，回音依旧厚重、雄浑。

那漫不经心的爱，挥赶着草地上游荡的羊群。

爱过的马匹，生风的铁蹄仍在尘土和旌旗里回旋。

爱过的女人，绵软的四肢仍在流水和山峦上起伏。

爱过的皮靴，踩踏过千难万险之后，仍在传奇中行走……

那漫不经心的爱——

如今在大河两岸，开遍了寂寞的野花。

三格毛 [②]

这是我妹妹的名字。

这是用三根红头绳扎起来的名字。

不多不少，三根发辫缀着绯红的玛瑙和烙花的白银。

---

① 原载《散文诗世界》2018 年 12 期。

② 原载《散文诗世界》2018 年 12 期。

黑色如水的瀑布，要在早晨的镜中梳理妙龄的时光。

羽翅渐丰的飞鸟就要离巢，她不会再像小时候那样，骑在我脖颈上拍手欢笑，或坐在黄昏的门槛上等我回来。

如今长发已及腰，嫁衣已缝制。倚门的一声轻叹，随枯黄的落叶飘零。

思念的脸庞浮现月光，她始终对比心中的那个男人，要有我的模样，没有缰绳，也能拴住的一匹温驯善良的高头大马。

九十九眼泉 ①

喜欢，这叮咚作响、甘洌清越的环佩。

喜欢，这滑如绸缎、浸透肌肤的亲昵。

水韵的莲花迭起，不改的乡音与生俱来，即便倾诉的二胡远走他乡，日久生情的月光，总要披挂起思念的羽裳，落在九十九眼泉上，再续传奇……

舟曲：一条江的名字 ②

婉转你的舌尖，教你一句藏语。

上扬你的眉目，教你以一条江的涛声发音。

以水为名，藏语里的舟曲，也是汉语里的龙江。

当你喊出她的名字，山巅云雾就会散开，一座座石头镶嵌的村寨闪烁出雨露打湿的鳞片。

堪比沐浴晨光的美人鱼，眼里森林起伏，腰身浪花翻卷。

多少年，我在上游，她在下游，捧起的爱慕之情在同一个源头。

---

① 原载《星星·散文诗》2019 年第 10 期。

② 原载《星星·散文诗》2019 年第 10 期。

天下之大，苏杭太远。

白墙黛瓦，楹联楼阁，我心底的烟雨江南就在隔壁，蓝布鞋上晾晒着刺绣的蝴蝶，一方手帕挥舞出十里花香。

山歌调：采花节 [①]

不是柔软的柳枝，那是妹子葱白的手指。

采花要到高高的山上，天不亮起身梳妆的人，一丝不苟的碎发辫缀上了红珊瑚和绿松石。

不是落地的木梳，那是妹子失神的手指。

采花要走很远的路，匆忙忘记关门的人，胸前垂下的银盘装满了失眠的月色。

不是捣碎的海娜，那是妹子纤丽的手指。

采花要有个好天气，脸颊透出粉红的人，每遇一眼清泉，都要照照不一样的自己。

不是纠缠的丝线，那是妹子笃定的手指。

采花要各取所需，头巾上插满鲜花的人，颤动的枝叶掩饰不了跟随而来的心跳。

不是温情的回望，那是妹子娇嗔的手指。

千万不能三心二意，被同伴围在中间的人，你看我是多么着急，对不上山歌，拿不准调。

黑眼睛 [②]

马兰点灯。

只点一盏乡野的油灯。

从一截旧时光走出的歌谣，如殷实的柴刀，砍伐火焰，也砍伐我们身体里颓废的热爱。

---

① 原载《星星·散文诗》2019 年第 10 期。

② 原载《散文诗》2020 年第 3 期上半月刊。

听，足以让一个时代哽咽的声音："风吹雨打都不怕，勤劳的人在说话，请你马上就开花。"

旧的歌谣，不能用新的曲调去唱。

剥光浮华的节拍，是否使这个世界重归安静：忽闪一双清苦的黑眼睛，关闭尘世的虚空之门。

菊花酒[1]

让花朵在隆冬时节开放一次，我想表达出口渴的愿望。

茶杯也是玻璃透明的，这样就能看到过去的事情。

水是刚烧开的，茶是晾干的菊花，慢慢沉下去最早打开的那朵，送出了香气。

和祖母当年插在发髻上的那一朵多么相似，都适合配一首唐诗或一阕宋词。

积雪驻足窗前。这让我回想起烛台下晃动的身影，穿着紧身花袄、裹脚的少女，刚学会用花瓣制酒。

当最初的一滴酒水成形，她微微张开的嘴唇显得愈发粉嫩惊艳。

而如今，南征北战的疆场不复存在。十里长亭的相望，依旧儿女情长。

浓郁的茶水呈现出另一个金黄的秋天。

由一对新婚离别的人儿，再次擦亮的酒杯：

一杯叫一夜情深，

另一杯叫携手百老。

---

[1] 原载《散文诗》2020 年第 3 期上半月刊。

鹰的重生 ①

如果可以，这次就请它做主讲。

持闪电的教鞭，自飘落的鹅毛大雪开始。

从天空到草原的抒写，转眼春暖花开，一晃四十载。

翅膀沉重，爪子老化，危及生命的延续。

除了死亡，它必须抉择重生的过程：努力飞到山顶，在悬崖边筑巢，

用喙不断击打岩石使其脱落，静静等待新的长出来。

再用新生的喙拔掉枯黄的羽毛和磨钝的趾甲，在滴落的血中忍受万分

的痛苦，在一百五十个日夜的煎熬中脱胎换骨……

我们是倾听者、观望者，也是深受震撼者。

在领略生命的长度和高度的同时，时常夸夸其谈的脸面，接受了一次

泪醒的耳掴和洗礼。

旧　年 ②

屋檐下的木柴旁，竖着一把豁口的砍刀。

雪还在下。

大门外的草垛全白了，像极了那个三更半夜回来的男人。

她的欢喜已经在床头空了三年。

有团火一直憋在胸口，就是不像火塘那样敞亮，就是掏不出一堆滚烫

的灰来。

①原载《散文诗》2020 年第 3 期上半月刊。

②原载《诗潮》2020 年 3 月号。

放生羊 ①

解开捆绑四肢的麻绳，在最后时刻，被买下的那只羊，半边身子沾满了泥水和血污。

老人在它背部的皮毛上扎系了几根彩布条。

穿过集市，走向草原，它会不会在半途停留，回头往这边看一眼。

羊的眼里满是慈悲，从来就没有一丁点怨恨。

头上的两只角，像两把迟钝已久的刀子。

骨　髓 ②

蓝色的走廊使人安静。

比蓝色更安静的，是那个坐在椅子上脸色苍白的女孩。

不时用衣袖擦去额头上的细汗，高烧在持续，使她恍惚感觉到有一片黑，正一点一点吞噬着体内的霞光，欲折断那些美好且尚未展开的枝条。

把乡下熟悉的事物回忆了一遍，她的母亲也没能找出与之有关对应的语句，颤动的手指在抬起时就已经停下，下意识地想摸到那个位置，医生的专业术语：红细胞、血小板、基因和骨髓移植，是多么陌生，又是多么茫然。

从我身边牵手走过。

女孩依旧安静单薄得像片树叶，她的母亲明显老了许多，悲凉地一笑，好像是对女孩的安慰，也是对自己的安慰。

我仿佛看见了希望忽闪的微弱火苗，在这一刻被她死死地攥在手心，怕突然丢失，怕被突来的风吹灭。

---

① 原载《诗潮》2020 年 3 月号。

② 原载《诗潮》2020 年 3 月号。

我能做些什么，以潮湿的目光撑起一把伞，还是以通俗的语言告诉她骨髓的形状和埋藏的地方。

门外滂沱的大雨和我一样慌乱。

燃　灯①

点亮一盏，就许一个愿。

点亮多少盏，就有多少个愿留在了这里。

灯火耀眼，也能迷眼，许下的愿不是一时半会儿能回得来的。

可是，人多拥挤。

不停晃动，薄如纸张的身影啊——

出门时，千万别糊涂地跟着另外的人走了。

甘南雪②

可以诵经的雪。

让布靴踩出脚印，又悄然弥合的雪。

暗自涌动的夜空，埋下了三江一河的源头。

不说卓玛的鞭子孤单，扎西的腰刀失眠。

不说全部，只说其中落下的一片，在羊圈外，那只黑色藏獒出神闪亮的鼻尖上。

飞蛾：死亡练习③

它可能就是为火焰而生的。

---

① 原载《散文诗世界》2020 年第 3 期。

② 原载《散文诗世界》2020 年第 3 期。

③ 原载《散文诗世界》2020 年第 3 期。

在黎明前破蛹，湿漉的翅膀披着灰白的曦光。

与此同时，一个信仰的诞生，迎合着旭日东升、雨露播洒的景象。

那是比生命高贵的渴望，驱使着它永不放弃，一次次从伤痛中折回，义无反顾、毫无畏惧地冲锋，以身试火……

最终像一片曲卷的枯叶，飘落下来，停止了梦乡里的呼吸。

这样死亡的练习，让我如坐针毡，灯下开败的四季，都流落到一个街头。

当我提到生活，提到出门在外，总有碰壁给我一鼻子灰，总有世俗的无奈泼给我一头雾水。

虫　草①

达里加山口，一小部分积雪还未消融。

我只是路过，正值立夏之时，山野间匍匐着挖虫草的人们。

我对一段传奇的膜拜，姿势与他们是多么相似。

抛土埋过下跪的双膝，朝天撅着虔诚又贪婪的屁股。

源　头②

多像一个人，一条大江也有名有姓。

多像一个人，一条大江的姓氏也会粘连着它的祖籍。

无论荒芜、清冷和孤寂，一旦提起定会心生暖意。

梦想总是美好的开始，有时是一根绳索，有时是一束光。

千里迢迢的牵挂，可以倒叙、追忆，带来永无止境的启示和召唤。

---

① 原载《散文诗》2020 年第 3 期。

② 原载《星星·散文诗》2021 年第 9 期。

这样的场景过目，就会有泪湿了衣襟。

这样的场景，嵌入了生死之间的轮回——

每个人的身上都有一个留住乡音的村口，那里大树参天，落叶满地，一个老人走了，又一个老人缓缓坐下来，在一块磨光的石头上，替补时光的空白。

那逆流而上张望的神情，保持着相同不变的姿势……

丽莎咖啡屋 ①

咖啡屋与女主人的年龄和容貌无关，但与她好听的名字有关。

在郎木寺镇，因为只此一家，没有第二。沓至的游客，会踩响小街的石板路面，准确无误地找寻到这个散发着异国情调的地址。

门口白桦制作的招牌有些发黄，风吹日晒的痕迹像淡淡的插花。

室内的摆设简单又雅致，木质桌椅携有大自然的情愫，餐盘刀叉折射出诱人的光亮。休憩当中的留言、小面值的纸币，以不同的文字和笔迹发音，参差不齐地贴满了两面墙壁。

除了咖啡，还有苹果派、豪牛肉汉堡、巧克力可可等必备的西餐，还有英、法、德、俄、日五国日常交流的语言，那是她十多年来以聪慧一点一滴、日积月累的手艺和财富。

倚着木窗，穿过雨雾的遮帘，看清新的草地、悠闲散步的马、寺院的白塔，聆听远处隐约的钟声和流水，咖啡的焦苦留在舌尖，那是怎样的一种心境和滋味？

美国传教士罗伯特·埃克瓦尔也曾到过这里，以理想与现实、梦境与真实碰撞的笔墨，写下了风靡一时的《西藏的地平线》，相信打动了许多不安分的人们，尝试着开始新的旅途。

但那时还没有这个咖啡屋，丽莎还没有在临潭县的一个家庭出生。

① 原载《星星·散文诗》2021 年第 9 期。

薛贞[1] 作品

[1] 薛贞，女，藏族，1970 年 9 月生，甘肃省卓尼县人，甘肃省作家协会会员。作品散见《诗刊》《诗选刊》《诗潮》《扬子江诗刊》《绿风》《飞天》《散文诗》《散文诗世界》《中国诗人》《北方文学》等期刊，著有诗集《在甘南》。现供职于甘南藏族自治州卓尼县教育和科学技术局。

青稞的香味 ①

小暑前后，泛着银绿色光芒的青稞，映着母亲年轻的脸庞。

像一幅清新的水粉画，渲染在我的记忆深处。

怀揣香甜的籽实，青稞们高扬着头颅努力生长。

在青稞的缝隙间，母亲小心地移动着双脚。灵巧的手，将粘连的杂草一束束拔出。

一阵风吹来，青稞们簌簌有声。新长的麦芒，轻扫母亲耳鬓，仿佛在说：感谢你，还我们以干净的土地和顺畅的呼吸！

蓝天白云下，碧波粼粼的青稞地里，母亲扔出一捆又一捆杂草。

直到夕阳滑到大山的背后，母亲带着青稞的香味，匆匆走向炊烟袅袅的家园。

母亲的青春 ②

秋天的骄阳下，年轻的母亲一次又一次弯下腰，挥动锋利的宽刃镰刀，将饱满的青稞揽进怀里，割下一捆又一捆金黄的秋天。

母亲把青稞连同自己的汗水，一起运回家园，仔细打碾干净，喂养我们清瘦的童年。

如今我们早已长大成人，母亲不必再去田间劳作。

青稞失去了主食的身份，有时被母亲烙成锅巴，让我们品尝田野的清香。

镰刀结束了它的使命，在屋檐下慢慢老去。就像母亲，守着父亲，守着寂寞的家园。

---

① 原载《散文诗》2016年第8期下半月刊。

② 原载《散文诗》2016年第8期下半月刊。

外婆，外婆①

每天黎明时分，外婆就开始了一天的忙碌。

一双小脚咚咚咚地迈进迈出，洒扫庭院、劈柴、生火；喂猪、喂狗、喂小孙子。

傍晚舅母们劳作回来，外婆已经擀好又大又圆的旗花面。

勤劳而善良的外婆，养育了四子一女的外婆，在八十三岁那年患上老年痴呆症。

看见亲人们坐在炕上，连声地嚷着要去做饭。要是有谁出去，她急得要从炕上爬下来穿鞋（她的双腿已经一年多不能走路了）。

最后一次给外婆剪指甲，她像一个懂事的孩子，把手伸在我的面前。

这是一双怎样的手啊——冰凉、无力、僵硬。可是曾经，它们是多么温暖、灵巧、能干。

外婆，您走了！有谁，再来一遍遍叙说我的童年故事？有谁，踮着小脚来迎接她唯一的女儿——我的母亲？有谁，眼含热泪，将母亲和我们三个孩子送过一湾又一湾？

门前的小山包上，又多了一杆猎猎飘动的玛尼旗，和外公的那一杆并肩而立。

卓尼，卓尼②

1

卓尼，一个温暖而神秘的地名。

卓尼，一个涛声如诉，弦歌悠扬，月光和梦想一起生根发芽的地方。

流水喂养的乳名，光洁质朴，碧波荡漾。

洮河，是大山里流出的一滴水，润泽了森林里深藏的绿，和细碎的

纹理。

我把灵魂，安放于这一页翠绿的纸上。

而鹰，衔起风雪，掠过大山神的肩头。

2

桑烟袅袅，经幡猎猎。

卓尼，刚劲有力的脚步，健壮挺直的背影。

一户一户的民居，是古拙的逗号；一座一座的寺院，是空灵的句号。一部部经卷，喂养了卓尼人憨厚质朴的思想。

月亮升起在小桥流水。羊奶头儿熟了，像一串串甜蜜的童谣。

村头那三棵古老苍翠的大树下，外婆的小山村——扎古录升起蓝色的炊烟。

所谓年轮，是每一次思念，刻下的烙印！

3

阿子滩、申藏、纳浪的万亩油菜花绽开了金黄的笑靥，汹涌的芬芳瞬间袭击了每一个行色匆匆的身影。

尼巴、完冒、喀尔钦草原野花如海，紫色的益母草映红了半边天空。

此时此刻，最适合蝴蝶歌吟，清风弹唱。

春日踏青，夏季野炊，秋天携一缕青稞的香味，在金色的阳光下回味曾经的艰辛与轻狂。

有人放牧流水，有人收割月光。

而禅定寺的暮鼓晨钟，叩响了我们心中清脆悠远的回音，绵延不息。

4

一定有什么，和卓尼唇齿相依，就像我早已远去的童年，和风雨斑驳的记忆。而一些往事，褪去风尘，慢慢浮现。

寺院、民居、小巷和广场，一砖一瓦，一草一木，都是文化的沉淀，岁月的见证。

只有风，这个无处不在的使者，在日复一日、年复一年中，带走了时光，带不走生生不息的人事。

在洮河岸边，在柏香山下，在酸瓜子树旁，我儿时最留恋的地方，一只渡船，渡我到草木深处繁华如锦的家园。

我的桃花妹妹 ①

我的桃花妹妹，你又来到了这人世，这被灰色遮蔽了整整一个冬天的人世。

一年又一年，你总是率先打破这单调的色彩，在乍暖还寒的初春款款而至。

你不知道，一年当中，这人世的变化有多大。

一些人出生了，一些人死去了。一些人突然罹难，一些人获得了意外之喜。

你不知道，一年当中，我又老了许多。

去年还光滑的额头，今年却像刚刚播种的土地，虽然平整，深深浅浅的犁沟却清晰可见。而你，还是当年的模样，一袭粉白的裙子，轻盈曼妙。一群正当最好年华的姐妹，顾盼生姿。

无论是在陡峭的山坡，还是在蜿蜒的溪水边，抑或在朴素的农家小院，你打开蝴蝶一样柔媚的翅膀，栖息在春风缠绕的枝头。

那么多人为你拍照，那么多的你，藏在深山无人知晓。

我的桃花妹妹，你把死去的雪花，又轰轰烈烈活了回来。

多好的早晨 ②

窗外的雨不知何时悄然而至，有音乐声浮出来。

---

① 原载《山东文学》2018 年第 5 期。

② 原载《山东文学》2018 年第 5 期。

听不出是什么曲子。舒缓，优雅，轻松。

我把自己从雨声里牵引出来，饶有兴味地步入音乐里。

忽然有人在喇叭里喊话，不过很快又恢复安静。

多好的早晨啊，无须从窄窄的小桥上穿过，听自己的脚步，踩在钢板上，发出空洞而夸张的声响。

无须与那些陌生或熟悉的人，视而不见，或点头微笑。

音乐声仍在持续，换了曲子，似乎更明亮一些，欢快一些。

春天来了，这个用滥的短语，又一次被我噙在唇齿之间。

有一样东西，从心里往上迅速生长。

小雀儿 ①

那只尾巴上有一抹白色的小雀儿，那只去年冬天与我狭路相逢的小雀儿，那只独来独往的小雀儿，此刻正站在宽阔的河水边，朝着苍茫的河面张望。

它是在寻找什么，抑或在等待什么？

夕阳从河水中央，一寸一寸向彼岸滑行，它仍在河堤下的小石头上默默张望。

我悄无声息地看着它，也看着眼前波澜不惊的河水。它终于飞起来了，小小的翅膀快速扇动。长满荒草的河岸，平添一份生动的色彩。我正暗暗为它鼓劲，它却很快落在不远的前方。

刚刚舞动起来的空气，似乎又停滞下来。

小雀儿，河里的冰块已经化作激越的流水，岸边的小草正努力抽出纤细的身子，你究竟还在犹豫什么？

也许你的力量太小，你眼里的洮河过于强大，可是你飞翔的姿势，充满了力量和美。

相信有一天，你会飞得更久一些，更高一些。

---

① 原载《山东文学》2018 年第 5 期。

采艾草①

从舟曲回来的这一天，正好是端午节。

路上休息片刻，我采摘了满满一大束艾草。

刚刚下了一场小雨，艾草湿漉漉的，我的手上落满亮晶晶的水珠。

采摘的时候，我生怕采到那种貌似艾草的蒿草，它们的茎干上长满了银针似的刺，一不小心，就会扎破手指。去年端午节，我就有过如此遭遇。

艾草的茎干上没有刺，叶片的背面闪着银灰色的光泽，绵软厚实。

艾草被折断的刹那，一股强烈的青草味儿悠然飘散开来。

像久远的诗魂，在五月的微风里化为千古追思。

我举着一大束嫩闪闪的艾蒿回到车里，像举着一团绿色的火焰。

以后的日子里，纵然这火焰熄灭了，那苦涩而清香的味道，依旧会丝丝缕缕散发在日渐微凉的时光里。

行走在秋天的画卷里②

天高，云白，一团团，一朵朵，比棉花绵软，比海浪轻盈。

山野层次分明。远山辽阔而苍青，近处的山坡呈现出浅浅的黄绿色。

而在我的脚下，看似柔弱而又生生不息的小草仍像春天一样，努力生长。

有河水从草木深处款款而来，浪花飞溅，清澈活泼。

我躬下身子，将双手伸进久违的时光里，夏的余温和秋的体贴，一下子漫进我荒芜的心田。

黑色的牛群在悠然吃草，听不见咀嚼的声音，健壮的体魄与眼前的秋天暗暗吻合。

---

① 选自《2018 中国散文诗年选》，花城出版社 2019 年版。
② 选自《2018 中国散文诗精粹》，四川民族出版社 2019 年版。

羊群安静，洁白的身影与漫游的云朵遥相呼应。

八瓣梅[①]

玫红的、粉红的、乳白的八瓣梅，伸出洁净的手掌，捧起一方蓝天。

立秋那天，最后一只白蝴蝶与正在尽情绽放的八瓣梅道完别，就悄悄把自己藏了起来。

不曾看见八瓣梅枯萎的样子。

只见谢了红装的她们，在漫长的冬天，一粒粒散尽小小的种子，等待来年的春风，将她们从沉睡中一一唤醒。

一幅名画[②]

偶尔之间，我见到一幅世界名画。

一种似曾相识的感觉深深吸引了我，它多么像我家乡的风景。

山坡下，长着一排高高的白杨树，树叶上洒满青翠的阳光。

而四周朗润的群山，形成一道浓荫，加重了白杨树根部沉稳的色调。

树林旁边，是一条安静的小河，河水里映着天空淡蓝色的影子，也映着杨树深青的树干。

偌大一块麦田，在杨树的身后，起伏着饱满的金黄色。

小河岸边，一丛一丛的青草间，盛开着乳白色的小花。

一个身着淡蓝色衬衣的女人，头戴一顶发黄的草帽，正坐在河边默默歇息。

她孤独的背影，多么像我的母亲。

---

① 选自《2018 中国散文诗精粹》，四川民族出版社 2019 年版。

② 原载《散文诗世界》2020 年第 4 期。

黄　昏[①]

这千篇一律的黄昏，一次次来临。

一点一点把明亮的部分变暗，一点一点摁下白天的喧嚣。

各种灯次第亮起来，又渐渐熄灭。

最后仍旧亮着的那些灯，将为谁照亮。

黑夜寂静，亲人们关掉窗户，从谜一样的梦中醒了过来。

羚城书简[②]

阿芬，你说你喜欢我生活的地方，空气干净，天空湛蓝。于是我常常把羚城最美的风景，发给你看，包括雪。

一场又一场雪，从冬下到春，从春下到夏。有时花儿已经开了，草地已经绿了，一场大雪铺天盖地而来，遮住羚城春天的脸。遮不住的，是一树一树花儿的绽放，一寸一寸青草的生长。然而没有雪花的陪伴，羚城又何其寂寞。当然，除了白的雪花，还有世纪广场上的羚羊、佛堂里的哈达，也是白色的。圣洁的白色，一次次覆盖了羚城，一次次将羚城人的目光淬炼得清澈而沉静。

阿芬，在羚城，除了白，还有黑，让人心头有微微的震颤和深深的思索。鹰的黑，牦牛的黑，帐篷的黑，远处灌木丛的黑，你都会一一见到。当鹰翅掠过天空，当牦牛缓步从你身边踱过，当牛毛编织的帐篷在苍茫的草原上如一团黑色火焰，当初春黑魆魆的灌木丛在一场又一场风雪的洗礼中，一点点还原了生命的原色，你还会对黑视而不见吗？

在阿尼念卿山，在当周沟，在佐盖多玛，在勒秀河谷，你可能会见到鹰。当它们宽大的翅膀掠过山冈，我屏住呼吸，不敢眨一下眼睛，生怕错

----

① 原载《散文诗世界》2020 年第 4 期。

② 原载《散文诗世界》2021 年第 9 期。

过了鹰苍健而华美的身影。然而鹰，没有因为我的仰视而稍作停留。它一直飞向更远的地方，整个山冈，都失去了原有的陡峭和嶙峋。

布谷鸟鸣叫的时候，草原上的雪花还未曾消融。远远望去，仍旧是冬天的模样。然而风吹过来，春天的气息若隐若现。蹲下身子仔细察看，每一根草的根部，分明已经现出嫩黄的颜色。空气中散发着草原原始的清香。当然，牛粪是必不可少的点缀。它其实并不怎么好看，但没有它们，草原就不是真正的草原。

山坡上的林子里，鸟鸣声此起彼伏。有一字音、二字音，当然也有三字音、四字音。像是在呼唤伴侣，又像是歌唱一天比一天温暖起来的春天。

男人们从集市上归来，带来女人和孩子需要的生活用品。摩托车驶入村道的时候，发出巨大的响声。村道两边，小小的野花迎风摆动。男人并不看她们一眼。太司空见惯了！这些卑微的野花，无论你看与不看，她们只管摇曳着婀娜的身姿，自我陶醉。夕阳的余晖给草地镀上一层金色的光晕，牛羊从远处缓缓归来。炊烟升起，在牧场简易的小木屋里，女人正在橘黄色的塑料盆里淘洗男人买回来的蔬菜。今晚的晚饭，是喷香的暖锅。

阿芬，如果你来羚城，我带你去佐盖多玛，或者卡加。在那里，你可以见到与你们海边截然不同的藏式民居。石头砌墙，石板铺路，院子里开满鲜花，桌子上摆着各样精美藏餐。迎着藏族阿妈热情淳朴的笑脸，你会从心底产生一种想留在这儿，不再四处奔波的冲动。清澈如洗的天空下，随处可见一面面五色经幡，像吉祥的鸟儿，迎风飞舞。

阿芬，写到这里，你也许有点着急——那么草原呢？甘南最引以为傲的草原，在羚城又是如何呈现？

是的，说起甘南，绕不过羚城，说起羚城，绕不过草原。

当周草原和美仁草原，是羚城的一双儿女。当周草原有着母性的包容和温柔，她博大的胸襟里，藏得下千军万马，也藏得下万千牛羊。每年七月，香浪节的号角乍一吹响，四面八方的人流如汩汩流淌的河水，向着当周沟汇聚而来。在平坦的腹地，一座座崭新的帐篷如白莲花般竞相绽放，大朵大朵的，与天上的白云遥相呼应。而在平缓的山坡上，各式各样的小帐篷如彩色的蘑菇，从碧草间探出头来，打量眼前这青青世界。

从山冈的高处远远望去，整个当周沟，像一汪欢乐的海洋，每一朵浪花都写满欢声笑语。

而美仁草原，像一位粗犷豪迈的草原男儿。一眼望去，广袤平整的草原上，分布着一颗颗大小均匀的圆形草包，像颗颗硕大的绿色珍珠，镶嵌在草原柔软而广袤的胸膛。在这些隆起的小草包上，盛开着五颜六色的野花，黄的、紫的、蓝的，一朵朵像娇羞的新娘，等着风儿撩起她们迷人的盖头。最引人注目的是一种叫作绿绒蒿的红花，像一面面鲜艳的旗帜，又如一颗颗火红的灯笼，无论是在寒冷的阴天，还是在炽烈的骄阳下，一样高扬头颅，书写属于她们自己的生命色彩。

阿芬，见惯了城市霓虹的你，一定未曾见到过草原上的星星。夏日的夜晚，一座座帐篷如巨大的灯笼，散发着金黄的光晕。漫步在帐篷外的草地上，你会听到青草和露水的喃喃细语，你会看到满天星光，像一粒粒淡青色的豌豆，在广阔无垠的天幕上自由洒落，每一颗都闪烁着安静的光芒，为你带来最纯粹的夜之美。

广场中央，三只羚羊披着金黄的余晖，看劳作了一天的人们翩翩起舞。长袖翻飞，笑脸纯净。羚之街车来车往，并然有序。初来的人们卸下一身的疲惫，在优美欢快的锅庄舞曲中，忘记俗世的烦恼。

阿芬，如果你来羚城，你一定会喜欢上锅庄舞的。它是那样舒展而自由，像天上虹，赤橙黄绿青蓝紫，每一种颜色都赏心悦目。而黑色的鹰隼和牦牛，白色的羊群和云彩，是彩虹之外两种最基本的颜色。九色甘南香巴拉这个名字，是多么迷人和动听啊！

米拉日巴佛阁，静静矗立在羚城的北郊，每当清晨，朝拜的人络绎不绝。他们摇动转经筒，将昨天的烦忧一一摇向过往的岁月。学生时代，我曾经和七八位同学相约去米拉日巴佛阁。年轻的我们跪在佛前，双手合十，双眼微闭。那一刻我们心里在想什么，都已经忘却。但那认真而虔诚的模样，一直定格在记忆深处。

炊烟升起，牛羊漫步，他们从遥远的地平线走来，鲜嫩的青草抚摸着他们坚实的足印，清澈的溪水洗涤了他们绵柔的绒毛。在当周沟绵延无边的山冈上，远处的牛群像一个个小黑点，在深青色大草原上一点点壮大起来。有人站在山冈，吼出最原始的民歌；有人蹲在溪水边，伸出粗糙的大手，让闪亮的浪花亲吻经年的疲倦；有人向最高的山冈走去，企图靠近鹰的翅膀。

骏马驮着年轻的骑手，箭一样射向青草深处。

青草尚未荡起绿色的涟漪，牧人就扬起马鞭，在空中划出漂亮的弧线。谁给我戴上了马莲花编织的花环，谁的眼睛里盛满青春的热情和纯真的笑意。

一年一度的插箭节，在时间的坐标上，又一次如期举行。雪白的风马迎风而舞，男人们嘹亮的歌声引得天边的白云也频频回首。老人们手摇经筒，目光深邃，面容慈祥。繁星点点的苏鲁花，如金黄的哈达，一直漫过人们的身后，铺展到草原尽头。

阿芬，乘着格桑花尚未绚烂盛开，乘着油菜花尚未汪洋汹涌，请你再次下定——奔赴羚城的决心。

我愿是一只温暖的灯笼 ①

1

在舟曲，我愿是一只温暖的灯笼。

"一呼千里，二呼万里。呼从了天地灵神，虚空过往纠查善神一切神祇……"夜幕降临，东山转灯节在"说话先生"的声声呼唤里拉开了序幕。

蜿蜒的山道上，千百只红润润的灯笼首尾相连，犹如一条巨龙在游动。

我是亲人双肩背着的一只灯笼，随着他虎虎生风的脚步，丈量舟曲的

---

① 选自诗集《在甘南》，作家出版社 2021 年版。

苍茫大地。

我的头顶插着鲜艳的花束，我的眼眸清澈温柔。

烛光灼灼，人影绰绰，我和亲人们会聚到川流不息的灯河。

勤劳智慧的东山人，将生活中坚硬的部分扎成结实的灯笼骨架，将执着的信念刷成柔韧的灯纸，用漂亮的图案装饰灯笼，用一颗虔诚的心点亮烛光。

手提式宫灯、八卦灯、鸡鸭鱼灯、蝴蝶灯、荷花灯和百合灯，琳琅满目，绚丽多彩。

男女老少全家出动，亲戚朋友相约一处，共赴一场灯火与烟花的视觉盛宴。

漂亮的衣服穿起来，精美的首饰戴起来，环佩叮当，笑语盈盈，宝马香车络绎不绝。人们的面容在灯光的映照下，带着暖暖的笑意。

锣声清脆，鼓声铿锵。左旋右拐的步伐里，亲人们呼吸连着呼吸，脚步印着脚步。

灯笼随身晃动，花束唰唰作响。天地屏气凝神，万物肃穆起敬，唯有星光一样璀璨的灯火，照耀着亲人矫健的步伐，在大地的纸页上挥洒自如、连笔成字。

平日里吃过的苦，在今夜悄然消融，不着痕迹。曾经受过的难，在今夜深埋心底，不再诉说。闪闪烁烁的灯笼又一次遍布田间地头，层层叠叠的笑脸又一次镌刻岁月沧桑。

比星光更明亮的是灯火。

比灯火更温暖的是人心。

2

在舟曲，我愿是婆婆轿子前深情的眼眸。

汹涌的人海中，婆婆的轿子缓缓行进。千万张热切的脸，涌向婆婆的轿子；千万颗虔诚的心，拂过五百年历史烟尘，随着婆婆的轿子起起伏伏。曾经人丁稀少、万户萧索的北方，早已换了人间。

烟花如一场盛大的流星雨罩在小城的上空，鞭炮声此起彼伏。

彩旗招展，华盖如云。鼓声浑厚，锣声清越，诵经声浑厚庄严。

数百人前呼后拥婆婆的轿子，按既定的规程转村歇庙。

婆婆头戴凤冠，肩披霞帔，身穿蟒袍，脚蹬绣花鞋端坐轿中，雍容华贵，端庄慈祥。

轿停之处，新媳妇争相摘取婆婆轿前悬挂的荷包，眼眸里含着故作沉静的羞怯，令人忍俊不禁。

也有年轻的媳妇不许愿，只仔细欣赏各种针线织品，并摘取自己中意的饰品拿回家学习，来年加倍偿还。

婆婆，您看见了吗？八年来，人群里笑脸一年比一年多，姑娘小伙的穿着一年比一年新潮；八年来，各村的巷道一年比一年宽敞整齐，崭新的楼房如雨后春笋般矗立在龙江两岸，泉城的街道越来越繁华。

逝者长已矣，生者如斯夫！那一年出生的孩子，已经学会读书认字；那一年栽下的小树，如今枝繁叶茂；那一年撒下的种子，已经开花结果！

3

在舟曲，我愿是一碗醇香的青稞酒。

农历五月初五，巴寨沟的人们扶老携幼，一路欢歌笑语，穿过山林，越过溪水，来到阿让山下，鸣枪放炮，煨桑祈祷。

清凉圣洁的"曲纱"瀑布从高处飞洒而下，像仙女的轻纱，像多彩的云霞。

司医仙子佐瑞姑娘和恋人巴卡的动人传说，又一次被人们传诵于唇齿之间。

亲人们在阿让圣水下祭酒喊瀑，解襟宽衣，沐浴这洁净的泉水。

男人们跳起摆阵舞。铿锵有力的舞曲和粗犷豪放的舞姿，似乎把人们带到了远古的战场，看到了传说中格萨尔王威猛无比的雄姿。

"我们来给长寿树插箭，来把吉祥石堆砌，来喝山泉神水，来穿荷叶衣。"

端起一碗青稞酒，敬过天地神灵，美美地啜饮一口，那绵密的感觉和醇香的滋味，从舌尖一直窜到心田。

水的清凉和酒的芬芳，将人间的温润诠释得尽善尽美。

我愿是姑娘手中的一碗青稞酒，恭请朝圣的人一饮而尽。

我愿是小伙手中的一碗青稞酒，恭请心爱的姑娘轻抿一口，红晕飞上脸颊。

我愿是老人手中的一碗青稞酒，看他们眯着眼回味一生的荣光。

崖上的圣水和碗里的美酒，是人们心头流淌的甘泉，眼里热辣的祝福。

4

在舟曲，我愿是那支最欢快的舞曲。

头戴达玛花，身着彩蝶衣，腰系华美的锦带，胸佩闪烁的银盘——博峪采花节的仙女们从白云缭绕的林间小道款款而来。

"人间的乐园在这里建成，感谢神灵的恩赐。六畜的兴旺在这里繁衍，感谢神灵的赐福！"

雄鹰收拢了飞翔的翅膀，小伙停下了痴情的脚步，是美丽的采花姑娘吸引了他们的目光。

"在这吉祥日子里，绸缎衣裳穿身上。在这祥和的日子里，白米好面都吃上。今天相逢太短暂，祝愿来日相聚长。今天欢庆舞不够，祝愿来日舞欢畅。"

庄稼颗粒归仓，场院收拾整齐，家家窗明几净，村村干净秀美。

乡村小舞台修起来了，藏家乐、农家乐环境优美，餐饮独具特色，迎接着各地慕名而来的客人。

人们跳起了罗罗舞，欢度一年一度的天干吉祥节。

起始的曲子优雅、舒缓，似乎从遥远的地方一路赶来。而后渐渐嘹亮起来、洒脱起来。最后，舞步越跳越欢快，舞姿越来越奔放。

女人的身影如彩云变幻，男人的舞姿如龙腾虎跃。

跳啊，唱啊。我们把祖先勤劳勇敢的精神化作干练的舞姿，把诚恳踏实的品质化作坚定的舞姿，把世代追随的梦想化作华丽的舞姿。

每一支曲子都是传唱不衰的旋律。

每一种舞蹈都是历久弥新的经典。

5

在舟曲，我愿是芬芳汹涌的油菜花海。

一瓣又一瓣油菜花，悄然间开启香唇，吻醒了舟曲的春天。

春草摇曳，春雨轻洒，阳光明亮，蓝天舒展。

蝶舞蜂吟，游人如织。"一场盛大的朝觐，照亮绽放的灵魂。"

经历了冬的凛冽、春的冷峭，油菜花轰轰烈烈唱响一江两岸。

油菜花的香气，浓郁而甜蜜，沉稳而辽阔。而那金子般纯粹的色泽，那蓬蓬勃勃、直达云天的气魄，与舟曲人积极进取、勤奋敬业的品质交相辉映。

花海旁远近高低错落着精巧的民居，炊烟袅袅，鸡犬相闻。

牛羊悠然吃草，农人荷锄归田。老人含饴弄孙，姑娘流连忘返。而孩子们的笑脸，纯真灿烂。

在春潮涌动的舟曲大地，油菜花必将结出饱满而醇香的籽实。

扎西才让 ① 作品

---

① 扎西才让，男，藏族，1972 年 1 月生，甘肃省临潭县人，中国作家协会会员。散文诗作品见《诗刊》《民族文学》《星星》《散文诗》《上海诗人》《散文诗世界》等文学期刊。系"甘肃诗歌八骏"之一，第十二届全国少数民族文学创作骏马奖获得者、2019 年全国少数民族文学之星、甘肃省中青年德艺双馨文艺工作者荣誉称号获得者。著有散文诗集《七扇门》、诗集《桑多镇》《当爱情化为星辰》《大夏河畔》、散文集《诗边札记：在甘南》。现供职于甘南藏族自治州文学艺术界联合会。

牧[1]

牧我于风，牧我于民俗，

牧我于遥远的格萨尔王的云烟。

白银时代，

牧我者如莲花尊者，她孤零零地徘徊在诸神之巅。

那么牧我于湖泊，牧我于高山，牧我于青草雪山的渊源。

八　月[2]

太感伤了啊，我的青春时光像干草一样，被一车一车运走。

每一车都蕴藏着隔世的月色，每一车都有黄金打就的阳光。

且不说田野里那安然下坠的乳房，

也不说那藏红花疯长的山梁上，煨起的缕缕桑烟，已不在低空轻扬。

太感伤了啊，

八月的西倾山下，渐渐退去的是三河一江的吟唱。

黄　昏[3]

黄昏在尕海湖畔逗留了一阵，牧场上的风就开始低低地飞翔，

想要融入夜色，留下一个我。

阿尼玛卿的雪还没有安静，它们比去年更冷更轻，

悄无声息地飘舞着羽翅，也要低低地飞翔。

牧场上的黄昏终于在风里蹑手蹑脚地走远了，

一直向西，在安第斯山脉蹲下身来，安稳了它的身形。

---

① 原载《民族文学》2003 年第 7 期。

② 原载《民族文学》2003 年第 7 期。

③ 原载《民族文学》2003 年第 7 期。

我时常关注的那只豹子，也从心里苏醒过来。

我的寂寞 [①]

我的寂寞在幽暗的长廊里爬行，凝滞的空气紧裹着它的躯体，

直到月出，直到恋人们惊动了古园的精灵。

我的寂寞在冰凉的长椅上蜷缩，安静的秋霜覆盖了它的躯体，

直到日出，直到鸟雀们唤醒了我对早晨的美好记忆。

寂　语 [②]

河水还没有漫上沙滩，风还没有把野草吹低，

我还没能从屋子里，看见对面山坡上的那些桦树落下叶子，

还没有把白天撒落的心事，金币一样一一拾起，

这天色，就突然暗到了心里。

肯定有事正在发生，像一群蝙蝠在夜幕下云集，

像前村喇嘛崖上的岩画，在新煨的桑烟里隐现出身子。

而那些，那些神灵唤醒的风啊，

也像潮汐那样退了回去。

母亲坐在树桩上休息 [③]

林中的潮气仍未退去，鸟鸣之后，山野显得更静。

松柏和白桦下面，母亲坐在半截树桩上，她看上去是那么陌生、困惑，仿佛坐在遥远的古代。

秋使白桦的叶子趋向褐红，使草籽饱满地垂向地面，使母亲的脸上浮起一层淡淡的灰黄。

---

① 原载《民族文学》2003 年第 7 期。

② 原载《星星》2003 年第 10 期，入选《中国散文诗百年经典》。

③ 原载《民族文学》2004 年第 1 期。

我守在她的身旁，听见这座更高更大的山，在余晖里渐渐热闹起来，又慢慢趋向冷寂。

只她还坐在那里，一个人静静地待着。

或许想到转世，投胎，或许什么也不想，只那么坐着，让我伤心，让我孤单。

我体内既无心跳之声，也无鸟鸣之音。

我只是陪她坐着，也陌生，也困惑，也觉得自己坐在遥远的古代。

若干年后的今天，当我干完了一周的工作，在周末闲暇的时候，我还是徒步上了山。

在余晖里，在那棵松柏和那棵白桦下，像母亲当年那样，静静地坐在树桩上，坐着自己的忧伤，坐成一截少言寡语的流泪的树桩。

母亲把我留在这个世上 ①

如果说风、水、沙砾，以及枝头的风声，都是活在世上的事物，

那么，我不否认密宗画家们对生活的真正意义所做的细密的勾勒——

母亲们的爱比河流更加长远，

它们最终必然融入土地，还是会以风、水、沙砾，或者枝头风声的形式悄然出现，

吹过丈夫的发梢，流过流浪着的孙儿的身边。

……要么，就落在已然苍老的姐妹的肩头，让她们听着风声，赶往葬着故人的山冈。

这使我在冥想中觉得：

有时我会是一头原始的白熊，在冰天雪地里出没，

有时我只是一场雨，落在草原上那道彩虹的另一头。

可是母亲始终在我身边，

她的灵魂远离了她的肉身，早就化为清风，吹得冬夜里的酥油灯晃了

---

① 原载《民族文学》2004 年第 1 期。

又晃，

或者无言地吹过街衢，轻拂着她那尚在世上的丈夫和儿子的脸庞。

想起我生命中的那些微光 ①

夜深了，我心中那盏温暖的灯塔，在高山之巅，不断产生着光亮。

想起我生命中的那些微光，照过童年的草莓、少年的风车，和几个夜归的农民。

我早已习惯于在外奔波，咬着大拇指，偶尔流下思乡的眼泪。

我的思乡，源于对母亲的追怀。

我猜想母亲的下一次出生，会人身而豹面，圆睁着一双温情的黄色眼睛，

并且生出翅膀，在她生息并劳作过的土地上，低低地飞翔，飞过草原，飞过山冈，飞过雪山，飞过峡谷，

瞥见藏人扎西才让，被河边濯足的少女，迷失了心窍。

可我就是不敢说出，因为母亲早就离开了这个世界，

对于苟活于尘世中的她的儿女们来说，秘密日益重要起来。

我的父亲 ②

被时光驱赶着的老人，晨操，午睡，夜饮……

——这一切掩饰不了他的衰老。

疾病深深延伸着它的根，并且要努力繁衍千万面叶子。

一颗善良的心依靠什么来慰藉？

而粗糙之手捂住胸口，就像捂住了疼痛的过去。

而他为什么还要缅怀那些消逝了的？

也许他同大海一样的寂寞，源自内心波涛的平息。

---

① 原载《民族文学》2004 年第 1 期。

② 原载《民族文学》2004 年第 1 期。

生长在建设的时代，发展着的祖国，早已舍弃孤芳自赏的牡丹。

从暗淡到光明，从浑浊到清洁，老人还有什么失意可言？

可他固执，可他孩子气。

早年是个放牛娃，热爱雪山和青草大地。

而今却把高原湖泊喻为趋于干涸的泪滴。

当我从城市返回乡下，这位孤独的老人，带我来到他自小生活过的土地。

我突然发现——他的爱，仿佛一枚松脂包裹着的钻石。

清 晨①

或许野草想脱离地面飞向碧空，像箭镞，也像思想。

或许鼹鼠还躲在洞里，是一只只无法沉默的钟。

从花瓣上能看到阳光烙印的七色，

从渐渐展开的广阔土地上，也能想象到无法收拢的雄心。

偌大的草原，土地深处流动着血脉，

石山下埋着人类逐日时遭遇过的那片桃林。

若我像蝼蚁生活于草底，

将能目睹任何事物也遮不住的日出。

若我睡在地底下，也能在渐渐喧嚣起来的世界里，

聆听到大地的清吟。

柏 树②

看起来是些自由的肢体，

在渴求中裸露于阴地。

不知是怎样的力量成就了它们，

---

① 原载《诗刊》2004 年 7 月上半月刊，入选《2004 中国年度散文诗》。
② 原载《诗刊》2004 年 7 月上半月刊，入选《2004 中国年度散文诗》。

胜过海底的珊瑚，和传唱中的菩提。

是肢体就能结出善果，在誓言里将无法背叛土地，

在绝境中也能闪耀着生机。

我长大成人时，这些柏树早已茂密了几截，

它们已习惯于自己的枝叶被他人成捆成捆地出售。

为善念而生的植物，

轻吐着它们阴性的芬芳的气息。

他　们①

我出门上学的时候，他们的争吵还在继续。

一路上，我经过磨坊、油坊和染衣坊。

我经过的田野里，到处是油菜花刺鼻的芳香。

我的老师已经年迈了，他再也不能把悬挂在歪脖子柳树上的铁钟敲得山响。

他讲过的真理尚未被事实证明，他教给我的汉字，尚未给我带来奇迹。

我放学回家的时候，他们的争吵还在继续。我自己做好了午饭，削好了铅笔。

我写了一行文字，那些院子里的花儿就想流出白色的乳汁；那些卧在红砖青瓦上的阳光，就想背对着我悄悄地挪动身子。

我决定逃学的时候，他们的争吵仍在继续。

我度过了童年，又在少年的背叛情结里走向异域。

最后，我还是回来了，但他们中的一个……已经死了。

① 又名《我的双亲》，原载《散文诗世界》2008 年第 7 期，入选《中国新诗·散文诗卷》。

草原上这个宁静的小镇 ①

或许草原上想长满阴性的矢车菊，

或许矢车菊想美化这九月的草原，

使得草原边缘这个宁静的小镇，也有了隐约可闻的怀旧的气息。

雨水带不走草原上的守护神，他们安详地巡行在各自的领地，

有时幻化为彩虹，有时变身为彩霞，

有时……就是我身边的这个闭目养神的老人。

这使我常梦到小时候偶遇的那只白额母狼，

梦见她在河边变为一个背水的女人，

来到这个小镇，与我的堂叔生活在一起。

很多年了，这个小镇在它的历史上几度被夷为废墟，

又几度海市蜃楼般突然出现，

收留了那么多的牧人、皮匠、银匠和马客。

很多年了，我掏出心里的豺狼虎豹，

移空脑袋里的狐狸和蝙蝠，

渴望与小镇的人们一道聆听那发出空响的檐雨。

而我此时在小镇的心情，

就在檐雨的不断滴落中，

像湖边的风声那样，于夜幕里渐渐退了回去。

村庄里的女人 ②

村庄里的女人，

刚娶进来，新鲜如桃，浑身散发着醉人的香气。

① 原载《中国诗人》2012 年第 3 期，入选《2012 年中国年度散文诗》。

② 原载《中国诗人》2012 年第 3 期，入选《中国年度优秀散文诗·2012 卷》和
《2012 中国散文诗年选》。

之后，就慢慢地旧了。

但还是留在房子里，牧场上，或者田地里，慢慢地暗下去。

生过孩子后，旧得厉害，失去了往日的光泽，

在节日，在家里，在路口，都显得疲惫，仿佛被油污浸透的抹布。

但她们还在给我们挡风遮雨，像我们头顶的蓝天，一直存在着，

不会像大桥那样突然垮塌，也不会像空气那样突然消失。

许多年了，她们养育着儿女，

忍受着男人们的背叛，把自己看得那么低。

后来，又旧旧地站在村口，

目送儿女离开家乡，走向更远的地方。

儿女们回来了，回来了……

但她们，已经——老去！

腊子口印象 ①

神的神力无边，

一脚可以踩出一片平原，一拇指可以在大山上摁出一个豁口，

让虎卧成石山，让天上的水驾着筋斗云落在地面，成为汹涌澎湃的白龙江。

这里的农民，也像神仙那样，

在山坳里藏起几座寺院，在沟口拉起经幡，

让风念经，让水念经，从上迭到下迭，春夏秋冬就是四座经堂。

有神兵在腊子口那边悄悄消失，又突然从天而降。

有杨姓土司开仓放粮，有会议秘密召开，

几个伟人走入木楼，睡在牛羊粪烧热的土炕上。

柏木搭起的榻板房里，

---

① 原载《山东文学》2013 年第 11 期下半月刊，入选《2013 中国散文诗年选》和《中国散文诗一百年大系》卷二。

黑脸男人刚刚种地回来，他抱紧了白脸女人。

深谷里，默默地建起一个工厂，操着川语，悄然来去，虚掩了门窗。

多年之后，

人们还是喜欢走在月光下，看月光照亮扎尕那的积雪，

看南风吹拂着洛克采集过种子的树木，吹动着伟人们待过的村庄。

或者侧耳倾听岁月深处的枪声，

脸都朝向腊子口的方向，然后把藏刀

整齐地摆在河边的青石上，在水里审视自己日渐变老的模样。

车 站①

草木发芽，百花盛开，鸟类生出双翅。

我徒步行走，知道流水浩浩，必然磨亮长街，星辰必然遁形，阳光必然拭去塔顶的尘埃。

晨雾中的远来者，你就是那只书本里的狐狸。

狐狸狐狸，你白日做兽，夜里变女，当你来到我身边，我不会只身逃离。

我会留下来，在这个小小的暗暗的城市，像蝙蝠一样守着暗夜，等待你的形迹。

晨雾中的远来者，你终于坐着夜班车来了。

夜幕中，在孤寂的车站，你长身玉立，一袭缁衣。

哦，远来者，你是那么楚楚动人，美丽无比。

在桑多镇冥想②

阴历十月初八，桑多河畔下起了大雪，

①原载《星星·散文诗》2013年第2期，入选《2013中国年度散文诗》。

②原载《星星·散文诗》2014年第8期，入选《2014中国年度散文诗》和《中国年度优秀散文诗2014卷》。

那遥远的太子山的山腰，还开着黄色的细碎的菊花。

苍茫雪野上，人类的首领们已经毛发雪白，

他们创造的历史，被大雪一一覆盖。

新的一页，等待着神奇的文字，在新的世纪，开始完全陌生的叙述。

藏地小镇①

羚羊刚刚离去，第一批垦荒者就来了，骑着红马扛着旗帜，与土著结婚生子，建造了寺院和民居。这一切，就发生在他们进入小镇之前。

小镇上空，蓝天就像块巨大的幕布，能把录下来的人间场景时时播放。

布景上，海子像星星那样闪烁，草地像云团在晚霞里一个劲地燃烧。

人，也成为神仙，在巍峨壮观的宫殿里出没，又集体消失在海市蜃楼里，那里仿佛就是另一个世间城镇，比现实里的藏地小镇更真实更辉煌。

人们一边劳作，一边抬头打量深蓝色的天幕。

那与生俱来的痛苦和无奈，似乎只有在天空里才能消失殆尽。

以至于小镇上的房屋早已高过仙境中的屋宇，他们还不知道：

百年来苦苦追求的香巴拉，已像传说中的魔镜，被浩荡的南风悄然打开。

江淮移民②

铁器时代，古战场上只有杀伐之声，牛头人身的将军在长河里饮水。

夕阳悬在西山，像充血的眼睛。山下百姓风声鹤唳，草木皆兵。

时隔多年，他们还是存活下来，不再像茅草纷飞。

不再一身囚衣茫然四顾，坐在惊恐里，于长河中看到斑驳的余晖。

江淮移民的后裔，坐在土炕上，说起遥远的故乡和身边的茶马互市，

---

① 原载《散文诗》2014年第11期上半月刊，入选《中国散文诗2014选本》。
② 原载《散文诗》2014年第11期上半月刊，入选《中国散文诗2014选本》。

——喝尽杯中烈酒，在荒蛮的边塞，陪着媳妇，生儿育女，流下相思泪。

有人站在高山之巅，背着手眺望边陲，唱曲茉莉花，生出一段千古离情。

有人终究会成为牧羊人，也学苏武高挑旌节，不要番女作陪。

地方志里，汉家瓷器映照千年岁月，不说盛唐和大明。

只说江淮一场酒宴，梦里就是家国，也抵不过长河落日里的羌笛声碎。

大明湖①
——女神出浴图

雾气弥漫的夏日水塘边，年轻的女神裸露出她健硕的身躯。

她脸上的迷茫，也被宝蓝色的水面勾勒出了倒影。

这倒影与缥缈的天空融于一体，不久就被南风给吹乱了。

我始终无法看到她的面容，那柔软的白色浴巾围在浑圆的臀部。

她那蓬勃而性感的肉体，仿佛就是这俗世之外的东西。

你胸前的玫瑰是鼎盛的王朝②
——大明湖抒怀

对你来说，黄金和各色珠宝，

只暂时存在于繁华的红尘。

当你在西风吹送时层现的秋波，才是这荒凉的人世上最珍奇的。

如果你胸前的玫瑰，是鼎盛的王朝，

---

① 原载《人民文学》2015"诗意济南风雅历下"特刊，入选《中国散文诗一百年大系》卷二。

② 原载《人民文学》2015"诗意济南风雅历下"特刊，入选《中国散文诗一百年大系》卷三。

那么，你的房间，就是一个辉煌的世纪。

当你雍容典雅地出现在我面前，我就是被高贵耀花了眼的瞎子。

哦，此生有你如月亮朗照，

我愿意做你月下的一枚彩石，

静卧在你生命的长河边，久久地，久久地，不忍离去。

桑多河：四季①

桑多镇的南边，是桑多河……

在春天，桑多河安静地舔食着河岸，

我们安静地舔舐着自己的嘴唇，是群试图求偶的豹子。

在秋天，桑多河摧枯拉朽，暴怒地卷走一切，

我们在愤怒中捶打自己的老婆和儿女，像极了历代的暴君。

冬天到了，桑多河冷冰冰的，停止了思考，

我们也冷冰冰的，面对身边的世界，充满敌意。

只有在夏天，

我们跟桑多河一样喧哗，热情，浑身充满力量。

也只有在夏天，我们都不愿离开热气腾腾的桑多镇，

在这里逗留，喟叹，男欢女爱，埋葬易逝的青春。

冬至那天的酥油灯②

水流不再激越，慢腾腾地流淌。

枯枝，伸出干裂肃杀的枝丫，力图缓解风的速度。

蚂蚁深匿在又聋又哑的地下，显然就是我们人类忧心忡忡的样子。

衰败伴随着时间的消失，已静静到来。

---

① 原载《诗刊》2015年5月上半月刊，入选《中国散文诗百年经典》和《中国散文诗一百年大系》卷一。

② 原载《黄河文学》2016年第7期，入选《2017中国散文诗年选》。

人走屋空的冬至，不像一个节气，倒像一种宿命。

在蓝天、雪野和榻板房拼凑出的寂静世界里，人们都能感受到的时间，仿佛失去了存在的意义。

阿妈呀，

但你还是像十年前阖家团聚时做的那样，点上了温暖吉祥的酥油灯。

拥抱的情侣 ①

男人的长发缠绕在女人的脖颈上，女人的双腿缠绕在男人的腰间，

他们已经融为一个整体。

他们肌肤黝黑，身体干瘦，他们的拥抱有种紧张的力量。

他们关节粗大，筋腱突出，他们的肉体是那么的丑陋，

他们的情事，在裸露中又被自己深埋。

他们和我们一样，处在惊恐不安的氛围中。

桑多河水干涸的那年，听说他们分开了。

男人被疾病夺走了爱的呼吸，

女人，在被爱中，又投入了别人的怀抱。

沉睡者 ②

阳光歇在柏木地板上，是那种令人觉得舒服的金黄色。

他穿着深黑色的单衣，在阴影处沉睡，这色彩的搭配，使他更像一堆孤独的煤。

沉静：空空荡荡的。显然是。

阳光也照亮了桑多河一带的天空，孤独的蓝天悬在桑多人的头顶。

北方寺院的钟声中，他还在沉睡，脸上涂着一层看得见的忧伤。

时间如桑多河水，永在流逝，一刻也不停止。

---

① 原载《散文诗》2017 年第 2 期。

② 原载《散文诗》2017 年第 2 期。

坐大巴回乡 ①

桑多河上游，是我的桑多镇。

和沉默的大多数一样，在大巴里，我突然就醒过来，伸长脖颈，看到故乡熟悉的风景。

像一群屈辱的士兵回到故里，带着内战时悲哀的神情。

更像一群人间的野兽，在欲海里扑腾，精疲力竭地回来了。

也就三个小时的路程，前一个小时，和多数人一样，我度过了叽叽喳喳奋勇表现的青年时代。

中间一个小时，和多数人一样，我沉思，昏睡，像个秃顶的中年男子。

最后一个小时，我惊醒过来，开始无限珍惜那剩下的岁月。

桑多河上游，是我的桑多镇，我出生在这里，而今，也必然老死在这里。

回　寒 ②

桑多镇档案馆的抽屉里，搁着一本有关桑多的志书，

柔韧的羊皮做了书皮，粗糙的帆布做了内页。

翻开第三百六十五页，就会发现有人在布面上絮絮叨叨：

"昨夜含了苞的花，今早就突然凋零了，昨夜流去的河水，今早又折了回来，哦，天哪，那个离开镇子许久的人，突然就回来了。"

"那个家族的后代又回来了，他冰冷生铁般复仇的决心，又回来了。"

"桑多镇上，那些人们淡忘了的血腥往事，又被翻开了。"

"那些血腥往事，有可能得重新改写了。"

当年撰写桑多镇志的书记官，只好从棺材里出来，

①原载《散文诗》2017年第2期。

②原载《星星·散文诗》2017年第6期。

他穿上一袭缁衣，坐在柏木桌旁，用竹笔蘸上焦墨，写道：

"熟悉的时代回来了，陌生的事件要发生了。"

我慌忙夺过他的笔，把他搡进棺材：

"啊呀呀，你这可恶的书记官，这么让人厌倦的事情，就别记载了！"

画中的男人 ①

完全可以用铁丝般生硬而杂乱的笔触，来一遍又一遍地勾画这个颓废的中年男子：

他奇怪的头型，模糊的面孔，还有那仿佛在接受审查时的敌意的姿势。

他肯定已经发现了人性的秘密，

所以他的眼神浑浊，鼻子塌陷，嘴唇干裂，

嘴角下滑的弧线，也是那么软弱无力。

当酒色财气蜂拥而至，他接受诱惑并自甘沉沦。

这沉沦到了怎样的境地？

只要仔细观察，就能从他深渊般的眼眸里，捕捉到我入地狱的大势。

当我们从他的深渊里挣脱出来，才清醒过来：

大家不过是在桑多镇文化站里观看一幅油画，

而创作出这幅作品的人，早就离开了桑多镇。

但很显然，他把痛苦在这幅肖像画里留了下来，等待着欣赏者来默默承受。

一旦我们都深陷进他设置的地狱，就只能指望他的出现。

当我们争先恐后祈祷之际，他会来解脱我们。

或许，他永远也不回来，他因坠入另一个深渊，只能等待着施咒者的拯救。

---

① 原载《星星·散文诗》2017 年第 6 期。

场景：阅读 ①

扎西吉的母亲——

一个清雅秀丽的女人，在小屋里阅读，

窗外是晴朗的春日，一座白塔被蓝天衬托得越发圣洁。

阳光还没照进玻璃窗，就使精美的茶具，染上了温暖的色调。

她的镶着黄色丝绸宽边的红色袍子，也层叠出难以言说的明与暗。

旁边的铁皮炉子上，铜壶的鸟嘴里冒出缕缕热气。

她的身后，一尊跣足袒胸的度母在画中静坐，那金色的线条有着柔和的气息。

诗人扎西次力——扎西吉的未婚夫，在他的第一本诗集里写道：

"另一个世界的光芒尚未溢出画面，佛国的慈悲和爱，就涌满了这间简陋的屋子。"

后来，当扎西次力拥有了扎西吉之后，他在第二本诗集里写道：

"她的镶着黄色丝绸宽边的红色袍子，也层叠出难以言说的明与暗。

旁边的铁皮炉子上，铜壶的鸟嘴里冒出缕缕热气。

她的身后，一尊跣足袒胸的度母在画中静坐，那金色的线条有着柔和的气息。"

很多人猜测这是献给扎西吉的诗句，但只有诗人自己明明白白：

诗中的女人成熟又高贵，只有她，才配得上使用那些优雅而舒服的文字。

牧羊人 ②

月神经受不住秋霜的凉意，懊恼地走下百草葳蕤的山崖。

一群绵羊从山坳里闪现，袒露着右臂的牧羊人，也冒出头来。

---

① 原载《星星·散文诗》2017 年第 6 期。

② 原载《中国诗人》2018 年第 3 卷"散文诗档案"专栏。

这个肤色黝黑的男子，卷曲的长发遮挡住他的眼睛，

但他还是看到了他一生中的光明，顿时像个哑巴，颤动着嘴唇说不

出话。

月神也震撼于这男子的健壮与英俊，

她停下匆匆的脚步，脸上浮起了红晕。

日神的金马高车自山后豁然扑出，

万枚箭镞，一下子就刺伤了这个失魂落魄的呆子。

等他清醒过来，十月女神不见踪影，

蓝的衫，白的纱，高悬在他的头顶。

草地上的寒霜，也在隆隆的车轮声里，寂然消融了。

播　种①

春野如黑色颜料厚重黏稠，

那高峰融雪也似浊流将画布上的山川悄然污开。

尖锐而弯曲的树枝上，是零星的几点梅，

沉默的播种者，你还在我的画面之外。

暮光迟早会照亮你红扑扑的脸膛，晚风也会抚慰你僵硬的手指，

直到你的女人升起炊烟，你的狗从房顶上看到你的身影大叫起来。

哦，父亲，你当年种下的青稞，

现在，才给我结出了紫色的颗粒。

夏　夜②

凑近一看：

清一色的女人，坐于河岸，身上披着一层薄薄的冷艳的反光。

如果她们都不出声，我会怀疑她们全部来自地下的世界。

---

① 原载《中国诗人》2018 年第 3 卷"散文诗档案"专栏。

② 原载《中国诗人》2018 年第 3 卷"散文诗档案"专栏。

幸亏她们突然都哈哈大笑起来，

这笑声和桑多河水一样的响亮，一样的让人感受到夏夜的美。

哦，是月亮让她们陶醉，

它在天上控制着人间的潮起潮落。

无论四季如何轮回，它都给她们披上一层薄薄的冷艳的光辉。

登山记①

那些真实的云。

如果入画，我可以让它们成为祥云，成为人世间不真实的东西。

事实上，

它们就在登高远眺者的脚下，在他傲然俯视的那片俗世。

我这才注意到：

他背对着我，站在群山之巅，

左脚轻踏凸岩，右腿笔直挺立，支撑着他的优雅与尊严。

那英勇果决的背影，有着功成名就后的从容。

云隐藏了大地上的事物，

而他则彰显了自己的雄心。

他额头的几缕乱发被劲风吹起，

但他的天下，看来已被他完全掌控，对此我毫不怀疑。

一幅画②

这和谐的画面，

定然只能产生在人类还没有给万物命名之前，

也只能产生在飞禽走兽还不愿成为食物链之前。

你看——

狼和羚，野猫和旱獭，

①原载《中国诗人》2018年第3卷"散文诗档案"专栏。

②原载《中国诗人》2018年第3卷"散文诗档案"专栏。

人类和树荫下的天马。

森林里群鸟啾啾，羽毛鲜艳如七彩乐章，

小溪旁蚊蚋交合，显然是情欲盎然的世界。

我们最终坏了这和谐，在弱肉强食的年代，

我们最终统治了这里，在人类为大的时代。

我们把这里建成城镇，

修筑了铁路，让路来打通外面的世界。

我们中的一部分也走出这里，再也没有回来。

狩猎者①

树缝里变形的云朵，脚底下干枯的树枝。

振翅高飞的红雀，已经逃离了弓矢。

表情怪异的游魂，布满幽暗的森林。马脸的男人，紧抓着乳房一样的蘑菇。

我们打猎回来，麻袋里空空如也。

我们喝杯奶茶，那味道还是松枝的苦味。

这样的日子，只能在女人的怀抱里诞生，最终也会被坟墓一一收回。

只我们还爱着这里②

从高原的天空里看桑多河，肯定是舞动的长长的银色丝带。

在斜阳桥上，我们看到的，只是一条腾挪而来的碧青的蟒蛇。

从银幕上看桑多一带，那肯定是众神出没的仙境。

在斜阳桥上，我们只看到广袤的桑多，被大雪渐渐掩埋。

---

① 原载《星星·散文诗》2019 年第 10 期，入选《2019 中国年度最佳散文诗选》和《2019 中国年度作品·散文诗》。

② 原载《星星·散文诗》2019 年第 10 期，入选《2019 中国年度最佳散文诗选》和《2019 中国年度作品·散文诗》。

仿佛此地是个起点，有人去了北京，有人去了西藏，

有人点燃了内心的野火，头也不回地去了国外。

只我们还爱着这里，和家人一起上街，一起登山，

在雪地里堆出小人，想减轻心里因为伤别而频生的疼痛。

九个小时 ①

她说："趁着天黑，我们赶紧走吧！"

他找来褡裢，装进牛肉干、糌粑、酥油和两只木碗。

她说："趁着天黑，我们赶紧走吧！"

他牵来儿马，配上雕花金鞍和一袋豆子。

她说："趁着天黑，我们赶紧走吧！"

他却登记好房间，把她抱进屋里。

此时，黄昏已经过去，子夜还未到来，

当然，人世的太阳，还在地球那面一个劲儿地往前巡视。

这个小镇居民，距离大黎明，还有整整九个小时。

牧人的锅庄 ②

他跟着他的女人，加入了名叫锅庄的圆形的舞阵。

他抬脚，扬手，转身，顿足，甩袖，发出轻呼。

他瞥见女人的黝黑的脖颈和粗壮的腰身。

三十多年了，女人始终陪伴着他。

三十多年了，他与岁月一起，把她从天仙般的少女，变成了失去奶水的粗糙的老妇。

---

① 原载《星星·散文诗》2019年第10期，入选《2019中国年度作品·散文诗》。

② 原载《星星·散文诗》2019年第10期，入选《2019中国年度作品·散文诗》。

当他俩渐渐步入舞阵的中心，他再也无法适应那极速的步履，跌倒在她身上。

众人善意地大笑起来。

他抱住了她，露出三十年前的羞涩的笑容。

角　力①

他盯着那个男人。

灯光下，黑猫酒吧里人头攒动。

他们较着劲，把桌子上的啤酒喝完，打嗝，瞪眼，

用粗糙的手掌擦拭嘴唇，又要了一扎子。

事情变坏的那晚，他和好多男人都是对手。

后来他醉了，昏睡在水泥地上，四个男人把他抬回家。

他的女人哭红了鼻子，跟着最后离开的男人走了。

——事情变坏的那晚他就失去了她。

——事情变坏的那晚，她就投入了别人的怀抱。

灯光下，他昏迷，苍老，脸肌松弛，终于醒过来，

但又不能离开：他才是被人遗弃的。

平生第一次，他明显地感受到了活着的失败。

---

① 原载《星星·散文诗》2019 年第 10 期，入选《2019 中国年度作品·散文诗》。

归　途 ①

她在昏黄的斜照中终于认出他来。

她认出了他的狂热，

他的幻想、挣扎、懦弱和无助的透骨的苍凉味儿。

她说："回吧，趁你还没死在路上。"

他靠在酒吧后的南墙下，想找到可以依靠的东西。

他花了二十年来反抗命运，

而今却像一摊泥，倒在失败里，那战胜猛虎的勇气早就飞逝。

她说："回吧，趁你还没在我眼前死去。"

她的声音仿佛来自故乡，又仿佛来自地狱。

他想勇敢地站起来，那天色，就忽然暗到了心里。

幸亏还有星辰悄然出现，照见了他的归途。

也照见了他的女人：像棵干枯的树，陪伴在他的左右。

面对叛逆的女儿 ②

卓蟆正在削苹果。锋利的小刀，瞬间就使皮肉分离。

然后她抬起头看他，眼神犀利充满挑衅。

他不敢和她对视，不过，他还是记住了她的乱发，黑色脸颊上的健康的红晕。

他还记住了窗外牧场上的残雪，皮毛邋遢的牛群，和那只暗暗成熟的

---

① 原载《星星·散文诗》2019 年第 10 期，入选《2019 中国年度作品·散文诗》。
② 原载《星星·散文诗》2019 年第 10 期，入选《2019 中国年度作品·散文诗》。

禁果：她刚刚与情郎私奔回来。

作为她的父亲，他强烈地感受到四十年来未曾体验过的挫败。

面对叛逆的女儿，他倒成了做错事的孩子。

黏　土①

书生旦正加与牧女才让草，终于要结婚了。

那大耳朵的司仪要求他俩：当着众多婚宴上的来宾，一对新人，要交换各自的戒指。

——这显然不是藏族人的礼仪！

但又有什么让人担心的呢？

既然女孩像饱满的果实一般诱人，男孩，伟岸的身躯如高耸的柏树。

他们的双手，就该在交出真爱后，柔情而有力地绞合在一起。

看看吧，婚宴上的酒瓶，就是子宫的象征。

源源不断的奶茶，则是生活中的流水。

而大盘大盘的水果，定然暗示着无尽的繁殖。

先人说，婚姻总是带来孩子。

那西装革履的大耳司仪也明白：土与水的结合，会带来黏土，黏土，又会使男女创造出奇迹。

爱的消息②

欧杰草用手机自拍，摆出自恋的样子，目光里，隐隐有着挑逗的意味。

是在秋日，迭部县城闷热的午后，名叫茹帝的男孩，躺在一株石榴树下。

---

① 原载《散文诗世界》2020 年第 4 期。

② 原载《散文诗世界》2020 年第 4 期。

显然，欧杰草没把茹帝放在眼里，此时的她，和公园里的孔雀别无二致。

而那石榴树结满的臀形的果实，在茹帝眼里，有了强烈的情色的暗示。

只我在翻阅一本画册，

第一百零八页上，身形消瘦的裸体女郎，乳房小巧如石榴。

只我一人接到了茹帝的电话，

他说，他可能真的遇到了生命中的女人。

青稞酒[①]

光线昏暗的房间里弥漫着淡淡的忧伤。

女人眼目低垂，深陷在疲软的沙发上，她的苦恼，恍如面前那杯浊色的青稞酒。

男人抽着来自岷县的劣质旱烟。

他倔强的眼神与女人截然不同，但那表情，却是经受挫折后的万般无奈。

二十年后，当一个男子深情地回忆起自己的父母，回忆起父母黯然相对的日子，

他面前的青稞酒，似乎也有着过去的味道。

若我是个画家，我渴望画出他父母当年的忧伤、苦恼和倔强。

我也愿意把酒色置换，换成而今的温暖、开心又满足的颜色。

莲花山花儿会[②]

那边，女花儿把式把头藏在洋伞下，那唱歌的小嘴大胆而深情。

这边，男花儿把式一边静听着唱词，一边思谋着该用什么对词来

---

① 原载《散文诗世界》2020年第4期。

② 原载《散文诗世界》2020年第4期。

反击。

帮腔的歌手各自围拢在把式周围，眨巴着情爱的眉眼，远远地挑逗对方。

草木葳蕤的莲花山顶，六月六的朝阳，照耀着这块小天地里的子民。

我是在描述爱情的本质与境遇吗？

我是在隐喻爱恋带来的种种体验吗？

人世间多的是富有象征意义的人物，种种画面，充满奇特而复杂的寓意。

作为旁观者，我在聆听他们的对唱时，会陷入对乡村爱情的深思。

但作为参与者，我渴望这情景更热烈更欢愉，甚至完全该有莲花绽放时赤诚而倾心的色彩。

唐亚琼^① 作品

① 唐亚琼，女，藏族，1978 年 12 月生，甘肃省临潭县人，甘肃省作家协会会员。作品见《诗刊》《民族文学》《星星诗刊》《青年作家》《诗歌月刊》《山东文学》《四川文学》《诗林》《诗潮》《飞天》《散文诗》等刊。著有诗集《唐亚琼诗选》。曾获甘肃省第六届黄河文学奖、第二十五届东丽杯全国鲁藜诗歌三等奖等奖项。现供职于甘南藏族自治州文学艺术界联合会。

诉说，或一封忧伤的信①

1

星星消逝无踪，大地只剩一地残雪、败叶。

我四处奔波，探听你的消息。

爸爸，长路漫漫，积雪一样压在胸口的日日夜夜，有太多泪不停奔流。

这一年的每天每夜，每分每秒，想象你推门而来，放下钥匙，换上鞋，先到卧室亲亲孩子们，然后去厨房看看忙碌的母亲。最后，发现躲在阳台的我，忧伤地望着落尽的夕阳。

这一年，你醉了几回？有没有结交新的酒友？咱们家的酒规从来传男不传女，我的酒量还未长进。我爱那些毒药，学着你的样子端起酒杯。可忧伤总是先溢出酒杯，比我还要沉醉。

风吹动路边的野花，云朵翻过山梁。

这样熟悉的夏日，这样适合对饮的日子。

爸爸，爸爸，我轻轻叩响你的院门。四野寂静，只有我的心跳。

爸爸，爸爸，我怕一转身与你撞个满怀，你看酒洒了一地。

2

春联贴上了，窗花粘好了。

门前的雪也扫干净了。

地窖里洋芋和蔬菜够一个冬季。

我们在阳光下，静静地等待。

说起你，时光回到了从前。我们的眼角有泪，谁也不愿擦干……

我的母亲，那个忧伤的女人比我又矮了一截。她常常一个人出神、叹

---

① 原载《散文诗》2015 年第 2 期。

气，对着碟子和碗筷说话。她出门不带钥匙，炒菜忘记放盐，靠白色药片入眠，她的眼泪已经流尽，生活没有滋味。

有时候，会忘记你不在。

泡好茶，摆好碗筷，洗净双手端坐桌前。

我学着晚饭后去散步，走得比云朵还要慢。

街道、广场、田野，我总是很流连。

忧伤的期待、钻心的疼痛，我一一经过。对面走来的人，我想认错，给他一个拥抱。我常常这样漫无目的地走着，常常被面前的一株野花、一块石头惊醒。

我又多愁善感了，爸爸。没有人再宠着我。

多少个夜晚我想去远方，在无人认识的小镇孤寂地写信。

天空蔚蓝，无边无际，看着大片云朵，我会忧伤。

春天多么短暂，更多的雨季紧随其后。

我像一朵蘑菇，一夜之间就长大了。

3

膝下的雪，悲伤、冰凉。

我来看你，借一株柏香，几张发黄的冥币。纸钱转眼成灰烬，无声的大地多么凄凉。

孩子追逐火团，忘记一场场寒冷的侵袭。

雪多么白，像一双饱含泪水的眼睛。

我们在大地深处，再也没有相见的机会。

爸爸，无数次想象这样的画面：春日的早晨，和你听绿荫中清脆的鸟鸣。夏日的午后，陪你喝茶看云彩慢慢遮住天空。秋日的黄昏，一起闻妈妈从田野回来的味道。冬日的夜晚，烧旺你的炉火，拨亮你的灯盏……

纸上的话旋即飘散风中，我就这样空想着，浪费掉那么多好时光。

这个尘世，不值得你留恋，不值得你回来。

那些男人不值一提，他们耗尽我美好的青春时光。

爸爸，放下酒杯，熄了灯，穿上新衣，插上鲜花，我们一起去看新月升上来。

4

爸爸，我向你坦言：我想停下来，谁也不爱。我东奔西走，仍在寻找。不断告别，仿佛每一刻都会成为最后。

我回不到那里了，你该出来陪陪我。

乡愁太深，我看不清自己。

寂寞太多，走着走着，我们就走进雾中。

我的小老头，我有和你一样的胎记，一样的大鼻子、黄白的皮肤，风一吹就弯的身子和多余的眼泪。

我的小老头，一顿吃半碗饭，喝一碗酒。

我的小老头，带我到这尘世多不容易。

我的小老头，如果你看见我就咳嗽一声……

春天来了，那个和我有过肌肤之亲的人，来到更多的花丛中。

爱情和桃花无关，他在清晨回来，晚上离开。我日复一日，忍受半夜醒来的空。

春天像一根刺卡在我的喉咙，让我无法翻身。

陌生的人不断在身边坐下又离开。我习惯了这样的离别，没有言语没有感伤。

我不习惯的是，一回头看不到你。

一回头，眼泪就忍不住流下来。

原谅我，爸爸，是我先爱上他的。

我知道这个年纪谈论爱情多么不合时宜。

收割已经结束，播种还为时过早。远处的地里只有我一个，我要把他和我一起埋进甘南的泥土里。

5

排卵疼是一种什么样的病？

长年的独居，使我常常忘记自己还是个女人。

三十多年来，我还没弄清楚自己的身体。

哦，爸爸，这一次，不是小腹冰凉，乳房肿胀，不是末梢神经炎，不是软肋骨炎，它更像半夜醒来的空疼。

B 超不能照出它的病灶，西药中药不能消炎止痛，身体里有千万个小小的我，奔跑着喊着：爸爸，爸爸……

这些奇怪的疼，不知道还要跟随我多久？

这些小小的我，不知道还要多久才能找到爸爸……

幸福树又长高了，发了新芽长了新叶。那些明亮的小小的手掌，擦拭一个又一个渐渐暗下来的黄昏。

那些细小那些鲜嫩，让我颤抖恋恋不舍。

我痛恨自己，不能全身长出幸福的叶子。

我痛恨自己，我觉得让他在此时爱上我是种罪过。

那些令人心疼的时光都浪费在我身上，让我感到羞愧。

6

对不起，爸爸，你给我心，你给我眼睛，我却用它来荒废时间。

时间是有限的爱，一刀一刀削我剩骨。

风一吹我就碎了，爱也已经把我摧毁。

天要黑了，我再也不能说爱。

请你带一场秋雨，洗净我的罪过。

爸爸，这个秋天真冷，我无处暖身。

人们说的幸福是什么样的幸福，草尖上已结满了厚厚的冰霜。

那冰冷到我牙根，让我害怕到颤抖。

山上的青稞已收割干净，一年又过去，我还在这里，等待天变暖和一些。

爸爸，坐在大雾的早晨，不能减轻一些痛苦。窗外的冷气不断渗进来，把我紧紧贴在地面。有没有一双温暖的手，陪我到天亮？

冰冷的四壁彻骨的黑，我看不见真正的自己。什么都没有改变，我依旧穿着单薄的衣衫等在窗前。

树叶一片一片落下来，我看着看着眼泪就流下来。

天空冷清空白，谁也不能把我扶起来……

在尕海湖边 ①

阳光浓烈，湖水寂静。

卖酸奶的扎西草比去年丰满了许多，比以前害羞了许多。她总是别过头去，假装去看草丛中跳来跳去的旱獭。

风把她的红头巾高高吹起，把我不认识她时的时光吹起，把去年的倒影吹起，把我的孤独也吹起。

人们说，我的走失多年的母亲就在这湖里，她有一双巨大的翅膀和长长的尾巴，她会飞也会游。但她不开口也不说话，只在夜里悄悄地哭。

当我转身，湖面平静，湖里的黑颈鹤早已无踪影。

黄昏在当周沟 ②

黄昏的当周沟静悄悄的。

去年我遇见的那群绵羊已不知去向，它们的足印深深，像一段遗言留在大地上。苏鲁花也已经败了，枯萎的叶子像一个人的泪滴伤心地挂在枝干上。

多么寂静啊！这么多年一直都是这样。

山梁上的那个人，也许会听我说说去年没说完的那半截话，也许会默默无语和我一路同行，也许对这空无一人的山谷充满深深的同情。

山上的神，肯定在不远处，像我父亲那样看着我，紧皱着眉头。

---

① 原载《散文诗》2016 年第 7 期。

② 原载《散文诗》2016 年第 7 期。

小雪过后是大雪 ①

西风吹折柏杨，鸟兽隐于山林。

我的叹息那么微不足道，也无法再隐瞒存于心间的忧虑。

父亲，在这空无一人的深冬之夜，没有人依靠，没有人温暖。

我生平第一次为你写下一首小小的诗歌，任性、埋怨或者眷念、牵挂……

我还有多长时间可以做你的女儿？做梦的时间越来越少，感冒的次数越来越多。

父亲，小时候每次赶集，流水一样的人群把我们分开。我惊慌失措地站在街角哭泣。现在，我还没有将你爱尽，请把你的手给我，不要和我说再见。

小雪过后是大雪，父亲，如果这次你真要离开，请不要再为我担忧。

我会目送你，像花瓣落入大地。

李子树 ②

我的胎盘埋在村里小操场边的李子树下，光滑温润的胎盘使山上的草木更加旺盛，村里更多的胎儿在一夜之间长大，胳膊像李子树一样粗一样壮。

白白的李子花开了一年又一年，果子结了一树又一树。

只有云次力一个人喜欢在晚饭后去树下坐。有人说他在等一个知道过去和将来的女人，也有人说他在等一只蜜蜂带来的消息，还有人说，云次力就是一棵李子树，浑身上下开满了白白的花。

尼欠河又涨了上来，云次力还静静地坐在树下，白白的李子花落在他身上，他看上去是多么忧伤，像极了一个寻找失散多年的胎盘的人。

---

① 原载《散文诗》2016 年第 7 期。

② 原载《散文诗》2016 年第 7 期。

灰　鹤①

他们说那湖边的灰鹤就是我前世的母亲。在冬天冰冷的水草间她教会我飞翔和写作。

我们讨论马的蹄子快还是我们的翅膀快。我们一起在湖边等待渐渐暗下来的夜晚，夜晚无边，我们默默无声悄然向前滑行。

有一天，当她还在对我说话的时候，我没有去听，我没有擦去她的眼泪也没有跟着她回家。

秋天那么快就来了，尕海湖深邃如井，我怎么叫她都没有人答应。

姐　姐②

太阳快要落山了，姐姐坐在白龙江边默默地梳着母亲留给她的头发。

清凉的白龙江水顺着她的头发流到下游，下游的人们就醉了，下游的青稞就黄了，下游的鱼儿们都怀孕了。

乌黑、柔软的头发在晚风中低低地飞，河面冰凉无声。对岸的男人已经盖好了房子，置办好了家业。

夏天这么快就要结束了。黄昏的阳光照在她的头发上，我的姐姐，多么美。

黄昏的阳光照在她的头发上，我的姐姐，多么美。

狐狸远远看着她，杨树为她闪烁金光，雄鹰围着她盘旋，河流得轻轻慢慢，我死去多年的母亲也为她流下了眼泪。

太阳已经落下去了，我的姐姐还坐在江边默默地梳着母亲留给她的头发。

河水依旧冰凉，依旧无声。

---

① 原载《散文诗》2016 年第 7 期。

② 原载《散文诗》2016 年第 7 期。

野草莓 ①

野草莓红成一片，在山路两旁。

他没跟我说一句话，也没有打听我是哪个寨子的姑娘。他的掌心握着我采摘的草莓——又酸又甜的野草莓。

他是扎尕那的男人，脸庞黝黑、头发卷曲。

我在坡上站着，像一颗野草莓害羞得一句话也说不出来。

雨夜，看父亲熟睡 ②

微弱的灯光下，父亲熟睡。瘦小的、蜷缩着身子像我最小的那个孩子，肩膀露在被子外，

拒绝靠近。

微弱的灯光下，我确实看清了时光留下的痕迹：他的面颊已不如从前饱满，他的嘴唇没有从前严密，眉毛不再浓黑粗硬……

微弱的灯光下，褶皱的衣衫搭在床沿，像赶了长路的人，疲惫地坐下，再也没有力气起来……他的眼镜和茶杯整齐摆放在床头柜，他每天用高度数的镜片吃力地看越来越难以接近的世界，用浓酽的茶水度过缺氧而干涩的夜晚……

雨还没有停，雨水顺着玻璃流下来，像一张泪流满面的脸，在黑夜深处独自伤怀。

妈妈，下雪了 ③

街上行人渐少，又是个冷清的夜晚，要是你在该多好，妈妈！

小巷尽头，低矮的平房，昏黄的灯影，翻滚的壶水，火炉上热着的

---

① 原载《散文诗》2016 年第 7 期。

② 原载《散文诗》2016 年第 7 期。

③ 原载《散文诗》2016 年第 7 期。

饭菜，你一圈一圈织毛衣，不厌其烦，直到夜色渐深。

我假装熟睡，静静等你伏下身子轻轻吻我冻冰的脸庞。

这样的时刻我等了很久，妈妈！

比起严寒，我更害怕夜晚来临。

比起下雪，我更害怕思念与日俱增。

原谅我，妈妈 [1]

妈妈，原谅我活了三十多年，仍不懂生活的某些道理。

加了减了我总是算不清，总是空手而归。

妈妈，原谅我不能照顾好自己，思虑不全，让你又添白发，让你常在后半夜醒来。

妈妈，原谅我不能离你那么近。比如跟你同盖一床棉被，说说心里话。

妈妈，我怕夜半那不争气的泪水不小心滚落砸伤你。原谅我胆小不能说出真话，走在路上，我藏着秘密拥有忧伤。在人群中我是多么孤单，容易困顿、疲倦。

妈妈，原谅我喜欢一个人待在阳台，忘记是件不容易的事情。那些疼痛常常在没有人的时候来找我。

妈妈，原谅那个不该原谅的人。他有婴儿的眼睛、青草的毛发。他曾是我的春天。

妈妈，原谅他就等于原谅了我，原谅我走错了一段路。现在，我也不能保证，今后，我还会不会好了伤疤忘了疼。

请你暂且祝福这手心里小小的温柔。原谅我，妈妈。我只会写这些没有用的诗歌。

落雪的黄昏，这些纸上的话，让我的心慢慢平静。妈妈，如果没有你，这个世界还会有谁原谅我……

---

① 原载《散文诗》2016 年第 7 期。

东山上 ①

多么好的日子，我们来到东山上。阳光刚刚洒到久美的胡须上，洒到喜鹊的翅膀上。阳光照着今生的来路、去时的归途，照在一些疼痛上。

这条路不同于另一条路，我们需要来来回回曲曲折折攀缘，一遍一遍重新开始。我们害怕陡峭与孤独，但又充满期待与渴望。

这一生，我们愿意走在这样的路上，度过这样的时光。

多么好，三月的早晨，我们来到了东山上，来到了一尺之间的春风里，来到了三生三世修来的缘分里。

多么好，是你鼓舞了我，我才来到了东山上。

东山顶上，我要给你前世的温暖，此生的祝福，来世的空旷。

我爱——

可我在东山顶上，留下了无法说清的迷茫。

大川葡萄酒 ②

我们喝的是三月的春风拂面。

我们喝的是新区的海棠花开。

我们喝的是白龙江畔的满头星光。

我们喝的是东山上的明月清凉。

喝下它，就得到了祝福。

喝下它，就被原谅。

喝下它，就能回到故乡。

喝下它，不管到哪里我都在你身旁。

燕子姐姐的葡萄酒，是土桥子村和舟曲人民的吉祥和祝福。

我们一喝就醉，一醉就梦见九十九眼清泉和蔚蓝的舟曲。

---

① 原载《散文诗》2018 年第 12 期。

② 原载《散文诗》2018 年第 12 期。

藏乡小江南 ①

甘南草原冰未消雪未化。

我干燥，我冰冷，我迟钝，我孤单。

我只有笨重的皮袄、空荡的褡裢，和负重的两片肺叶。

我需要一座藏乡小江南，让它来温暖我单薄如纸的人生；

我需要白龙江畔一垄麦田，让它来养热我缺氧的胃；

我需要东山的灯、博峪的蜜、东街的热豆腐，它们会治好我前世的伤；

我需要在前院种下江盘的柿子，后院栽下大川的花椒和曲瓦的核桃，然后记住藏乡小江南，缓慢老去。

天晴，就养蜂放马；

孤寂，就诵经打坐。

这样的一生，除了想想，还需要勇气。

我的乡愁 ②

我要找到一条大河岸边的麦田，和麦田里拔草的母亲粗糙的手；

我要去看一看又老去一岁，坐在杏树下打盹儿的老祖母；

我要带走巷子里那块石头，还有我的脚印；

我要去村后的山坡，咽下一把羊胡子和它辛辣的眼泪；

我要在东边的坟墓边坐上一会儿，看风吹动着墓草，吹动着尘世的孤独。

我要离开，小鸡刚出窝，小葱正鲜嫩。

三月的东山谢家村，让我知道，什么是乡愁。

---

① 原载《散文诗》2018 年第 12 期。

② 原载《散文诗》2018 年第 12 期。

花盛^①作品

————————————

① 花盛，男，藏族，1979年3月生，甘肃省临潭县人。中国作家协会会员、甘肃作家协会会员、第四届"甘肃诗歌八骏"。作品见《诗刊》《民族文学》《星星》《诗选刊》《飞天》等刊物，曾获甘肃黄河文学奖、甘肃省少数民族文学奖等多个奖项。著有诗集《低处的春天》《那些云朵》《转身》，散文诗集《缓慢老去的冬天》，散文集《党家磨》等。现供职于甘南藏族自治州临潭县融媒体中心。

天池冶海 ①

我一直相信，水是有翅膀的，有灵魂的。

飞翔就是水的灵魂和生命的真实绽放。

或许，冶海已经经历了太多的风雨，太多的艰辛。

或许，此刻冶海累了——

她一手扶着白石山，一手扶着柏林崖，轻轻地坐了下来。

缕缕飘荡的桑烟是你翕动的羽翼，承载着憧憬与梦想，也承载着一份怀念。

当那些西征的战马踏上胜利的归途，当常遇春卸下战甲时——

冶海，像一位慈母终于盼到了远征游子的归来而流下的一滴晶莹的泪水。

是那么圣洁，那么温暖，那么幸福，闪烁着爱的光芒。

当我们抵达时，依然感受到你温暖的怀抱和那份无法抗拒的慈爱。

当我们置身冶海湖畔，顿生一份虔诚，一份肃穆，

每走一步，都是一次灵魂的洗礼，一次生命的逾越。

此刻，你就在眼前——

无论站起，还是坐下，都将是我们用一生仰望的高度。

内心的缺失 ②

你在为谁美丽，这些思想的花瓣？

你在为谁飘零，这些爱的晶莹的碎片？

我们不期而遇，那么近，触手可及，我们说出彼此的幸福与寂寞。

我们擦肩而过，那么远，天涯海角，我们写下彼此的回忆与煎熬……

---

① 原载《散文诗世界》2011 年第 10 期。

② 原载《青年文学》2011 年第 9 期上半月刊。

一场雪就这样轻易抵达，抵达一个人的黑夜和生活。

雪落无声，雪落真的无声吗？

那一刻，我听见雪飘零的声音掷地有声，那是一种生命的力量和高度。

那一刻，雪花用自己的方式完成了一次对生命淋漓尽致的表达和歌唱。

而这些或许是我们内心所缺失的——

像雪花一样美丽，像雪花一样飘零。

赤壁幽谷 ①

是谁裸露着赭红的胸腔，怀抱一条历史的河流？

遥遥相望的身影于扑面而来的风中，摇摇欲坠。

淅沥的雨丝流动着一幅鬼斧神工的杰作：恍若隔世的沧桑与生命的博大。

那条蜿蜒的巨蟒穿越了幽谷，也穿越了人类苍白的思想和灵魂。

此时，人类的语言是多么脆弱，多么无力。

亲近赤壁，是一次与时光的相遇，也是一次与历史的交谈。

那道打开的圣旨，写满仁爱和和睦，期盼和希望。

那个典雅的观音瓶，为你为我，为芸芸众生洒下真善美的雨露。

风过时，幽谷里响起一曲雄浑而苍凉的歌声，震撼着我们的心灵。

我相信这里的风已不再是风，而是一名歌者，传唱着历史和时代的变迁。

山依然在山的高处，谷依然在谷的低处。

而身处尘世的你我，还有他们——

无须仰望，只有勇于攀登才能彰显活着的意义；

无须俯瞰，只有脚踏实地才能谱写生命的真实。

---

① 原载《散文诗世界》2011 年第 10 期。

雪域之上 [1]

雪域，生活一样广阔，天空一样辽远。

尽管有着无边的苍茫，有着辽阔的忧伤，但却坚硬在一个人的内心深处。

那些冰凉的晶莹在生活的暗处开出一朵朵的花。

宛如一份纯净的思念，透明，柔软，热烈，易碎。

远行的背影，渐渐缩小，似一粒尘埃消失在无边的雪域。

大地依然在白着，白的孤单，白的寂寥，白的无眠。

我们在这隐忍而空旷的白里怀念、沉吟、存活，根植渺小的希望。

雪域之上，那匹奔跑的马，忍受着生活的阻力和内心的疼痛，点亮目光，点亮远行的道路。

雪域之上，驻足与远行，奔跑与守望都将是一种生命的飞翔。

当深情而悠远的牧歌如雪，在心灵的疆域飘飘洒洒时，是苍凉的，也是幸福的。

当雪域和马一同抵达心中时，雪的光芒照耀着天空和大地，也照耀着一个人的内心和黑夜。

缓　慢 [2]

缓慢。当我写下这个词时，突然产生一种感觉叫漫长。

雪从早晨一直下到深夜，仍在不断持续着，不紧不慢。

像暗夜里一个人无尽的思念，忽近忽远，忽明忽暗。

炉中的煤正在驱赶着寒冷，但融化不掉灵魂深处坚硬的冰块。

多年了，冰块在渐渐扩大，像生活的重，终将压得我们苟延残喘。

我们蜷缩在尘世，慵懒在狭小的空间，日复一日，年复一年。

---

① 原载《散文诗》2011 年第 12 期上半月刊。
② 原载《散文诗》2011 年第 12 期上半月刊。

而日子在走远，时间在走远，我们也将渐渐走远，慢慢老去。

感伤的音乐承载着谁的痛？

响了很久，重复了很久。

像一本厚重的书，翻了许久，却依然在扉页，依然没有内容。

或许，生命本就源自虚无，终将虚无而终。

雪落大地[①]

雪落大地。如一个被证实的预言，在意料之中。

而未曾预料到的是提前抵达的寒意和那个被车撞飞的女孩。

多年了，我们在各自的道路上徘徊、沉思、凝望、奔波。

不为改变命运，只为一个小小的梦想和追求。

不为富丽堂皇，只为一份简单的宁静和幸福。

而这些，如雪花轻轻地落下，瞬间消亡。

一切都是那么渺小，那么微不足道。

我不知道那些和我一样渺小的小草，是否能够梦见来年的春天。

更不知道那些和我一样漂泊的蒲公英，是否能够像云雀一样，去见证湛蓝的天空和轻盈的云朵。

雪落大地——

当雪停下来时，是否能够还我们一片洁白？

雪地之下[②]

雪地之下，我听到自己的心跳。

像时间的脚步，慢慢走远。

那些生命融化的声音是空灵的、微小的，却是我们用一生来仰望的高度。

而我们是渺小的，在聒噪的尘世被淹没，没有一丝痕迹。

---

① 原载《散文诗》2011 年第 12 期上半月刊。

② 原载《散文诗》2011 年第 12 期上半月刊。

夜色降临。我们蜷缩在自己狭小的空间，营造小小的幸福和梦想。

像一棵小草，在雪地之下，梦见春天，梦见与春天赴约的狂欢。

怀念渐渐像雪地一样纯净，但亦像雪地一样苍茫。

但我喜欢这苍茫的背后蠕动着的生命姿态——

挣扎，飞翔，燃烧……

之后，芬芳在一个人的心灵疆域和春天的道路。

初春时节 ①

初春时节的青藏高原，一尊铜像般裸露着最本真的肌肤——

荒凉而苍茫，广袤而深邃，高大而寂寥……

多年了，在这片粗犷的土地上，我习惯行走，也习惯了驻足和远望。

尽管这样的时节，凛冽的风一再肆意，一再刺骨。

那些不经意间飘落的雪花，一次次为青藏披上厚厚的棉衣。

那时，我们的梦像雪线之下的生灵，萌动着飞翔的美丽。

一行行深深的脚印，在生命的版图上踏出最真实的存在和最本质的
色彩。

那些马匹和牛羊，缓慢移动，它们像一个人的忧伤，没有尽头。

当深夜莅临，我似乎听到了你的呼吸和心跳。

而这样的时节，青藏高原是安静的，我和你一样也是安静的。

但心灵醒着，无眠在凛冽里，翕动着梦的翅膀。

三　月 ②

高原的阳光渐渐暖和起来。

院子里杏树和桃树像初恋的女子，露出娇羞的脸蛋。

这些春天的使者，让小院一暖再暖——

让经历了一个漫长冬季的小院逐渐灿烂，逐渐笑出晶莹的泪来。

----

① 原载《山东文学》2014 年第 8 期下半月刊。

② 原载《山东文学》2014 年第 8 期下半月刊。

篱笆站直了腰身，等待生命的又一次缠绵。

那些被阳光投射在泥土上的影子，不断变幻着方向。

远远望去，积雪消融后的山坡上，一群又一群的绵羊缓慢移动，她们的眼前一层浅浅的绿不断延伸，不断铺开梦的色彩……

走出篱笆小院，那块被刚刚播撒种子的土地，松软而平整。

田埂上，一个为丈夫送水的女人，接过丈夫手中的锄头，紧紧握在手中。

像握住了幸福，握住了自己的一生一世。

她的身影，在阳光下荡漾着春天的希望和存活的全部意义。

温　暖①

遥远的雪山，在阳光下耀眼。

近处草木探头。而我们依然低着头，弯着腰向前爬行。

犁铧翻过的土地，一边是艰辛和汗水，一边是梦想和憧憬。

时间的跫音划过季节的疆域，敲打着生命的真实与脆弱，也敲打着存活的哭笑苦乐与悲欢离合。

一些人在春天莅临时远去，带走夜晚和星辰；一些人留在原地，坚守着岁月剥蚀后孤寂的田畴。

日渐瘦小的背影，晃动在眼角。回眸间，溅起一地的晶莹。

而我早已习惯了一个人的路途，也习惯了一个人坚守那份梦想。

尽管是渺小的，甚至微不足道的，但却能够触手可及。

像春天的阳光，温暖在周身，温暖在心底。

在高原②

行走在高原，悠远的歌声飘荡着迷人的气息。

---

① 原载《山东文学》2014 年第 8 期下半月刊。

② 原载《散文诗》2014 年第 12 期上半月刊。

一片又一片碧绿的草地，蔓延开来，为你披上出嫁的盛装。

苏鲁花说开就开了，像掩饰不住的喜悦，闪烁着阳光的温暖和灿烂。

马蹄的声音由远而近，风的声音由远而近。

之后，擦肩而过。剩下一路芳香，一路欢呼……

此刻，我只想安静下来，和草原一起，仰望一只雄鹰逆风翱翔。

帐篷就在不远处，而我情愿就此在草地上行走。

像众多蚁群中的一只，逃离尘世，在草丛深处，跋涉，爱恋，皈依。

花　期①

春天已然如期而至，而格桑的花期依然遥远。

甘南的春天，需要一次漫长的等待，像等待一次梦醒后的香巴拉之旅。

——遥遥无期。多年了，我早已习惯在甘南飘雪的春天守望。

雪落草原，那种广袤的深邃不断晶莹，不断沧桑。

风吹大地，那种粗犷的豪迈不断图腾，不断落寂。

而我将义无反顾，像那匹经历了冬天凛冽的白马一样，坚信不远处就是激荡而葱茏的大地和芬芳而浓郁的格桑花香。

风雪肆意的高度是爱和守望，我想——

一种皈依源自有爱，一种情怀源自守望。

多年了，在我守望的灵魂深处，是一只鹰逆风翱翔的羽翼——

飞翔，真实，耀眼……绽放着生命的力量。

春　雨②

甘南的春雨，潇潇、冰凉、绵延不绝，丝毫没有停歇之意。

此刻，夜深人静，而窗外依旧凉风凄雨，苍茫一片。

---

① 原载《散文诗》2014 年第 9 期上半月刊。

② 原载《散文诗》2014 年第 12 期上半月刊。

每一滴都承载着一个季节的冷暖与疼痛。

多年了，那串遗失在时光里的风铃，时常在心灵的屋檐下吟唱——

清脆、空灵而悠远……

但风没有停止，在一个人的高原兀自行走，像时光一样永不止息。

而雨声依旧，一如生命的某种深度，不去亲自体味，就寻不到它的真实。

有雨陪伴，高原深处，就少了几分寂寥。

总有那么一些时候，心情徘徊在灰色的空间；总有那么一刻，心如枝头的一片叶子，被秋雨淋湿着，顿觉人生如秋雨，滴滴答答冷若霜。

如今，铃声消逝，伊人远去。"守着窗儿，独自怎生得黑？"

留在故乡 ①

高原的风悄悄吹过，吹过天空，吹过大地，吹过我们疲惫的脸庞。

在这样的时光里，我们的每一次回眸和每一次等待都充满渴望。

当春天渐渐到来，故乡，在我们的奔波和坚强里，像母亲守望的眼神一样慈祥，像家的温暖一样沁人心扉。这一刻，远行的我们，每一次回眸都充满幸福。

远行的风中，故乡越来越近。门前那条小河奔流的声音，依然萦绕在耳畔，像母亲的笑声，是那么亲切，那么熟悉，那么真切。拂去我们内心的疲惫、泪水和忧伤。这一刻，奔波的我们才明白，每一次相聚都充满温馨。

春天来了，而母亲在老去，我们在老去，像一次没有回头的旅途。

此刻，我多想留在故乡，留在母亲身边，聆听小河的歌唱，与故乡一同缓慢老去。

---

① 原载《散文诗》2014 年第 12 期上半月刊。

低 ①

风刮过山梁的时候，山河在一个人的内心深处晃动着。

愈来愈近的是拥挤的楼群间你我渺小的存在。

视野逐渐缩小，像我们愈来愈渺茫的梦想；记忆逐渐模糊，像那些失去的年月，难以呈现真实的旅痕。

时间拉开的夹缝里，我们挣扎着、呼吸着、爱着痛着……

在聒噪的尘世写下一个人内心的私语，写下远方和亲人，像写下自己短短的墓志铭，没有姓氏和传奇，只有一粒尘埃的缥缈和无助。

山梁下是低处的春天，有一种落寞，也有一种葱郁，寂然着，也骚动着。

当风再次刮过山梁的时候，雨开始滴落，我们被密集的雨所淹没。

而泥泞就此开始……

老照片 ②

有时候，高原的春天，梦一样遥远和缥缈。

多年来，我似乎依旧难以适应这秋天般的苍凉，街道和草木，山川和梯田，像极了一张张老照片——那种黑白照片。

唯有年复一年，日复一日地在记忆中填充春天的色彩。

时光在一寸寸消失，容颜在一天天老去，骑着单车穿过街道，便是鲜花盛开，微笑像阳光一样撒满山坡……

而这些，我唯有在记忆中寻找，并还原成一张色彩斑斓的照片，贴在心灵的窗口，或许——

这是我离梦和春天最近，也是最亲密的一次接触。

---

① 原载《散文诗》2014 年第 9 期上半月刊。
② 原载《散文诗》2014 年第 12 期上半月刊。

色　彩①

云开雾散，阳光铺下来。

嘎玛梁似一个疲惫的路人，顿时精神起来。

碧绿的草叶上，闪烁着晶莹的雨滴。

一群群蚂蚁和无数的苏鲁花，喧闹出一地的温暖。

那一簇簇苏鲁花，有着生命最高贵的色彩。

她们远离尘世的聒噪，远离人类的争名逐利，在一个人的高原热烈地盛开。

她们紧紧相拥，用心中的炽热的火焰，为彼此驱散心灵的孤寂和寒冷。

归　途②

高原的阳光，再次铺开一路花香。

阿万仓在身后越来越远，嘎玛梁越来越远。

远去的还有阿万仓草原上空的彩虹。

道路将我们分成两半，一半是怀念，一半是苍茫。

像两只耳朵，永远看不到彼此的无奈和忧伤。

尕海湖的明镜，再次映出蓝天，映出草原上那些兄弟姐妹的盛情。

而我就此离开，不带走一簇苏鲁花——

她们早已在我的心里金灿灿地盛开，阳光般照亮远行的道路。

鹰藏在天空里③

我无数次写到鹰，写到飞翔的灵魂。

生命最真实的状态就是飞翔，没有什么比飞翔更令我们心潮澎湃。

---

① 原载《诗潮》2015 年第 1 期。

② 原载《诗潮》2015 年第 1 期。

③ 原载《星星·散文诗》2015 年第 10 期。

在青藏高原，高远的天空有着生生不息的生命和灵魂。

如果云朵是天空的生命，那么鹰就是天空的灵魂，它神一样存在。

面对鹰，生活在高原的我们是渺小的，如小草。但在辽远静穆的草原，做一棵小草是幸运的，也是幸福的，它为梦想铺开无边的领地。我们一抬头就看到，鹰藏在云里，云藏在天空里，天空藏在我们小小的心灵里。

而我们朝圣的灵魂的脚步，将从一棵小草开始，抵达鹰的高度。

在兴荣枯衰里，仰望鹰的飞翔，仰望天空，与大地共存。

一场雨落在灵魂里 ①

天空阴沉。高原的雨，说来就来，抵达草原。

铺开一张画卷，牛羊和帐篷便是思想的全部。

淅淅沥沥的雨丝铺洒下来，温润着谁的容颜和心扉？

如一份绵密的爱，慰藉着整个草原。

一滴雨，就是生命的一次完美再现，精致，美丽，晶莹。

尽管雨是冷的，风也是冷的——

但我聆听到草木吮吸的声音，空灵而幸福，如春天温暖的颂词。

万物破土的声音，从容而强大，在灵魂深处沉湎，回荡。

倏忽间，雨停了。而牛羊和帐篷还在，草原和阳光还在，牧歌还在……

爱像生命一样，瞬间成为一种永恒的存在——

在你我心灵的疆域，绚烂而超然。

在甘南 ②

五月的夜色，一场雪柔美而忧伤，飘白了往事。

---

① 原载《星星·散文诗》2015 年第 10 期。

② 原载《散文诗》2016 年第 9 期上半月刊。

一场落在五月的雪，替谁掩盖了前世今生的秘密。

那些留在草尖上的牧歌，是谁游弋的怀念和渴望？

甘南啊，你是我生命奔涌的河流，承载着一个行吟者全部的风霜、言辞和想象……

但我听不到你奔跑的波澜，听不到高昂，远方的天空雪野一样渐次迷茫。

一棵棵站在风雪中的树木，等了整整一个冬天，还没有等来你的消息。

风一吹，他们如我的守望，沉闷、死寂、虚空，雪一样惨白，夜一样的空洞。

在甘南，冬天像一个人生命一样漫长而坚韧。

一个人经历多少严寒、风霜和苍凉，就拥有多少生命的真实、力量与色彩。

在时光的草丛里 [①]

天空，比海更辽阔，比海的蓝更纯净，更萌动一个人的静思。

偶尔有白云，雪一样耀眼，迷醉。

向下，是羊群，如撒落的花瓣，在高原的风中，飘荡。

留在草原上的脚印，被新生的碧草覆盖，像覆盖着一段神秘的传奇。

传奇里住着两个人，你和我。

时光的马车经过，我们像两道辙痕，越走越远……

格桑花依然在盛开和凋零，青草依然在生长和枯萎，生命像旋转的经筒周而复始。

而我们的脚印，却越来越轻，如微尘般被风吹散。

我们的身影越来越沉，在时间的草丛里，深不见底。

---

① 原载《散文诗》2016年第10期上半月刊。

苏鲁花 ①

一匹马跑累的时候，你还没有出现。

无数匹马跑累的时候，才看到你羞涩的容颜。

从云层挤出的一缕阳光，打在马背上，马顿时光芒四射。

广袤的甘南草原上，被马蹄溅起的花瓣，如金色的牧歌。

为你我，还有更多的旅人，盛放一腔满满的温暖和爱。

苏鲁花，蕴藏了多少人间的悲苦，才在心灵的草原绽放生命的本色。

你看，那铺天盖地的光芒，映红谁三十多年的守望和相思。

在甘南，马，依旧在奔跑；苏鲁花，依旧在芬芳。

而我们却慵懒在谎言里，被红尘淹没。

我一直相信马是太阳的另一种存在，和苏鲁花一样——

它照见人类的真实和虚伪，也照见生命的坚韧与懦弱。

在曲哈尔湖 ②

卸下尘世的疲惫，草地便打开人间最温暖的巢。

曲哈尔湖将天空和大地对称展开——

这里的一切事物都拥有另一个自己，一个在水之上，一个在水之下。

人间所有的风雨雪霜，都被另一个自己默默地承受和记录。

风起，与你一起醉；风止，与你一起醒。

这么多年了，我们经历着不同的哀伤和疼痛，也感受着不同的幸福和快乐。

而曲哈尔湖才是那个照见我们心灵的镜子，有心跳和呼吸、思想和生命的镜子，它替我们活着、爱着，梦着、醒着。

在曲哈尔湖，我不做自己，只做你身边的一棵小草或一朵小花，一只

---

① 原载《散文诗》2016 年第 10 期上半月刊。

② 原载《散文诗》2016 年第 10 期上半月刊。

蜜蜂或一缕微风……

不需要眺望，阿尼玛卿雪山就印在曲哈尔湖，像格萨尔的身影印在灵魂深处。

不需要聆听，猎猎经幡颂唱着英雄的史诗，像格萨尔的传说在血管流淌。

风吹洮河 ①

春风，像一把生锈的剑，在时光的石头上，不停地磨。

一磨，锋芒毕露，驱散了洮河两岸的冰雪；再一磨，寒气逼人，逼到那些浪花纷纷醒来，不舍昼夜地奔跑。

风，每吹一次，寒冷就后退一步。她不止步，剑，就始终保持锋利。

即使我们被吹到悬崖的边缘，甚至一落千丈；即使我们被吹到巨大的漆黑里，看不到自己的存在……

直到阳光驱散了阴影，一朵桃花映红了洮河两岸的村庄……

马蹄的声音和悠远的牧歌，才唤醒了青草、呼吸和远方。

那张拭剑的纸，才像一段揉皱的时光，被扔在路上——

转瞬，被春风捡走。

蚂蚁的队伍 ②

喀尔钦不大，它面前的草地，却一直绿着，至少现在是，像一块巨大的绿毯。

被脚印踩出的一块空白处，蚂蚁排着长长的队伍。如果不蹲下来，人类的眼睛已经很难注视到这些坚强的生命。

它们一个跟着一个，不掉队，也听不见有谁在喊"一二一""一二三四"或别的什么。我听不到蚂蚁的语言，但我相信它们一定在谈论着什

①原载《星星·散文诗》2017年第1期。

②原载《美文》2017年第3期。

么，比如即将到来的一场大雨，在雨水到来之前迅速抵达安全的巢穴。

我像一个罪恶的人，用小棍划断它们的队伍。惊慌失措之后，它们很快赶上前面的队伍，继续排起自己的长龙，钻进绿色的海洋里。

风一吹，海浪一波一波涌来，但我坚信，它们在海浪下，不会像人类一样手足无措，等待死亡。

屋檐下的鸽子 ①

它们一定是相爱的，幸福的。每次我看到它们的时候，都是比翼齐飞，甚至看到它们的亲昵，像极了喀尔钦那对老人。黄昏，温暖的光芒泄露一地。它们就在我每天路过的破旧屋檐下，不是燕子，燕子冬去春来；它们是鸽子，灵魂的两位使者，在高原的严寒里不离不弃。

起初，它们一看到有人或听到响动就迅速飞走；后来，只要有人靠近或刺耳的响动，它们警觉地飞走；再后来，它们看到或听到什么，只是挪动几步，但不飞走，它们对世界的信赖像一滴透明的水。直到被几双贪婪的眼睛盯上，直到它们被一双血淋淋的手摁到欲望的胃里……

每次经过，看不到它们的时候，我就看看粘在椽子上风干的鸽粪，心里就惶恐万分。那些粪有黑色、白色和灰色的，也有黑白相间的，但它们一定是生命的颜色，一定是和平的色彩，一定是爱的光芒。只是，很多时候，人类像抹去自己的未来一样将这一切抹去，只剩下风，在空荡荡的屋檐下飕飕逃窜。

雨，滴答滴答地下 ②

小时候，下雨的时候。屋漏，我们用脸盆、木桶、木勺、坛坛罐罐……盛漏下的雨水。一时间，叮叮当当的声音此起彼伏，像一曲美妙的音乐萦绕在屋子里，遮挡住屋外的雨声。

那时候，屋顶修了漏，漏了修，像缝缝补补的岁月。而我们像快乐的

---

① 原载《美文》2017 年第 3 期。

② 原载《美文》2017 年第 3 期。

小鸟，穿行在音乐里，听不到父母的叹息，也看不到父母脸上的愁云。只要下雨，就开心地搬动盛水的器皿，该搬的也搬，不该搬的也搬。

屋子重新翻修了，不漏雨了，我们却一直盼望下雨，盼望雨滴答滴答地下，屋子里叮叮当当地响。不漏雨了，我们就拿着器皿在屋子里叮叮咚咚地敲，直到敲碎了一只碗，被父亲赶出门外，在黑夜里偷偷啜泣。母亲责怪父亲后，打着火把满村子找，带着哭腔满村子喊。一头扑进母亲怀里哇哇大哭，眼泪像雨，滴滴答答地落……

雨，滴答滴答地下，我们嗖嗖地成长。

叶落的时候，心里心外都是雨。

世界漏雨了，我们却再也找不到盛雨的器皿。

树上挂满了鸟鸣①

泥土的味道弥漫在雨后的黄昏。小村的牛羊踏着泥泞，慢条斯理地回到圈里。老母鸡领着孩子们回到鸡窝。那头公猪嘶叫了一下午，终于在换来了一桶麦麸拌杂草的晚餐后，渐渐安静下来。只剩下村子泥土小巷里一堆堆的牛粪，还在冒着热气，像屋顶上一缕缕的炊烟，弥漫着家的味道……一切像梦一样恬静。

突然，巷口传来无数的鸟鸣，数不清的麻雀从一棵树飞到另一棵树，树上挂满了鸟鸣。村子一下子被麻雀淹没，被鸟鸣淹没。我被这突如其来的麻雀和鸟鸣震颤着。但我相信，它们一定是在互相呼唤着，怕落下一个亲人；它们一定有家，可是为什么不回家呢？

是啊！它们为什么不回家呢？

天快黑了，它们在寻找什么呢？

---

① 原载《美文》2017 年第 3 期。

像麦垛一样 ①

收割后的洮州，像披着一件缀满补丁的战袍。

麦垛是他的子民，一排排整齐地站在田地里，守候着这座古老的城。他们，照见彼此的呼吸和心跳。

城外的村庄，传来一声声鸡鸣和犬吠，像戳穿谎言一样，轻而易举就打破了城的沉寂。

我相信，麦垛是真诚的，一闪而过的光芒是温暖的。

母亲愈加苍老，她的手指偶尔会被针刺破，她将流血的手指含在嘴里，让骨肉相连的痛浸满一丝丝温暖。接着，又开始不知疲惫地拿起针线，缝补我们漏洞百出的生活和伤痕累累的日子。

母亲缝出的补丁，一块接着一块，刚好抵御一场突如其来的寒霜。

而我，麦垛一样，裹紧单薄的身子，把自己丢在风中，找不到春天的出口……像一粒干瘪的种子，被荒草掩埋。

那些云朵 ②

像一片柔软的雪，一触即破。但我们触摸不到，只有风才能与它共舞。

它在高远处，变幻着各种鬼脸，但我们无法猜透它的心事和思想。我们在低处，仰望，挥手，但它看不见，它需要关注更多大地上的事情，然后和风一起去实现。其实，很多时候，我们看到的未必都是真实的，也未必都是虚幻的。悲哀的不是我们看错了什么，而是明明知道错了，却不容置疑，死不悔改。

我们仰望与低头之间，或许只需极短的时间，像某种意识的瞬间产生，某个事件的突然发生……然而，让它们像云一样轻，一样白，一样消

---

① 原载《美文》2017 年第 3 期。

② 原载《美文》2017 年第 3 期。

失，却需要一年、一生或者更久的时光。

我们再次抬头，仰望。风吹过，云就跟着风儿一起离开。

我们再次低头，沉思。风吹过，生活的云却沉甸甸的，压到自己喘不过气来。

临潭，花儿里的故乡 ①

山连山，水连水，我又回到这里——

看着月亮，写下故乡；捧着落叶，虚构梦想。

洮州卫城，站在原地。厚厚的城墙，六百多年了，还在永不止歇地吟唱着一段段荡气回肠的传奇，像故乡奔涌的洮河，或急促或缓慢，或哀婉凄美，或雄浑豪迈……

浪涛的声音越过山川和村庄，越过世俗和梦想，你听，那声音正在由远及近——

"折蕨菜么擦菜汤，寻了三天两后晌，没寻哈个好对方，今儿才把你遇上……"

途经阿木去乎 ②

我经过阿木去乎时，大雨夹杂着雪花。

所有沉睡的小草，在羊群咩咩的呼唤里一一醒来。

我们说起高原迟来的春天，像一次艰难的赴约。

熟悉和陌生的事物，拥有同样的温度。

远山的白，像孤独的牧人，守着山下的草场、牛羊和马匹。

挂满水滴的草叶，瞬间就以明亮的方式，接纳了你的离开与归来，也接纳了我们的擦肩而过。

汽车的鸣笛声像一支箭。

①原载《星星·散文诗》2018年第9期。

②原载《星星·散文诗》2020年第7期。

正在穿越柏油路的羊群，惶恐万状，慌不择路。

偶尔张望的牧人，又一次低着头，陷入了沉思。

而我们是这支箭的同谋者，无限扩张着自己的贪婪和欲望。

它们，是一对黑色的翅膀，以自己的方式划破低矮的天空。

录豆昂 ①

草原上的城市楼群，是一棵棵藏不住轰鸣的小草。

车辆像牛羊，像马；而人是草丛间的蚂蚁，在黄昏抵达前，缓慢移动到各自的或驿站的巢穴。

风像被遗弃的孤儿无家可归。在楼群间穿梭，始终找不到落脚点。呼呼声不绝于耳，一遍遍测试着尘世间人性的回音。

在录豆昂待久了，似乎自己就是那缕无家可归的风。望着夕阳落山，背影瘦长；望着城市灯火渐亮，远方模糊。我们才一步步挪移，像一只与众不同的蚂蚁拖着疲惫的身躯。

而那隐约的钟声是真实的，像缀于天际的星辰。母亲说——

天上有多少颗星，人间就有多少苦。但它们的光芒和善良的灵魂一样，终将化为露珠，挂在花瓣儿上，挂在屋顶上，也会挂在我们的梦里。

我一低头，似乎有一颗露珠正在眼前发光。

洮　河 ②

从草原深处走来，走出了一条柔美的曲线。线的两头是故乡和远方，也是牧歌和大海。

冬去春来，你马不停蹄地奔跑，只为赴一次永不言弃的约。

而闪烁的浪花和洁白的云朵，是我们隔空相望的眼眸。

从草原到峡谷，你风雨无阻。一次次回头，又一次次远去，像极了我

---

① 原载《星星·散文诗》2020 年第 7 期。

② 原载《星星·散文诗》2020 年第 7 期。

孤独而执拗的行走，在一滴浪花的世界里，义无反顾。

洮河岸边的村庄业已不复存在，村庄里的十二盘水磨业已淹没在尘世。迁移后的残垣断壁，见证了故乡的兴衰，也见证了背井离乡的剧痛。

你流向大海，亲人走进大漠，一别就是一生，就是一世。

我们，是一群拖家带口的蚂蚁，沿着梦的足迹，寻找血脉深处的天堂。

习惯了你的陪伴，听惯了你的歌谣，亲人在一粒沙中寻找水源和故乡的影子，而我在高原的飘雪中，接住风捎来的口信：大漠藏乡的声音。

在洮河岸边的玛艾镇，我时常趁着夜色，亲近洮河，倾听洮河。

每一缕月光，都是抵达心灵的牵挂；每一缕波浪，都泛起无限的惆怅。

捧起一股洮水，像握住故乡亲人的双手，温暖与冰凉交织，更多的水是抽身离开时的身影，无法挽回，一转身就成永别。

没有迁移的父亲，日夜与洮河相伴，在岸边守护着那熟悉而亲切的土地，像守护着自己的庄稼和儿女，不离不弃。

事实上，洮河从未离开过，她像父母的血脉，始终在我们心中流淌着，久久不息；始终在高原之上，填补滋养着每一棵小草成长的日子。

幸福的草 [①]

一群羊，从草原带回湿润的空气。

面对主人的无视，它们咩咩地叫着，抖落满身青草气息，径自归圈。

一堆燃烧的牛粪饼，将世界一分为二：冷和暖。

冷是暖的手背，暖是冷的手心。

伸开是昨夜缝补的帐篷，线痕纵横交错，但清晰可见；蜷缩是落日掉进垭口时的背影，孤绝而茫然。

在一个人的生活里，一顶帐篷就是一座故乡的村庄，适合杂草丛生，

---

① 原载《散文诗》2020年第8期（青年版）。

也适合井井有条；适合肆意地活着，也适合禁锢所有的欲望。

我们把自己活成一棵草，在草丛里拼命挣扎，努力活成不一样的草。但草终究是草，它的伟大和平凡，源自寂然的一生。

但我相信，被羊啃食的草是幸福的，它们以另一种方式完成了宿命，也以另一种方式重新遇见与存活。

高原雪 [1]

用雪铸魂，碎小的雪花也能劈开生活的坚硬。

纵使经受断裂和破碎的疼痛，纵使难以逃避消亡的命运。

我们抛开侵肌的风，播下青稞和格桑花，它们长成生活的两个面——

一个是坚硬的骨骼，锋芒毕露；

一个是斑斓的日子，悠柔如溪。

一株青稞，在甘南漫长的冬日，储备梦想和力量。

一束格桑花，在草原宽厚的胸襟，根植幸福和传说。

在高原，我们接住了洁净的冷，也接住了凛冽的寒。

我们把日子分为白昼和黑夜，以此换取明亮的思绪。

高原的雪，虔诚的雪，信仰的雪——

我们是永生的雪。

宽 恕 [2]

近处的蚁群，远处的辽阔，构成高原的一个隐喻。

我们是隐喻的一部分，在低处以自己的方式打开现实的故乡与心灵的远方。

母亲说，故乡的桃花、杏花、梨花都开了，但却夭折于一场大雪。

雪消融后的土地上，厚厚的花瓣，像粉碎了的梦。

冰凉的夜晚，风孤独地吹，一日千里，也难以抵达故乡深处。

---

① 原载《散文诗》2020年第8期（青年版）。

② 原载《散文诗》2020年第8期（青年版）。

窗外的迎春花，被霓虹灯照亮，静默如雪。

在此之外，夜色漆黑而沉默，如一条河流，在时光里逆行。

我们的脚印，深浅不一，像故乡一声声叹息，淹没遍地的创伤。

当黎明抵达后，我们一遍遍擦拭错乱的日子，归位秩序。

当破土而出的青稞覆盖荒芜的土地，我们又一次窥见轻浮的云层，缓慢越过。

那一刻，我宽恕了自己，也宽恕了蚁群般紊乱的抒写。

老　屋①

老屋坍塌的地方已草色青青，它掩盖了漆黑的椽子，也隐藏了我们内心的愧欠。

父亲说，老屋和人一样，老了身子骨到处疼。

如果不是父亲的提醒，我们很难发现老屋的病痛。老屋像一个词语，单薄而深厚。

黛色的瓦，在时光里经历着春夏秋冬，似乎不曾褪色，不曾老去。像父亲的爱，沉默着，但却细微入至。

我沉迷于老屋的温暖，又羞于面对老屋的破损。

哗哗的水流声透过草丛，带着光亮挤进来，席地而坐。

或许，老屋终将是我们的归宿。缝隙间丛生的杂草，是连接过去与未来的桥梁，而一缕炊烟里牵出的火苗，像心中的灯盏，照见我们的归途和越来越少的时光。

铁匠的马掌②

炼铁，打铁。从青年到老年，用铁锤和力量守着"铁"饭碗。

---

① 原载《散文诗》2020 年第 8 期（青年版）。

② 原载《诗潮》2021 年第 6 期。

飞溅的火花如晶莹的汗珠，"呲"的一声，渗进滚烫的铁块里。

锤炼的声音，是银色的马蹄声，穿过月光，落在掌心。

铁匠将它们一一锻造成想象的模样，满心欢喜；赋予它们各自的使命，满怀希望。

多年后，雨夜，我返回草原——

马，越来越少，像我们的梦想，马掌般缩成一个若有若无的黑点；镰刀，被收割机逼进柴房，像我们一样，把自己逼进狭小的空间。还有斧头、镢头、剪刀……这些铁打的身躯，成为一触就碎的日子。

雨滴，敲打着无眠，铁匠敲打着为数不多的日子。

你找出一对马掌，锈迹斑斑，像堆在屋角的布鞋，泥泞坚硬，蛛网丛生。

牧　人 ①

炊烟是连着大地与天空的道路，但炊烟太过柔软，一触就碎。

山梁是父辈佝偻的脊梁，顶住缓缓滑落的夕阳，但山梁太过坚硬，难以撑住时间的流水。

草木的光泽明暗分明，风的利刃，割不断向上的力量。

你用一条皮鞭，甩出弯曲的生活。牛羊和马匹，在暮霭里归圈。

你用一曲牧歌，抽出孤独的影子。故事和日子，在夜色里隐去。

灯光所及的视野，生活的悲剧晃动如思。一个人的生活，就此被反复暴露。

而此刻，一些事物正从寂静里诞生，挤满狭小的空间。

你像一头疲惫的牛，被牧场上涌动的夜色所包围，陷入黑暗的漩涡，孤绝地反刍无边的冰凉。

美仁草原记事 ②

乌云散去，天空返还纯净的蓝，辽阔的蓝。

---

① 原载《诗潮》2021 年第 6 期。

② 原载《星星·散文诗》2021 年第 9 期。

耀眼的阳光打在父亲黝黑的脸上，沟壑纵横的皱纹，刀刻般明晰。

古稀之年的父亲，在海拔 3590 米的高原上，缓慢行走，像一只疲惫的绵羊。

风撕扯着，掠夺着，呼啸着。我担心父亲单薄的身子，被风刮走。但父亲神情肃穆、坚毅，独自穿越长长的经幡隧道。

父亲说，这是一次朝圣，不容掺杂任何杂念。

父亲在草甸间歇下来，端详身边隆起的草甸。

像埋下一个心愿，父亲把一声叹息埋在草甸间，埋在美仁草原。

瞬间，那些被父亲轻抚的野花，挂着露珠的野花，被践踏的野花，纷纷抬起头来，像遇见了久违的亲人。

阳光下的草丛里，一坨坨牛粪散发着热气。牛粪和青草紧紧相依，他们拥有相同的质地。

那天，离开美仁草原时，父亲再次独自穿越经幡隧道，走得很慢，像用脚步丈量苍老的时光。

而经幡之外，草原依旧绿得无际，天空依旧蓝得深邃。

蜜　蜂 ①

洮河畔的格桑花，成片成片地盛开。

父亲把自己活成一只蜜蜂，终日忙碌不停。

从一箱到十二箱，父亲精心守着蜜蜂，像守着一年的十二个月。

我们把心留在老屋，留在父亲身边，带着躯体远走他乡。

留下父亲在空荡荡的老屋，他的孤独一定胜过风的冰凉，他的寂寞一定胜过洮水的悠长。

除了蜜蜂嗡嗡的声音，就剩下寂静。

每个蜂箱，只有一个很小的洞，蜜蜂排队进进出出。

父亲说，洞大了，老鼠和蛇容易钻进去。

---

① 原载《星星·散文诗》2021 年第 9 期。

而我们在异地他乡，把自己禁锢在狭小的世界，自圆其说。

一回头才发现，我们始终活得，漏洞百出。

暮色降临，山川灰暗。

蜜蜂像听话的孩子，回到蜂箱；父亲回到老屋，钻进空房子。

昏暗的灯光和蜂箱里的嗡嗡声，像人间最后的一段烟火，撑着父亲漫长的黑夜。

高原上 ①

在高原上屹立，世界是渺小的。

群山如浪，草原如波，荡起浪花般的帐篷和牛羊群，一切尽收眼底，若隐若现。

在高原上行走，我们也是渺小的。

如蝼蚁，被草丛吞并；如小草，被群山草原淹没；如露珠，被时光消散。

一只蚂蚁或一群蚂蚁死了，我们从不曾在意它或它们的死亡。像对待一棵小草或一片草原，任意践踏，用钢筋水泥封死它们的呼吸，天空或世界。

有些痕迹越擦越清晰，有些赞美词越刻越模糊。

其实，在高原，大小与高低，虚实与黑白只是一双手的两个面。

手心纵横交错的纹路和手背暴起的青筋，一同构成了另一种高原，翻手为云，覆手为雨。

而我们的思想，像一只只看不见的灰雀，仅仅是手心与手背之间一种虚无的存在。真如泰戈尔所言——

天空虽无翅膀的痕迹，但鸟已经飞过；

纵使天空了无痕迹，但我已飞过。

---

① 原载《星星·散文诗》2021 年第 9 期。

杨延平 ① 作品

① 杨延平，男，藏族，1979 年 8 月生，甘肃省卓尼县人，甘南藏族自治州作家协会会员。作品散见《散文诗》《散文诗世界》《星星·散文诗》《上海诗人》《格桑花》等刊，入选《中国当代诗人词典》《中国散文诗一百年大系之河山锦绣》《甘南60 年诗歌精选》《中国当代百家散文诗精选》等选集。参加第二十届全国散文诗笔会。现供职于甘南藏族自治州卓尼县纪律检查委员会办公室。

完冒写意①

完冒，藏语谓之红狐狸，是卓尼县一个乡的名字。红狐狸该是美丽的意象，且灵性十足，我想定是这样。

许多年前，这里人迹罕至，恍若隔世一样，成群的红狐狸被时空放牧于大野之上，精神抖擞，尾巴艳丽，身姿光亮，红狐狸的颜色应该是透明的红。夕阳西下时，红狐狸的身躯肯定是和纯金打造的一样。

细细的完禾河自亘古流来，俊美的战马踏云远去，红狐狸健美的身姿渐渐地隐退到岁月深处。天边，残阳如血。

红狐狸驻足的地方，唐蕃交战争夺草原山冈。党项贵族仓促南下，红狐狸偶尔被猎杀成精美的服饰。没有一丝恐惧的男儿身躯早已成排仆倒进历史，化为尘埃，骨头暴露的壮士们现已荡然无存。大雪照样封山。

远远近近的山川仿佛依旧，日月映照千秋万代。

沉重的草地载不动许多哀愁的往事，流水一样的年代悄然远逝。金银换不回时光，金银只对活着的人有价值。

今日，红狐狸的爱情在柏油马路上徘徊，而那个名叫完冒的村庄依山落成，历史不足百年。

在完冒乡政府的院子里，工作人员依旧很忙，工地上声音很乱很杂，钢筋和水泥共同努力下的办公楼的骨架方正坚挺。阳光铺满大地，尽管此时的天气已经很冷很冷。

沙冒草原②

意象中，沙冒草原以崭新的姿态登场，令我眼前一亮。牧群离天很近很近，安静得无一丝声音，低低的白云漫步于矮矮的山冈，十三顶帐篷周

---

① 原载《散文诗》2009 年上半月第 9 期。

② 原载《散文诗》2009 年上半月第 9 期。

围牧羊犬日夜守望。

草原纵深处，沙冒寺院正沐浴和煦的阳光。寺院之上，一株桑烟点燃了红衣僧人的目光。季节很亮。

记忆之外，那个属于卓玛的白马独自奔跑。睫毛低垂的卓玛不吃不喝，什么也不说，也许卓玛正在轻轻哭泣。卓玛在去年冬日就远嫁给另一片草原，据说那天，天空异常晴朗，无风无雪，那时的白马在干枯的草地上眺望卓玛远去的方向。

眼前的沙冒草原肃杀空旷，牧人将牧群如约迁徙到离故乡约五公里的公路旁，公路上车来车往，公路外是冬季牧场。寒风彻骨的牧场上，牛羊的身躯日渐消瘦，它们的骨骼在风中发出沉闷的声响。

牧草已将青春释放，草籽和空气安然入睡。

一切世外一样的安静。天很空，地很远。

孤独的狼在扎尕梁上穿越山冈牧场，穿越河流时光。大片秋霜封杀的草场落满积雪，异常空荡。

茫茫无际的垂穗披肩草，白得发亮，白得无一丝纤尘。空无万物的地方，我只想大哭一场。

卓　尼[①]

我还想说卓尼，在这个五味杂陈的黄昏。

金币一样的落叶敲打着禅定寺红墙、僧舍，敲打着十月的风，敲打着似水流年。

三格毛、禅定寺、洮河水、大峪沟，无比真切生动，又无比缥缈虚幻。

想不起一块石头，能建起你的家园？有了经文之后，就是一生铭记的誓言？打马而过草原的意境很美很幸福，帐篷前的牧羊犬千百年来一如既往把家园守望。

某日，盛开在蓝天的鹰，回到角受伤的岩石上叹息，风如刀削砍着翅膀——

季节刚到初冬：扎尕梁、沙冒沟、大噶坪长满枯草和惆怅，茫茫的垂穗披肩草白得发亮，白得纯粹，白得没有一丝尘埃。

那些格桑花魂抱团取暖，在西伯利亚的寒流里幻化成雪，不经意间降落在我的草稿上托梦给我——

那一夜，仿佛有雪，前世的我，在偷学仓央嘉措情歌；那一夜，寺院的活佛依旧在做功课；也是那一夜，女仆梦见土司老爷独自外出，走进茫茫无际的夜。

那一夜，卓尼的月光下洮河水在呜咽而平静流过，这个声音你听不懂。

古　柏①

洮河岸边向阳处，有一棵古柏：无语静立，独自葱茏。

记忆涉水而来的日子里，我与你相依相偎。

因你的家人已遇害多年，化为尘埃。

你活着时，我真是一位红衣僧人，如一片云，飘荡于季节之外，往事如曾经的温存，转瞬即逝。

——我双手合十，依稀看到一排排柏树倒在血腥的板斧下，你的家人那么的淡定从容，没有一丝恐惧，只有松脂如泪般的晶莹透明。

那些死去的柏树魂魄，无家可归，在河水里游荡。

那一天，在仓央嘉措的情歌里，我沐一身朝霞等你，说好我们要在河水结冰时相会，可渡口行人匆匆，只有你孤独的影子和苍老的容颜。

——我只能独守发黄的回忆。

①原载《散文诗世界》2016年第11期。

霜　降①

露结为霜，泪光在菊花中凝滞。

肃杀秋日艳丽又虚伪的谎言，洮河清澈明净。

风从河面跑来奔去，想起久违的洮水流珠，距离冬天只有一步之遥的顷刻，我的语言显得支离破碎且有头无尾……

抬头我看到：落叶早无影，夜幕已拉开。

大　雪②

大雪封山。

安静的冬夜，漫长且孤寂。

有人曾言：向上的路和向下的路原本是同一条路，只不过方向不同而已，就像前世的漂泊，在今生仍让我无法找到归宿。

我想我应该是西汉或者盛唐幸存的歌者之一，闭上眼就能在辽远的漠北或苍凉的西域策马奔腾、对酒当歌、拔剑问月，在不断的轮回里走到今世……

洮　河③

——从西倾山而来，和着雪域的琴声。

马蹄，水声，佛音，在黎明中把梦境打开。

白云，雪山，草原，是藏王酒杯中的倒影。

洮河，母性之河，爱性之河，纯粹之河，是卓尼之魂。

沿河行走的旅人，披一身云的衣裳，探寻祖先的痕迹。头顶的亡灵逆流远去，寻找那片长满垂穗披肩草的草原。

---

① 原载《星星·散文诗》2016 年 12 期。

② 原载《星星·散文诗》2016 年第 12 期。

③ 原载《散文诗》2017 年第 1 期下半月刊。

拉开天幕，推开云雾。十月的风中，霜冷红叶，寒鸦栖息，天空明净。

两米深的阳光刺伤河底砾石，把鱼儿温暖。腰刀铮亮，寒光四射，猎猎经幡在风中作响。

格桑已老时，洮水流珠日，化为岩石的美人啊，你一生牵挂的汉子，至今仍不知身在何方流浪，三生以来，亦不见返乡？

黯然离去的水声里，三十七年间，我失去的青春时光太多太多，像成堆累积的落叶被风刮过，纷乱无序，四处散落。

母性的洮河，血性的洮河，融入生命的洮河，从我的家门前流过，那样的舒缓平和。

大峪沟①

人间香巴拉，最美大峪沟！一个因藏语正字法而得名的沟，复苏于世，远客竞往。

南有九寨沟，北有大峪沟！山脉相连，灵气相仿，秉性相同。

云岚起处，是雪的故乡，阿角姐姐日夜守望，或是前世之约还没践诺？

山雄，石奇，水丽，林秀。五彩卓尼大峪沟，别样的高原明珠，别样的人间仙境。是王母娘娘王冠跌落于青藏边缘吗？

拉姆错湖畔，思凡的仙女已化为清泉。

月亮湖里，不止包容了卓玛守口如瓶的梦境。

云朵带来了雨水，也带走了繁杂的心绪。雨中的阿角沟静如史前，这些从天外飞来的巨石，兀立于阿角河中央，犹如包藏着恐龙之卵，镇得你失语。

河中央，一棵树扎根于石缝，枝繁叶茂，向上再向上，试图揭开云的面纱。

---

① 原载《散文诗》2017 年第 1 期下半月刊。

置身林间栈道，不要去打扰每一株树上的每一片叶子，也不要用目光丈量头顶的天空，这样，你的到来或者离去，才会在神性的地方把好运带走。

草　原[①]

天也苍苍，地也茫茫。苦难捆绑的草原，辗转牛羊的耻辱和忧伤，迷乱的爱在驰骋的马蹄声里支离破碎。一阵风一场雨，亡灵的企图难以揣摩，草叶保持仅有的尊严。雪崩之前，久违的歌不绝于耳。

落　叶[②]

落叶敲响清脆的早晨，数不尽的家珍挂满架杆，青稞酒已热好，酥油糌粑已拌好，雨水落在窗外的洮河，那朵野菊占据着巨大的想象领地，钟声和禅定寺默契如一，在阳光下暴晒的童年，渐渐发黄。

临　潭[③]

潭水已无残影，时间深处的水声，倾诉曾经的茶马互市的喧闹。

洪武年间的口语简洁明了，南方的北方，江淮渐已远，遗风渗入骨子，心灵深处的江南，小桥流水和秦淮歌声里，有弥久不散的飞短流长和缠绵悱恻。

青藏边缘的青稞、豌豆、燕麦、油菜、胡麻，忙了一代又一代的族人，柴胡、当归装饰的梯田里，云雾缭绕、青苗芽色。

农历八月，清新空寂，颗粒归仓，青稞在黎明的鸟语里长吁短叹，并拥抱取暖。

耕牛的祖先们目光炯炯，在搬场的清晨拼尽了青春，钢铃叮咚似山涧

---

① 原载《散文诗》2019年第6期下半月刊。

② 原载《散文诗》2019年第6期下半月刊。

③ 原载《大湾双月刊》2020年第4期。

激流，滋润洮州的四路八乡。

碾场的那对黑犏牛，偷吃了一口豌豆后若无其事，继续在终点也是起点的大农场里转圈。

皮条捆绑的连枷，一遍又一遍着魔一样，对着死去的青稞秆重复发力，全力敲打没有碾净的青稞残穗。

连枷面对杂石碌碡颇有微词，碌碡心里拥有十万颗石子，凝集为强健的体魄，仿佛欲碾碎千万粒将要成就酒的青稞。

时至今日，祖先西迁屯田的真相早大白于世。

洮河岸，清明时节毛桃花开，粉香的流年里，我心已空，渐渐丧失了野性和孤独。

只有，旧城的大街还在挖了又挖，阵痛中倒悬着急躁与苦闷。

迭 部[1]

神仙的大拇指按住山的冲动，火山灰蠢蠢欲动，便有了腊子口，陡峭奇险，重峦叠嶂，尖削的峰峦直插云霄。

山脉兀自静伫，植被完整如衣，衣着庄重得体，活着就是永生。

铁尺梁的路向上再向上，如飘带在云间翻飞，人言铁尺梁的车祸就是空难，我却不以为然，因人的生死本有定数，看轻看淡一切，只为更好的明天。

腊子河血统纯净，是山神的血脉，不含一丝杂质，腊子河从神山下来，浸湿绝望注入青春的气息，顺流而下的日子里，枪声曾击穿罪恶，击透黑暗的年代。

遥想血与火的年代，九州大地暮霭沉沉，暮色低垂中，共产党人以一己之力扛起民族的使命，追求光明与梦想。

红军的意志就是武器，红军视死如归，红军用实际行动诠释义薄云天。革命的信仰坚定不移，正义的利剑高悬，妖魔鬼怪遁入深山老林，已

---

① 原载《大湾双月刊》2020 年第 4 期。

化为尘埃。

设想：红军的家乡，晨曦掀起朦胧的水乡泽国，绿色占尽鳌头，一觉醒来后，清流水一样的空气沁人心脾，鸟儿动身觅食。

红军的井冈山丛林茂密，空气清新，很符合绿水青山就是金山银山的理念，红军救苦救难北上抗日，梦中的故乡岭上开满了映山红。

在迭部，一定要不负青春，不负韶华，像红军一样，不忘初心，继续前进！尽情追梦、筑梦、圆梦！

夏　河①

大夏河畔牧草萋萋，白雪皑皑，一头是冬，一头是夏。

大夏河畔诗句洒落，心境安逸，百兽率舞，百花竞放。

桑科和甘加互为犄角，草原坚守过去，宽阔的牧场为刚刚怀春的小卓玛渐次铺开千里绿毯。

八角城遗址上，诸鸟飞绝，一块玛尼石上坐落着汉代的亡灵，不舍昼夜地惦记寻常巷陌的虚妄和真实，他们放牧的放牧，耕种的耕种，打柴的打柴，恋爱的恋爱……

大夏河畔，明月清风，佛塔林立，法相庄严的寺庙，星辰般依次呈现。

一年，又一年，拉卜楞之上，瓦蓝瓦蓝的天宇明净清澈，寺内万佛齐诵，寺外依旧红尘。

生生不息的世间，朝圣者匍匐在地，袖口久留金菊的香气和大彻大悟的尘埃。

——内心明亮后，心底就干净，世界是美的，尘世也是美的。

---

① 原载《星河》2021年夏季卷。

玛　曲①

一株牧草，一片牧草，整装待发的牧草，争宠太阳，直至天外。

黄河之水天上来，一滴水里就是一个世界，一滴水里就是人的一生。

天尽头，游牧的部落放慢脚步，其后，季节尾随想象乘风归去。

并非浪得虚名，天高地远，游牧的王朝起起落落，牧人的基因里有马蹄的声音，也有暴风雪的狂野。

亚洲最美的天然牧场，格萨尔王的牧群，潮水一样奔走于天上人间，那一刻，秋天不再回来。

草原疯狂，牛粪熄灭最后的火星，惊雷掀起牛毛帐篷的温存，渗入大地的骨骼，大雪封山，把泥土封冻如铁。

原野寂寂，草语嘤嘤，风雪扬起逼仄的狼道，野火在地下流窜，并焚烧内心的绝望。

无名的我，无欲无求，打马回家。

身后的我，躯体腐朽，化为牧草，思想在风中高高扬起……

碌　曲②

起伏的山包，起伏的思绪，在一朵云里恒定。

头顶的郎木寺云端打坐，神灵指尖一朵白云从四川取道甘肃，然后移居青海。

袈裟中红尘已远，红色的时间里，谁，应运而生？谁，缘来缘散缘如水？

红桦栖于史前，雪豹归于丛林，其后木羊献岁，便是万物和谐。

尕海是一颗珍珠，静若处子，尕海包容万物，有沧海一样的梦想，尕海水泽氤氲，万涓汇聚为旷古的沉静。

---

① 原载《星河》2021 年夏季卷。

② 原载《星河》2021 年夏季卷。

一滴水里我不会谈股票和房价，一滴水里牧歌不绝于耳，尘世已远，尕秀就在身边。

一棵云杉里，等雨的七月，我携手星汉向往事作别。

万物无语：尘归尘，土归土，南方以南，岁月无边。

坚硬的则岔，坚硬的季节，高冷的风吹破脸颊。

我有很多话说，却什么也没说。

落　叶①

飞鸟叹息，洮水无语，水声不急不缓，洁净中，水声之外一地落叶的古雅川，安静了很多。我喜欢夜，夜色掩藏那么多不净之物，灯光呈现的基本都是美的。

百花香消玉殒，云朵幻为虚无，冷冷的青藏边缘，乔木骨骼清瘦，马尾松缄默不语，钟声响起，黄昏浩大。

落叶死去，任风扬起天地间漂泊已久的自己。

霜亦无语，雪花映白深秋。

风来风去的初冬，谁的梦中残阳如血，缓缓离去的流年里，夜色凝结，落叶和时间坠入墨色的森林。

一缕一缕的霞光里，谁的死亡接近重生？

无数的悲伤涌上心头，装满经卷，经文娓娓道来：不净不垢，不生不死，万物归尘。

雪　落②

日子历久弥新，时光若伏若匿。

雪，落在巨大的宁静里。

冻伤的夜晚，冰凌挂满松枝，浮冰沉重，水流日渐消瘦的洮河，在

---

① 原载《散文诗》2020 年第 9 期下半月刊。

② 原载《散文诗》2020 年第 9 期下半月刊。

窗外。

雪落在青稞腹部，大雪狂歌的天，巨大而空白，匍匐的寒冷，一丝一丝渗透我的鼻尖、耳朵、皮肤和骨骼，也渗透了我仍有余温的思念。

夜晚很静，寒冷如铁，无尘无垢。陶土酒碗和二两老酒坐穿长夜，我适合酩酊或沉思，适合用渐被遗忘的笔墨写下——初冬，洁净如雪，尘世内外，思念轻落。

冬　日①

极简的冬日，麻雀飞临麦地，空荡，荒芜。一无所有的麦地，百虫冬眠，麦茬枯败。奉献食物的季节，麦地很忙，日月轮回的黄昏，麦地悲凉，麦地生死相邻，苦也是荣。

放下私情和略带伤感的思念，打工者候鸟一样返乡，钢筋混凝土歇息的故乡，忆起南方的芭蕉树和集成电路元件一样的都市，故乡和远方，终究才是热爱和向往。

日子照旧不急不缓，山坡，结束了枯荣，拐进雪山，道路艰险迷茫，丛林缺少阳光，大自然无法遏制的生机，暂时被厚厚的雪掩藏。

一只豹子沉默而坚定着，越过强加的丛林法则，然后，消失在想象的远方。

它的身后，漫天的风雪高高扬起。

沉　默②

星沉月落，山色灰白；洮水明净，风生草灭。

醒来的晨风，荡起了鸟儿的啼鸣，声音持续接近一个刚刚解开的秘密。不用言语，意义已很明确，心，只是无意开口。

让雪下得再多一点，再厚一点吧！在雪里学会沉默，学会藏匿虚拟的

---

① 原载《散文诗》2020 年第 9 期下半月刊。
② 原载《散文诗》2020 年第 9 期下半月刊。

所有和自欺欺人的假象，喜欢雪后的世界，喜欢万物将终归于初的真实和静美。

雪是漫天的盐花，依旧是青藏边缘最真的佐料，把生活调剂得有滋有味。

马路一夜无眠，车辆远去。古雅大桥上盛放过的花朵，消失于深秋的清霜，那些经历风雨的花朵，坚强如铁，是我前世迷路的妹妹，娇艳欲滴，落地生根。

沙沙飘动的落叶，在秋风浸湿的诗句里飘动。不远处的洮河真实无比，光滑的鹅卵石不言不语，被经年的河水洗礼后，性格变得沉默、干净、内敛，骨子里的坚硬，至今仍在。

善　良[①]

世间总有许多意外，无奈也是多余，远嫁的卓玛昨夜走了，雪地上，她的笑容很安详，很自在。

比我年长的人离我而去，比我幼小的人也离我而去，他们一个又一个相继离去，是那样漫不经心又意想不到，可一个又一个离去的人，并没有真的远离，他们在黄土地、在诗词里、在河水里……找到了自己永久的居所，他们肉身已灭，他们音容宛在，他们依旧在诵经、耕种、读书、沐浴……他们依然拥有晨钟暮鼓的日子，拥有月明星稀的空寂，也拥有明明灭灭的记忆。

——他们没有恶的果实，他们只有善的种子。是的，善良，让他们终归于泥土，却永不离去！

水　声[②]

水声不远不近，是河流活着的证词。

---

① 原载《散文诗》2020 年第 9 期下半月刊。

② 原载《散文诗》2020 年第 9 期下半月刊。

冬天，老实的水睡成冰了，不老实的水潜入河底。

寒风刺骨的滨河路外，水声平缓无言，鱼的意念，怎么也触摸不到淤泥中悄然苏醒的芦苇，时光抽芽在牧草轻摇之夜。想起二十年前的午后，摇晃晃的青春在河岸，柳絮缭乱内心的平淡。

泥土松软，水声悠远，从远古而来，雄厚而苍凉，涤荡人世，捶打尖利的岩石。一粒沙子扬起过往，万木休眠，柏木优良的基因和爱情隐忍于世。

一滴水里，有我今生的疑问；一滴水里，倒映我尘世之惑。

水声不轻不重，河流生生不息，一生，因此而不会转瞬即逝。

周末的雨①

天空鱼肚白，风不太给力，雨水喂养云杉和桦木干涸的日子。

谷雅川有失落的青春游走，烛影深深的夜晚，记忆中有佳人驻足。

历久弥新的洮河，拍打着拥抱取暖的鹅卵石，石头大声说话，水草哑口无言，黄昏安静，不经意间，死去的那柱水柳还在飞絮。

卓尼的人行道上干净整洁，行人各怀心事，他们都在忙着自己的事。

云杉蠢蠢欲动，沙棘迎风而立，厚重的黄土坡，很静很静，你的到来或者离去，草木依旧沉静，枯也寂寂，荣也寂寂。

林缘积雪犹在，林间万虫蛰伏，山后积雪白得可怜，忧伤中好比遗忘的白骨，透露出生前的呐喊。

灰蒙蒙的天宇之下，小城恍若隔世，期待一场淋漓的春雨，洗尽铅华，回归最初。

驻足洮河岸②

从西倾山而来的洮河，穿越时空记忆，漫步草原山冈，流过故乡

---

① 原载《散文诗世界》2021 年第 9 期。

② 原载《散文诗世界》2021 年第 9 期。

他乡。

马蹄踩碎黎明和家园，夜晚如梦般寂静淡然，流水带走的，是明明灭灭的轮回和积雪的人生。

天微微青，没有烟雨，河水静流。

一地金黄的傍晚，岁月如初，芽色的柳叶，早已习惯了风语和风雨，初春，不经意间将黄昏压缩得很短暂，短暂得让山巅的云屏住呼吸。

河水是大地之泪，澄净之外，疯长的青草掩饰空旷无垠的草原，逐水草而居的爱情，在草原之外安家落户。

穿过叶子的记忆，春天在燃烧，视线外洁白如玉的山坡，林间残雪慢慢消融，水中的鱼群忙着繁衍，河岸的人们谋划着明天，大地的创伤正在加速愈合。

晚风摇摆的勒秀 ①

洮河困了，贴着勒秀打盹儿，山岭缓了一口气，清凉的风和密密麻麻的雨相拥而眠。之后，嫩绿睡成了金黄，睡成了麻黄的青稞和丰收的祥和。

云，老成持重，坚守岗位，阳光占据着云上瓦蓝澄明的天宇。

风跑过洮河，雨飞临勒秀，青稞地海浪似的涌动，刹那间万马奔腾。

充满张力的河面，云影生根，水流以一己之力带着秋季缓缓前行。

洮河，有云杉的儿子玩耍，有石花鱼回忆闺房，有西倾山下牧场的青草味。

洮河岸，怀春的小拉姆，秀发如缎，飘飘荡荡，九月的风从额上落下。

洮河岸，昨夜我把梦中的星星从水中捞出来，撒在空中散射而开，点点光亮，指引我前行。

月光落地，惹一身红尘，失去的爱情浮在洮河中央，一闪一闪，晕成

---

① 原载《散文诗》2021 年第 11 期下半月刊。

了长久的遗憾。

纯粹的日子清澈透明，先民们在岸上净手祭祀，柏枝和青稞涅槃的同时，也修成了正果。

眼前的勒秀，风在摇摆，雨在打坐。

戏中的勒秀，跟文成公主进藏，走进青海的长云和雪山的深眸。

半醒的麦仁草原 [1]

一株一株疯长的草，是幸运的，还是不幸的？

一瓣一瓣的花，那得需要多少来自大自然的白银、黄金、玛瑙和珊瑚？

我不知道。

追逐名利的人群中，那一朵自信的格桑，有暴雨的伤疤和紫外线的力量，并不沉寂于苍苍茫茫的暮色和秋霜。

雨做的雪，落地无声，草地之泪汇集成起起伏伏的云间麦仁，长满青春痘的草原正值花样年华，亿万的草甸凝结日月之精髓，平而不坦是最真的表白。

战马长嘶，水草茂盛的八百年前，吐谷浑的汉子铠甲鲜明，钢刀铮亮，刀尖滴下一滴一滴鲜血，滋养着一株一株拔节孕穗的牧草。

夕阳收起最后一缕光，草原半醒，一株牧草的梦中应有风雨雷电，也定有蓝天白云。

---

[1] 原载《散文诗》2021 年第 11 期下半月刊。

禄晓凤 ① 作品

① 禄晓凤，女，藏族，1984 年 2 月出生，甘肃省临潭县冶力关镇人。是中国少数民族作家学会会员，甘肃省作家协会会员，甘南藏族自治州作家协会副秘书长。著有散文诗集《牧云时光》(作家出版社)。作品散见《文艺报》《散文诗》《甘南日报》《格桑花》《星河》《北海日报》等报刊。2020 年 8 月荣获甘肃省总工会"一封家书"征文活动优秀奖，2021 年 3 月荣获首届"中国魂散文诗奖"全国散文诗大赛三等奖。现供职于甘南藏族自治州临潭县洮州民俗文化博物馆。

原始森林 ①

林抹微云，天粘碧草。

黄捻子——原始森林。天然的绿色氧吧。

行走在这上帝遗失在人间的仙境中。

行走在那些如时光拼接的木质栈桥上，恍若穿梭在时空的隧道中。我们从光怪陆离的现代穿越到了原始森林里……

想想几万年前，原始先民们游牧于此。隐藏于云杉、冷杉所居的森林深处，那些驻足在潮湿的青苔上的脚印，镌刻着原始部落茹毛饮血、钻木取火、刀耕火种的往事。

山坡上，丛林里，悬崖边，沟壑间，呐喊齐鸣，擂鼓助威。他们围猎狩兽，与疾病抗与自然争与毒蛇斗与虎谋皮与狼共舞。

有巢氏筑巢、燧人氏取火、神农氏尝百草教农耕、伏羲氏驯家禽授音律、演八卦……

先民们以自然为敌，拜自然为师，崇自然为神。用勤劳与智慧拼出一条文明之路，带领华夏民族从一个丛林洞穴中，一路披荆斩棘，从愚昧走向文明。并将这股文明薪火相传，绵延生息。

而今这片土地上，森林依然是守护神。

它们在见证着远古文明的同时，亦如释放氧气一样地释放着亘古不变的爱。

源源不断地传承着一份原始、质朴而厚重的文化气息。

---

① 原载《散文诗》2017 年第 8 期（青年版）。

仰　望 ①

仰望。

日月星辰，三山五岳，风雨雷电，林地草木，飞禽走兽，花鸟虫鱼。

我会情不自禁想起一个人来。

那个睡在混沌小鸡蛋中，后来开天辟地的巨人——盘古。

他开天辟地。

开辟了一个伟大的时代，并奉献出自己的全部的价值。

太阳是他的左眼，月亮是右眼。三山五岳是他的经络，血液心脏形成江河湖泊，珍珠宝玉矿藏是他的牙齿和骨骼……

躺在大地上，躺在森林草地间。躺在他的这些毛发上，躺在对英雄的仰望中。

头枕着千里山河，脚踏万里大地。触摸风的呼吸，聆听雨的倾诉，倾听巨人伟岸身躯里均匀的心跳……

想象自己也是一个英雄。身上流动着英雄的祖先滚烫的血液。

此刻，深感世界原本如此美丽。

遥望这些渗透着创世英雄灵性气息的山脉和森林，他们在日月星辰、花鸟虫鱼、森林草木的陪衬下，妖娆而丰富在一幅动态水墨画的清韵里……

绵延的轮廓，承载华夏民族的脊梁。

浩浩的江河，禀赋炎黄子孙的豪迈。

点点的星光，传承五千年文明的火炬。

仰望历史，仰望英雄。

我们不是英雄，却可以做一个像英雄一样的人。

---

① 原载《散文诗》2017 年第 8 期（青年版）。

一棵老树 ①

枯藤，老树，昏鸦。

马致远西行的马蹄声渐行渐远……一棵老树，夕阳下伫立。

一位年迈的老者。

岁月如白驹过隙，在其眉间须缝里匆匆溜走。他，追随历史的脚步。沉下身去。"任它风吹雨打，我自岿然不动"地坚守信念。

一半在土里延伸，一半在风里飘摇，一半洒落阴凉，一半沐浴阳光。非常沉默，非常骄傲。没有悲欢的姿态，始终保持着一种姿势——向上，向上。

从不依靠，从不寻找。千百年来，在向阳的万缕金光中，他向着希望，将千百万条对土地的热爱深埋，牢固根基，不断获得成长的更大空间。

在日月流转、风霜侵蚀里看世态炎凉，看悲欢离合。经风霜，历雨雪，屹立不动，终于成为参天大树。

他们像极了我的先辈们，祖祖辈辈生老于斯，歌哭于斯。

生生不息，坚韧不拔。

摸着他苍老的胡须，触着他沧桑的躯体，我对生命满含崇拜，充满敬畏：一棵树的成长史，也是一段人与自然抗争的战斗史、博弈史、生存史、进化史……

我从一棵树浓密的枝干间穿过。

我幡然醒悟：一个人，根能扎多深，便能走多远。

云朵上的临潭 ②

沿着四十五度的天空仰望，云朵上的甘南这片神圣的净土，那如星辰般撒落的山谷、森林、羔羊、玛尼堆、格桑花、帐篷，还有草原上深情美

---

① 原载《散文诗》2017年第8期（青年版）。

② 原载《文艺报》2018年6月20日。

丽的牧羊姑娘，此刻正醉卧在温暖的炊烟里……

将军山 [①]

"狼烟起，江山北望，龙旗卷马长嘶，剑气如霜。心似黄河水茫茫，二十年纵横间谁能相抗。恨欲狂，长刀所向……"时空的船搁浅在了昨天。

刀光剑影里。湖湘稚儿揪心的夜啼，江南春闺如注的相思，中原慈母深情的遥望，柳荫道下的生死诀别，统统卷入腥风血雨里……

历史的天空，沸腾着龙的血脉：将军意气风发沙场秋点兵，战鼓如雷直冲云霄，壮士怒目圆睁所向披靡，马作的卢飞快，弓如霹雳弦惊……

秋风起兮白云飞，草木黄落兮雁南飞。您的忠魂却永留北国异乡。

从此，睡卧千年不醒。明月是您思乡的一滴清泪。

昨日，铁马金戈塞上。

今天，杏花微雨江南。小桥流水人家，牧歌正悠扬……

横跨在这段时空之上的，是一个铿锵的使命，是大爱，是永恒的守护！

赤壁幽谷 [②]

一折青山一扇屏，一湾碧水一条琴。

赤壁幽谷——赭红色的思念。云蒸霞蔚间，安谧而圣洁。

这里仅属于两个人——俞伯牙和钟子期。

圣旨崖上，伯牙端坐抚琴。

伏莽崖旁，子期捋须沉吟。

一曲《高山流水》，荡涤不尽相遇知音的绵绵情意。

那四屏峰便是他们忠实的听众，谈笑间频频点头致意；一尾鱼春情

---

① 原载《文艺报》2018 年 6 月 20 日。
② 原载《文艺报》2018 年 6 月 20 日。

萌动纵身跃出水面，为他们鼓掌喝彩；觅食的小鸟听得迷了回家的路。而最痴迷的数那神仙渡，一不小心把心迷醉成了三瓣，独留一线天维持呼吸……

妖魔洞看着眼前的情景，忍不住咧着嘴笑……

水是眼波横，山是眉峰聚。

那灵性的绿色音符是滋润生命的交响，破译出了群山深藏多年的秘密。

连绵的山崖惺惺相惜，感动于伯牙和子期磐石般厚重的情义，瞬间浸染成了一片丹霞色。

风袅袅，柳依依。一片丹心映千秋。

山河拱手，为君一别。

子期西去。

伯牙便摔琴从此退隐。化作金猴痴迷的思归，化作虎踞龙盘赭红色的守望。

一颗心，卷在风里飘摇。动与不动间，从青青草木到巍巍崖石，从山水几案到浩浩江湖，寻寻觅觅。你一个人，独立幽谷之巅，将世间的尘埃化作千亿年的等待……

那小木屋，木板的栈桥，幻化出许多的禅意。他们躬身缝补伯牙满含遗憾的苍白色伤口，试图在另一种时空内延续出某种叫作缘的千古一遇……

空，是你的背景，也是你的心境。

历历往事如烟似梦，深藏在你清澈而宁静的眸子里。

任凭沧海桑田，岁月颠沛流离。你依然在历史的风尘里浅笑嫣然，在平淡中看红尘飞舞，在孤寂中品世事沉浮。

一声叹息，撞落了衔山的夕阳。生命戛然而止，但情义却永恒……

那城楼状的山门，古老而空灵。像一支横笛静卧，诗意地连接在时空之上，连接在我们目光一遍又一遍的环望里……

云潺潺，水悠悠。一声横笛锁清幽。

马①

像一支支离弦的箭。

草原上威武的藏巴汉子们纵身跃上马背，风驰电掣，冲锋陷阵。

马像一柄刺穿苦难的剑。在黎明的草原，以蹄声和嘶鸣，以激情和速度，撕开猎猎长风，撕开漫漫长夜，撕开电闪雷鸣，撕开尘世里的光怪陆离，撕开一切前行的羁绊……

像梦一样，自由飞翔。

马，承载着他们生活的全部——

马，是翅膀，是伙伴，是双手，是他们身体的一部分。

马，带给他们食物，女人，帐篷和牛羊。

马，带给他们更多的马。

马，带给他们财富、地位、荣誉与力量。承载着他们生活的苦与乐，爱与恨，激情与梦想。

马，激发他们的征服欲、好奇心和探索欲。马带领他们去拥抱自己心爱的姑娘，马带领他们去遇见从未去过的地方。

马，点燃了他们的生活和梦想。激活了他们的个性和激情、信心和力量，以及他们对未来的心愿和憧憬。

骑上马，就开启未来的航向，踏上了开往春天的征程。从此便有了风雨兼程的借口，有了义无反顾的理由，有了勇闯天涯的决心和动力……

穿过多少阴霾的历史，穿过多少沟沟坎坎，穿过多少死亡的胁迫。

马带着特有的自尊、带着它的不屈、带着它的桀骜，于旌旗猎猎的风中，以南征北战开拓崛起之路，用热血铸就一个民族辉煌的历史和光影斑驳的记忆。

一个马背上的民族就这样诞生了。

此刻，骑上马。我就是传说中英雄的格萨尔王。

---

① 原载《散文诗》2021 年第 8 期（青年版）。

山①

走进冶力关，满目高山流云。

绿的山，红的山，黄的山，青的山，黛的山。

石头的山，丹霞的山，黄土的山，沙石的山，树木的山——相互守望。

白石山、莲花山、将军山、黄龙山、大岭山、长岭坡——纷至沓来。

山路十八弯。从山的头部，环绕到山脚下。从山的这一头，蜿蜒到山的那一头。

山前是山，山后是山。山里面是山，山外面是山，山外面只能是山。

山，切断了人们的思维。山，限制了人们的想象。

山有多少条褶皱，谁也不知道；山有多少个弯道，谁也数不清。山有多少片心事，谁也猜不透。

但是，山有多少粒泥土，就有多少次徘徊。

曲曲折折的山路，曲曲折折的生活。

山里人怀揣着爱、希望和憧憬，把生活的艰辛和苦难埋藏进大山的皱纹里，镌刻在大山的脊梁上，融进大山的血液里。

山那边的路，还在脚下延伸。

大山的孩子目光如炬。像大山一样挺拔、坚定。此刻，正穿行于大山的胸膛里。

他们从不曾怀疑——绕过前面那道弯，曙光就会在眼前。

山里的汉子，坚韧如山，雄壮如山。一头扎进大山，用火一样的激情，铁一样的肩膀，把生活的大山扛在后背上。

山里的女人，朴实如山，沉默如山。把自己嫁进大山，用水一样的柔情，山一样的坚定，孕育出许多绿色的爱和希望。

清晨，他们追逐太阳。夜晚，又去丈量夕阳。

---

① 原载《散文诗》2021 年第 8 期（青年版）。

　　他们在山上种庄稼、采药材、摘野果、挖山珍、养家禽。把汗水连同自己一起播撒进黑黑的土地。

　　他们在大山里播种希望，收获幸福。

　　山阻挡住了前行的路，却阻挡不住他们追求新生活的脚步。

　　他们心中始终坚信："世上有比人高的山，却从来没有比脚更长的路。"

　　时光荏苒。

　　光阴在山的发梢里悄悄流转，在泥土的梦里静静地沉淀。

　　从呱呱落地的婴儿，到活蹦乱跳的少年；从朝气蓬勃的青年，到壮硕稳健的中年，再到步履蹒跚的老年。

　　他们在这山里哭，在这山里笑，在这山里跋涉，然后渐次把自己铺在了山路的石缝草丛间……

　　山见证了他们的青春，收藏了他们的汗水，铭刻了他们的记忆。

　　山是他们的脚印，是汗水，是叹息。山是他们的胸襟，是秉性，是憧憬。是他们内心的喜怒哀乐、悲欢离合，以及生命的全部。

　　山赋予人们矫健的体魄、诚实的品行和厚重的情怀。

　　山赋予人们伟岸的人格、从容的态度和豁达的心境。

　　山，是他们生活的承载。山，是他们精神的依托。

　　山，是父亲。山，是母亲。

　　当有一天，他耗尽自己所有的力气，在村庄上空缭绕的炊烟下安静地死去。

　　他，便被村里人前呼后拥抬进山里，安葬了在了大山的泥土中。可他并没有真正地死去，他只是回到了父母的怀抱里。

罐罐茶 ①

　　晨风如刀，暮雨如剑。

---

① 原载《星河》2021 年夏季卷。

居住在高原阴湿寒冷地区的洮州人，祖辈饮热茶，尤爱煮罐罐茶。

火盆烧火，三脚架上置陶罐。一边煮茯茶，一边拿小木棍搅拌。

待茶水煮至色香味浓时，用"一条线"的方式倾入牛眼睛样的黑陶杯中，细细品味——

一苦二甜三回味。

抿一口红褐色的茶汁，伴以点心、贴锅巴、青稞面馍及燕麦一起咀嚼，一起入胃。一起饮下高原的沧桑冷暖和那些无垠无涯的孤寂时光。

他们，在一片茶叶上行走高原。把往事煮在高原苍茫的心里，把快乐拎起，把苦难咽下。

他们，在一抹茶香里远走他乡。把爱恨撒在高原凛冽的风里，把卑微放下，把深情捧上。

洮州是一尊黑黝黝的陶罐。家是清水，亲人是茶叶。

那冒着热气的乡愁，便婉转在那一杯杯沸腾的罐罐茶水里魂牵梦绕。

热情爽朗的洮州人，以陶罐为船，以小木棍为桨，配几个小黑陶杯为帆，兀自乘桴浮于江湖，凭一壶罐罐茶水乘风破浪以济沧海——

追逐太阳的民族，接过祖先的火炬，把高原踩在脚下，把高原装进行囊，把高原刻入骨血，把高原燃进心脏。

自由地、坚定地、豪迈地，抵达祖先们从未曾涉足的彼岸……

青稞，青稞①

七月，漫山遍野的青稞随风摇曳，守候甘南高原最葱茏的时光。

智慧的洮州先民们采来救命的青稞，把它放在笼屉里蒸熟，然后剥掉麦芒在石碾上打磨，磨出细绳一样的"麦索儿"。

用它们填饱肚子、眼睛和蠢蠢欲望，以此来打发青黄不接时饥肠辘辘的时光。

千顷碧绿一片白芒。

---

① 原载《星河》2021年夏季卷。

阳光下，它们像一柄柄金色的利剑，锋芒齐刷刷地刺向广袤的苍穹，刺向高原的喉咙，刺向苦难岁月的心脏。

陪伴了我们世世代代的青稞，神灵一样的存在，滋养了我们的胃，雄浑了我们的体魄，升华了我们的思想。

饮一杯青稞酒，敬天敬地敬祖宗，饮天之浩远，饮地之厚重，饮青草之鲜，饮百花之香，饮泉水之碧，饮西风之烈，饮高原之冷暖，饮生活之悲欢，饮女子之节烈，饮男儿之本色……

酒，醉了往事。也微醺着我们的魂魄，酿造了洮州儿女情长和剑胆琴心。

酒，醉了高原。将阳光的灼热、血液中的豪迈、骨子里的粗犷、生命中的豁达肆意，挥洒于酒歌和碗沿之间，血性了一个马背上的民族！

守望草原①

我踏着记忆溯流而上，轻吟着那些古老的诗句："天苍苍，野茫茫，风吹草低见牛羊……"

目光瞬时划出三千里……

这绿油油的草地，是柳永酒醒杨柳岸从二十四桥悠悠驶来的一脉悠闲？是李清照身着石榴裙袖中暗香浮动的一丝恬淡？是藏族阿妈肩上悠然升起的一缕晨光？是衣袂飘飘的女子涉水从《敕勒歌》里走出来的一弯羞涩？

今夜，格萨尔王骑马经过的地方，三千里碧草依旧青青。您纤长的叶脉被年轮染成翡翠一样的青绿，却染不尽岁月沧桑轮回中的凄婉和忧伤；一川碧草可量可数，却丈量不出您胸怀中孕育蓬勃生命的深情和睿智，却数不清藏家儿女抗争自然的坚韧和顽强，诉不尽草原儿女生生不息的豪迈与爽朗……

您是爱，是暖，是希望。是母亲，是生命之源。

---

① 原载《星河》2021 年夏季卷。

是我们灵魂栖息的天堂。

今夜涉水而来的我，泅过长长的阻道，抵临您赋比兴的芬芳。我虔诚地匍匐在地，只为贴着您的温度，祈求您心境宁静平安喜乐。

把目光收回来，把三千里江山放还草原深处。我和您便如一对拢起的蝶翅，长眠在这一幅千年不褪色的画里……

就让我为您静静守候，不要惊动这美丽的黄昏，就让这轻盈的感觉，如天籁，似流云，悄然无声……

诺布朗杰 ① 作品

---

① 诺布朗杰，男，藏族，1989 年 12 月生，甘肃省舟曲县人。文学作品发表《特区文学》《诗刊》《飞天》《西藏文学》《诗林》《湖南文学》《民族文学》《作家文摘》《青年文摘》《青海日报》《甘肃日报》等报刊。出版诗集《蓝经幡》《拾句集》《藏地勒阿》。曾获第五届、第六届甘肃黄河文学奖，参加第四届《中国诗歌》"新发现"诗歌夏令营活动。现供职于甘南藏族自治州舟曲县文学艺术界联合会。

纸上甘南 ①

1

神灵在上——

先写让我不由自主弯下腰去的神灵。

与额头上的信仰相比，膝下的黄金多么廉价！我必须同我的语言一起匍匐，把灵魂递给神灵检验。看到了吗？灵魂是蝴蝶，绕着一簇簇拥挤的花朵。

花朵中央，住着被羚羊托起的甘南。

每一座庙宇都是甘南的心脏，它们拥有绛红色的围墙，我在墙外练习米拉日巴大师遗留下来的道歌。

而刻经者刻在心里的句子，已经无从辨认。

2

再写我的母语。

没有嘴唇的母语，像流离失所的孤儿，在冠冕堂皇的自由里行走，四周是带着血腥味的世界。

往深处开掘，就能看到血泪保养着的战争。我的时间还停留在那一场非正义的战争开端，英雄混淆在枭雄之中。

我们所遗弃的，正是我们的荣耀。那些生锈的铁器里埋有多少英雄的尸骨啊！我害怕忘掉。而我们唯一需要忘掉的应该是自己。

记住荣，更要记住耻。我们沾沾自喜的还不是祖先留给我们的那一点点家当。请问：我们守住它了吗？

尝尝自己苦涩的胆汁，再检查一下身体里流淌着的血液吧！有种的人，请折一根自己的肋骨，认清疼的位置。

---

① 原载《甘肃日报》2015 年 12 月 24 日 "百花" 副刊。

3

恍恍惚惚，我来到一片油灯丛中。

灯的照耀使它之外的地方显得有些昏暗，昏暗的部分正是我们用心去揣度的部分，玄机和辽阔都藏在那里。

有风，也只有在无边无际的风中，才能察觉油灯们动荡不安的命运。

4

借着油灯翻阅古籍。

历史囚禁在一本本古籍中，我尽量在纸上写着自由。

于是，写到了甘南蓝得无法理解的天空，鹰隼在飞翔。还有那高悬的白云，连它的身体也是翅膀，在深不可测的天空频频出现。

我敢断定，只要在天空逗留过的，它们都是翅膀。

太阳是翅膀；月亮是翅膀；星星是翅膀。

翅膀并非自由，自由是另一种飞翔，翅膀始终无法抵达。

可是，没有这些翅膀，我写不出天空的高度。

5

再远一点，就是源头的玛曲，就是怀揣尕海的碌曲，就是身系桑曲的夏河，就是蹚过白龙江的舟曲。

它们都来自水，属于甘南香火不断的血脉。像钥匙，把甘南轻轻打开……

我用不寒而栗的手把它们制成汉语的一部分。

还得写一只发怒的藏獒，守着甘南。当然，我会省略那些狗贩子贩藏獒的行当。我不会把藏獒归类到宠物堆里供无聊的人玩耍。

我还想把一只乌鸦写进去。

是的，乌鸦是黑的。我想问：连它的肉也是黑的吗？

6

纸上，开始有青稞生长。

青稞生长的地方就是甘南。

桑曲河①

一直追溯到源头。

源头其实就是痛苦的尽头。河水怀抱着河水，河岸手牵着河岸。竖着的桑曲河上，横着桥。宗教里奔跑的桥，应该是贡唐仓大师施舍给众生的终南捷径吧！通过这座桥，可得涅槃。河水也长有心，河水长着石头的心。现在，众生不用摸着石头过河了……

高高在上的河床，把桑曲河带到更低的远方。

低低高高，高高低低。起伏的命运，用一条河连接起来。河里流淌的，不是水，是苍生的泪。

雪域录②

1

群山暗哑。那口落日的棺材，它似乎要埋葬一切。

智者早已双目失明，也只能用盲人的眼睛探测这摇摇晃晃的雪域。一条河能承载多少文明的激流？终日以泪洗面，妄想把自己的命运哭醒。

词语为鹰，又能在哪片天空飞翔？

2

每一条路都要伐光行者的脚步。

白雪皑皑的雪域，饥饿的青稞正在追问自己的血统。

---

① 原载《散文诗世界》2017 年第 3 期。

② 原载《扬子江》2018 年第 2 期。

缰绳拴着一匹马的孤独。英雄们站在众人的尸体上吆喝成败，有什么真理可言？最好在离开的时候，把留在世上的阴影洗净，并带走。

弓已失去弹性，箭囊何用？

3

灵魂的骨头有着金属的心跳……

雪在融化，这和花的凋落没什么两样。

花朵之上，朝拜者用额头磕出来一座座寺院，供红衣喇嘛采蜜。

雪域的屋顶，桑烟筑巢，风马讲经。

风摘抄了好多经幡上的真言，只是不知道该念给谁听？

4

又一夜，噩梦缠身。惊慌失措中，竟然找不到母亲。

试图走出夜晚，把星星的遗嘱打开。

羊群如雪，为众狼铺路。好多真相，令你无从下手。

有人逼你交出贞洁，你是否从命？

5

雪！它们好像不是雪，是未被点燃的火焰，拥有白色的血液。

有祸事发生。只管闭住嘴，咽下伤口，学着说一些好听的话。

世上还有一种懦夫，他们拥有站着的灵魂。

雪域的咽喉上，是谁的针，一下一下缝补沉重的叹息？

6

不容易！那些酒桌上鉴定出来的文物，它们在博物馆找到了归宿。五官端正的讲解员斜着身子手舞足蹈地讲解，她的嘴里长着多根舌头。

裁判手里还缺一杆秤。

清清嗓子，喘息几声所剩不多的方言吧！

直到咳出血，咳出灵魂的颜色。

还有什么值得我们欢呼雀跃？

7

经殿前，有位耄耋老人整整跪了一个上午。婴儿出生，等活佛摸顶赐名。

寺院主持无暇顾及。

寺里传出：夜有盗贼潜入寺，窃取唐卡三幅、铜灯两盏、金佛一尊。

经卜算，盗贼朝北而逃。

僧侣慌乱，头顶的天空出现缝隙。

叼走的，该怎么觅来？

8

把溢美之词统统收起来，源头问水。

呷一口历史的甘露，再朗读朗读起雾的内心。

喊疼的人，伤口上撒把盐试试。

用一生的苦水，培育一生的雪莲。

雪崩之下，谁在病马当驴？

9

用额头问候神的子宫里产下的雪域。

岁月早就生锈。从时间绑架的一生中逃出来，做一名铁匠。

废铁打刀，高悬头顶。在刀下奔跑。

暮色太深，怎能说清？

天空的另一半是鹰的 [1]

1

天空漏雨，这是鹰的屋顶在漏雨。乌云占用天空。

群山锋芒太露，阻碍着我眼睛的远方。进入我脑海里的世界，在雨中露出命运。

雨是天地之桥，渡世间万物。就刚刚，我目睹过一大批尘埃浩浩荡荡的皈依。我沉默，我现在吝啬说出每一个词语。能说出来的准是滥调陈词，心里想说的最终却无法说出。省略那些闪电、那些彩虹、那些雷声的呐喊吧！让雨填补天地之间的裂缝。这时候，一只鹰穿过天空，就是一条鱼穿过天空，就是一条鱼穿过水的身体。

我出现在雨中，是另一条鱼在水中。

涣散的风发出声音，很好听，只是有点冷，还沾了些许雨水。我无暇顾及这么多，欣然从天空取出声音，别在耳朵里。安静久了，耳朵也会饥饿。

我思索着。我的大脑在走路——

鹰穿过漏雨的天空就是鱼穿过河流。

2

像盲人认领拐杖一样，天空认领鹰。

我在雨中行走，是粟在海中行走。鹰也是粟的一部分。

天空是海洋吗？

这应该是鹰的反问，我没有打算回答。土砾和石头的海拔是高原的海拔，我被高原撑起，感觉浑身浮肿。镶嵌在高处的庙宇，在我心里暗自发光，距我一射之地的煨桑台上，信徒们卸下疲惫的祷辞。鹰早已替我抚摸过它们。

我一直想不明白：是鹰保管着天空，还是天空保管着鹰？

---

[1] 原载《天津诗人》2019年夏之卷。

鹰在我的头顶扩充自己的疆域。或者这也许是我的一种误解。雨下个不停。我可以避开这场雨，可是鹰呢？它能避开天空吗？

雨经过鹰的身体。雨经过我的身体。雨经过苍生的身体。

我们都是海中之粟。

3

鹰在访问天空。

雨，就半个词语，一个字，被天空复制了这么多。代替鹰的眼泪。

不说飞，飞无非就是从天空到天空的距离。那是翅膀洇开的距离。

高原的天上，鹰在做什么呢？

我们可以大胆地猜想：一、俯瞰黎民众生？二、搜索猎物？三、炫耀轻功？……

天空是谁的脸？我看那鹰怎么像一个高大威武的汉子脸上的苦命痣。

——雨想抹掉那颗痣？

4

雨刚停，就供出太阳。我的表述含着贬义，确切地说是雨请回太阳。

高处的庙宇在发光。鹰没有落下来，身负一片光芒蹚过天空，去我眼睛的远方。

那是另一片天空——

鹰携带疲惫的祷辞，还有满身光芒。

舟曲，允许我纸间还乡 ①

1

第一眼，我就认出你：白龙江！

第一声，我就喊出舟曲的乳名：白龙江！

白龙江！你是祖先留给我的那根缰绳吗？

---

① 原载《北海晚报》2020 年 12 月 22 日。

我早就听说，你生下两个孩子，一个叫拱坝河，一个叫博峪河。

我多次在稿纸上触摸到了你灵魂的肋骨。

是的，流动的仅仅是你的躯体，你的灵魂是静止的。你不朽的根深埋在舟曲，多像神灵撒下的种子，为普度而来！

缺页的历史里，我发现了残损的藏历和马。可是，无马，白龙江拧成的缰绳何用？

黑夜牵来星星，天空牵来鹰。翻遍藏历，我一定也要从里面牵一匹匹马出来，配上白龙江这根缰绳。

2

黑峪寺的桑烟缓缓升起，佛陀此时正在古旧的唐卡里打坐。我须留一匹马守护经书。

上师点灯，照见前生。黄昏无限，被几句真言擦亮。

荒废了，那只没有被佛珠沐浴过的手腕，已经无法端起苦难。

我找到了水，它的另一端是大海。

匍匐在地，我的额头住着神灵。每念一句真言，我都向春天迈近一步。

3

赛尔布一带，我逗留了片刻，祖先的马蹄印在这里。

我用孤零零的母语念了声：舟曲！

我脚下每一寸土地，都是被火葬的东智嘉措的骨灰。在新修订的史志里，我看见过他，他提着灯盏走路。

纸如白昼，我在纸上纠正夜晚。

前生的荆棘，今生的崎岖，我都记下。

我想把世间的青稞全部喊醒，让它们挺起胸膛自由生长。

可是，我喊疼了自己。

4

谁会将诋毁看作赞美？

胸前戴着银盘的佐瑞姑娘，已经弹不响口弦。她们或许是摄影师相机下浓缩的几张照片，抑或歌手们唱过的几句拔高的歌词。

看厌了，听腻了。生锈的火镰是擦不出星火的。

我见过的度母并不开口说话，却能洗净我的烦恼。我有必要将一匹马留在这里，驮来老艺人唱过的民歌。

突然，我羞于说出五音不全的朵迪。

5

还没记清楚香巴佛的尊容。我需要把历史往回翻，翻到清康熙年间某一日阳光普照的下午。

那时候，没有背信三宝的人，没有违背因果的人。

神赐的八楞寺像盏灯，被众佛点起。而八楞寺，正是佛的花园。

朝圣者放下今生，供出自己。

祈愿大法会上，我目睹过法舞。可我还是没有洞悉面具下的玄机。

我只知道：好多匹马落在放飞的风马上。

6

拱坝！我好想轻唤爱人的名字。

那长好的青稞喂饱了我，今生的因果已被我打开。

天空用太阳洗手。我却什么都没有。去神山插箭的人早早就启程了，没有人等我。

我在稿纸上写下深不见底的今生和爱情。

鹰是天空的马。今生，我只愿做爱人的马。

轮回中，与来世接头。

7

骏马装饰英雄，锦带点缀美人。

用彩虹交换锦带可好？

雨是我前世赊下的眼泪。为此，我这一生，都在下雨。

一枚针迎来流岚与闪电。我要引古穿今，为陈旧的锦带润色，我要擦拭干净落满灰尘的祖先的英明。

虽然，我编织不出命运的图案。

8

惊慌失措的灵魂，总要栖息在经卷里。手握半卷残经，像握着苯教经师口中的密咒，用它移走内心的一块块漆黑。

马队和僧侣纷纷赶来，在有水的地方，建起家园。他们见过菩萨和战争。

阴山旗、阳山旗、铁坝旗、插岗旗……

无用的马镫，曾支撑过多少个部落？

吾别寺、占单寺、拱玫寺、勒地寺……

失传的经卷，种出多少座寺院？

此时，它们一一在纸间还乡。

9

找了张白纸，我写下：舟曲。

我写下了我的源头，写下了祖先的遗址。

我也有江河之心。白龙江经过我，流向别处，像扩散着我，并说出我的内心。

刚抬头，就看见一匹马从黄昏的眼中，朝我狂奔而来。

白海螺 ①

1

天空保管着星辰。大地保管着河流。

谁保管着白海螺？

2

检查一下，我身体里藏有谎言吗？

有的话，快点拿走。

我能写的、我要写的，真的太少了。

允许我写那枚失声已久的白海螺吧！我一定要让一张张白纸发出声来。

黑字忠于白纸，也让一个个黑字活过来。

3

一句笑话，你从中得到教益，你便是智者。

卷卷经典，你始终认为儿戏，你就是愚人。

你看到我了吗？

你看到我跪着，其实我是站着的。你看到他们站着，他们才是跪着的。

不要指责我诗歌里的缺陷，这些缺陷或许就是你的。

一片喧嚣中，谁是吹响白海螺之人？把铁证如山的历史，吹出争议。

4

那个只盗取荣誉却不留下价值的人，他是谁？他拿着的那把钥匙是干什么用的？

他把那枚不知传了多少代的白海螺又丢在了哪里？

请告诉我：太阳升起，是为它的落下埋的伏笔吗？

① 节选原载《散文诗世界》2020 年第 4 期、《诗潮》2020 年第 6 期、《诗林》2021 年第 5 期。

5

鹰在高处。

现在，我想把鹰稍微写低一点，把众佛供奉在高处。

黄金般的母语，它是我的血液，我也愿意把它安置在高处。

善良、仁慈、智慧……

正义、勇敢、勤劳……

这些都应该摆放在高处。

我四下打听白海螺的下落，也要把明灯一样的白海螺，摆放在高处。

6

是的，我要写的，正是被他们遗漏的。

我写到一盏结满灯花的灯：它是它自己的眼睛，它是它自己的嘴，它是它自己的心，它是它自己的魂。

风，让一盏灯有了心跳。

我在风中，寻找点灯的人。

7

黑暗和闪电一起颤抖，白海螺之声穿行其间。

听到了吗？

此刻，有的人正在为死去的人号啕大哭。也有的人为活着的人号啕大哭。

8

那群睁着眼睛说瞎话的人，我开始怀疑他们。

我现在对盲人提及的光明感兴趣。他们或许就是一盏灯，最先看到黑夜。

一朵花，跟着她的芬芳住进春天。

我写到的春天是一座寺院。经卷打开就是烦恼合上。

一场大雨中，白海螺回到寺院。

9

风把落下来的风马再次吹起。

那一年，风调雨顺，青稞满仓。转山的人把白海螺吹得响彻山谷。

据说，有人听见了自己的来世。

10

他们刚走，太阳就出来了。

镶着黄金的太阳，是谁的宝座？一直高高在上地空着。

有位年迈的喇嘛，还是没能戒酒。突然就喝掉了自己的一生。

我见过他的火葬。之后，白海螺下落不明。

11

接连几日，我都做同样的梦。梦里，一条黄色的蛇，刚蜕完皮，它向我求救。它的舌无毒，所有的毒都跑到人的舌头上。

我吃惊地喊出来：人的舌头上有毒。

我的梦是有声音的，只是我还醒不过来。我只能把声音留在梦里。

梦里还有真理。那个靠真理活着的人，人们纷纷向他折腰。

我需要把白海螺找回来。这也是真理。

12

盲人用心辨认佛经。

这还是梦里。一部佛经就是盲人的眼睛。

眼睛真的是为了看见真相吗？

或者，眼睛是为了储藏眼泪吗？

又或者，有睁着眼睛做梦的人吗？

13

喇嘛的红袈裟正在褪色。我在一片绛红色中做梦。

我也是绛红色的，被太阳染过。好多个我都在褪色。

一片绛红色中，忽隐忽现着白海螺。

14

那位赤巴超度完亡灵，正在讲法。

赤巴说：有一群小孩，在村东的水中玩耍，把清水弄脏，你看见了不去阻止，是那群小孩的问题吗？

有个小孩，正在爬村西的老核桃树准备打核桃，你没理睬，结果他从高高的树上摔了下来，又是谁的问题？

你家的牛，跑到人家的庄稼地，你四下看了看，周围没有人，你让牛多吃了一会儿庄稼，这是牛的问题吗？

这一切好像是白海螺发出来的声音。

15

时间的河，永恒地流着。

我一路回头，我感觉我身后还有什么。

比如：一座无名的寺院，差一点就断了香火。我听说，人们以当草房、当猪圈为由，避免了寺院被强拆。

又比如：那个一觉醒来突然就失聪的小喇嘛。后来，他的眼睛代替了耳朵。

我回头：我一直幻想看见那枚藏着故事的白海螺。

16

我写到他。写到那个反复出现在我梦里的人。

他的身体里有愤怒的声音。

他在甄别写满错字的历史和病句。

他在写无人阅读的书。

我问自己：他是谁？难道他知道那枚销声匿迹的白海螺？

不然，他怎么会反复出现在我梦里。

17

有些话是说给别人听的。有些话是说给自己的。有些话是万万不能说的。

有些话是舌头说的。有些话是嘴说的。有些话是心说的。

我被困在一大堆话里，喘不过气来。

我不知道，哪句话能带我找见白海螺？

18

有人说：白海螺现在已经没啥用途了，丢了就丢了。

也有人说：白海螺一代又一代传下来，传到我们手里丢了，我们是罪人。

19

总是在夜晚，我会听到老人们讲的好多故事。

或者，我们一直置身夜晚。也只有在夜晚，我们才需要一盏灯。

没有夜晚，灯只是摆设。

可是，就算白海螺是摆设，它的身体里仍然潜藏着无穷无尽的声音。

无穷无尽的声音，召唤我。

20

我永远是那个唱不出赞歌的人。

我手中捏着刀。我要划开一个个词语，让一滴滴血溅纸上。

我要让你看见我的骨头。我要让你看见我的心脏。

我要让你看见我口口声声说着的白海螺。它来自大海的故乡。

终有一日，它会携大海，向我们走来。

21

那些通晓经文的人一个个消失不见了，我无法还原他们被经文照过的一生。

是苦难让他们的人生发光的。你信吗？

即便没有苦难，他们的人生也是发光的。

他们可能并不需要我写下的这一行行文字。在某一函经卷里安息，他们就足够了。

我愿意将这些文字交给天葬师。我愿意在天葬师的刀下，看见我们的一生。

用白海螺把悄无声息的一生，吹出声音。

22

冷。我需要枕梦取暖。

我还要把没流完的那些眼泪带进梦里。

在梦里，死去的人全部活过来。我一个个地辨认他们。

我肯定一下子就能认出夺我眼泪的人，却无法把他们带出梦外。

我知道：我活着，就是他们活着。

23

我的世界，音量不多，得有一枚白海螺维持声音的秩序。

能把谎言都说得振聋发聩，大音还能希什么声？

你看，那群大谈觉悟的人，左手刚放下屠刀，右手又拿起枪。

24

她死的时候，我还没有出生。

我听说：她是被一群人活活打死的。没人替她说话。连山神也没能保佑她。

她骂了护林里偷木头的人，还劫下人家的斧头。

都在埋怨：是她自己害死自己的，她不应该顶撞那家的人，那家人多势众，得罪不起。

她洁白如雪的骨灰，铺满黑漆漆的路。

她出殡那天，有人听见白海螺的悲鸣之声。

25

有能装下死亡的容器吗？

给我，我要带走。

谁死去，都是我们的一部分在死去。

叶子枯萎，根须活着。

去刨根问底，让真相开口说话。让不翼而飞的白海螺，在布满眼泪的诗行里，回家。

26

天空是月亮的故乡。

我们的故乡在哪里？

蘸着月光的夜色在狗吠中，有了声音。

我还没有睡去。

我在寻找那个有白海螺之声的故乡。

是啊！故乡是永远的沉默者。当谎言在人群中传开，语言将毫无意义。

该说一句方言了。我怕时间久了，我们成为一群群会说话的哑巴。

27

他们已经习惯了做任何事都要留下证据。

他们开口一个证据，闭口一个证据。

他们的世界被证据包围着。

无缘无故失踪的白海螺是怎么丢的，他们却没有留下任何证据。

28

她跟一个来历不明的人在自己家偷情，被活捉。一时间消息传遍她生活的那个部落。

从此，整个部落以她为耻。

部落里好多男人都和她有过纠缠。

她无法再在部落里立足。听说接走她的是另一个男人。在深夜，她是悄悄被接走了。

多年后的另一个深夜，有人又带着她的骨灰，悄悄回来了。

这一次，没有人听见白海螺的声音。

29

历史是识字人的历史，还是一群群人的历史？

为什么我翻遍古籍都没有找到我要找的那些人？

我眼泪里活着的人，不多。

我敬仰过的人，不多。

让我内疚的人，不多。

我在写那些不多的人。没有人愿意煞费苦心去书写他们。我要把这些漏掉的人，一个个找出来。

我也要让白海螺听见，我的声音。

金嘎乌（节选）①

1

我要写的光芒，他们是看不见的。

他们所看见的，仅仅是我写下的字。

---

① 原载《北海晚报》2021 年 9 月 1 日"红树林"副刊。

词语令我瑟瑟发抖。我站不起身来，我的词语已经严重骨折。

词语的利刃朝向我。那就给你血。

我对他们提及的真理大失所望。

双手合十，这算是祈祷吗？

我左顾右盼，并小心翼翼地在纸上写下：银质的金嘎乌。

我还没有离开，他们已经开始迫不及待地在我身后，对我指指点点。请不必大惊小怪，我写下的病句我自己消化。

2

金嘎乌，我不愿意赞美你。落入俗套的夸赞，听腻了没有？他们的内心布满灰尘，我根本不愿意去说。

我的文字，更给不了他们希望。不要自欺欺人了，他们引以为豪的奖，哪有什么含金量。若真要颁奖，就颁给所有的苦难吧！只有苦难才让生命丰腴。

我想好了：让他们拿走奖，我要留下诗。

写诗就是揭开伤疤。我留下的诗，是用来安慰我的。

3

金嘎乌，你是我的墨，我用你写诗。诗的自由并不在纸上。

你承认吗？诗，其实也不自由。自由或许就是个幌子。我们看到的，只是诗的肉身。写诗，是多么无用的举动，或许正是他们诋毁我的证据。

即便这样，我还是要写那被欲望撕扯的灵魂。

我站着。

可是，放弃站着，就非得坐下吗？

4

金嘎乌，请收留我无家可归的诗歌。山巅的积雪刚刚融化，一场大雨，又带来好多雪。我被大雪惊醒。

狼群虎视眈眈的那些羊，能躲过一劫吗？青草埋于雪下。

我一直惦念的那些羊，会不会就是落在我纸上的血？

我的怜悯不值一提，不要用死亡成全我的诗歌。我在纸上种一些心，坦荡荡的那种。

你们有吗？

5

金嘎乌，我无法说出体内囤积的爱。正如星星的碎银无法糊好黑夜厚厚的墙。

我正在经历黑夜。拉我一把，我需要阳光，更需要把掉价的慈悲高高举起。

好多路，诱惑我的脚。携诗前行。在没有路的尽头，把自己走成一条路。

如果诗是炸药，就得炸出一条路。

如果诗是刀戟，就应该戳疼我。

6

金嘎乌，我越写越感觉到你与我要表达的主题无关。但，这并不影响我写你。

文字是我最后的尊严。我必须写你，义无反顾地写你。写一盏灯，熄灭以后的，光。

你要忍受我的无理取闹，你要忍受我的无中生有，你要忍受我的刀子嘴。

还你干干净净的纸。

活在纸上，也活在心上。

7

金嘎乌，道路颠簸，人生崎岖，我的罪需要我自己赎。我承认我也铁石心肠，但我时刻准备着眼泪。

我的一生靠眼泪活着。没有眼泪，我的心脏无法生长。我要把滚烫的眼泪留给心。

我如此卑微地活着。他们可以放肆地笑我，但我绝对不让命运笑我。

拔掉牙的老虎，你那边吼什么？

我们都一样，硬的东西啃不了，

只能挑一些软的下手。

8

金嘎乌，语言的裂缝是光进来的地方。空纸茫茫，我要留下破碎的诗句，等光的莅临。

笔是金刚杵，让慌张的字井然有序地落在纸上。不用斟词酌句，即便没有词语，思想依然存在。

我要给我写下的词语招魂。

我也感谢词语。感谢词语让人们看见我。当词语开始凋零，我才会出现。

作为补充，我适合待在那些轰轰烈烈的词语后面。

9

金嘎乌，我不要说话。巧言善辩的嘴永远在鼻子下。

鼻子之上呢？当然是眼睛。谁听到眼睛说的话？

都是套路，多说无益。

戳中他们骨子里的离经叛道毫无用途。他们津津乐道的灵魂，早被物质霸占。我不能证明什么。

只愿我的文字不怕火炼。多年之后，有人出现，从火中拿走我的文字。

10

金嘎乌，雨总要下。那雕过念珠的木头总要遭受刀斧之刑。我习惯了。口渴，就用大雨解渴。

我已经等了好久，他们还是打不开门。听说换锁的人，把自己锁在房子里了。

对不起，我又一次道听途说。他们在测量语言的尺寸，把多余的部分做适当的裁剪。

你觉得我靠语言活着吗？眼泪、骨头、血，构成了我。缺一不可。他们在小道消息上，大做文章。

我在思考：怎么样把诗歌从纸上搬到心里。

11

金嘎乌，我的热血总要被众人浇灭。我不要活在他们的舌尖，我要活在你心里。

众人之口是刀，足以将我杀死。你看这人生：又酸又甜，有悲有喜。

苦呢？

留给我吧！

我是顽固之人。我一个人走在语言的钢丝绳上。

我做好了被摔下来的准备。

12

金嘎乌，我不要什么写作手法。情感并没有什么手法可言。词语是我的心头肉，我从我的心里提取词语。我如此赤裸裸地爱你。

我的灵魂只属于你。

你看，那群自以为是的艺术家：给自己画了个圈，正在里面自娱自乐。玷污艺术的，会不会就是艺术家们？他们一边大谈艺术，一边又向他们嘴里不屑一顾的物质卑躬屈膝。

我发呆，也发笑。对了，我笑一下，
是不是也需要盖个章，或开个证明？

13

金嘎乌，你保佑不了我。我现在连我自己都不相信了。语言的刑具亮出来吧！我束手就擒。

总是这样：有人躺着，有人站着，有人暴晒在太阳下，有人行走在大雨中。

你感觉我什么都没说，但我什么都已经说了。

猜测就猜测吧！

揣摩就揣摩吧！

我累了。留给我一小块可以下跪的地方。

14

金嘎乌，太阳是金色的。我也想写出金色的诗。我一直想知道盲人所说的金色是什么颜色？

不要嫌弃我，我的贫穷就是我的财富。如果贫穷也是金色的，那该多好。我就可以写金色的贫穷。你要这样，我却那样。

我木鱼疙瘩，我顽固不化，更不会审时度势。

想得道的，来狠狠地敲我。敲出你们所需要的声音。

15

金嘎乌，昨夜的风大，似乎要吹走月亮。我一夜没有合眼。我甚至昼夜颠倒。游手好闲的人，请不要闯入我的语境里。

我疼。

每一个生命，都是时间嘴边的一块肉。时间并不愿意我们永远地活着，早早给我们定好了寿命。

那就请提前选我吧！让我在刀尖上打坐。让我在刀鞘里安眠。

16

金嘎乌，金在涨价，我的诗正在贬值。我估计他们的研讨会还没开完。

你看：广厦千万间，不见寒士来。要我怎么写，才令他们满意？

游客把人工瀑布说得玄乎其玄，那只是地势所迫。何来惊叹？

与蛇蝎相处，都不会心生畏惧。只有活人的舌头，令我畏惧。

他们用舌头搬弄是非，我却被自己的舌头挤压，说不出话来。我甚至无话可说。

所以，请别再当着我的面夸我，指不定又在背后损我。

我让我的文字在纸上睡觉，或者做梦。

17

金嘎乌，我忠于真理，永不变心。没有真理，大海也会干枯。真理使群山低头。

精致的谎话，我不说。冠冕堂皇的句子，我不写。我被我独立出来。

我是两个我，我是三个我，我是一万个我。

我对我说：少写一句无用的话，饶过一棵无辜的树。

我对纸说：不辜负每一张白纸。

他们忙着修房子，我要努力写比他们的房子还要长寿的诗。

我写的诗就是房子。